No País dos Jovens

Lisa Carey

No País dos Jovens

TRADUÇÃO
Wania Pereira Lopes

2004

EDITORA BEST SELLER

Título original: *In the Country of the Young*
Copyright © 2000 by Lisa Carey
Licença editorial para a Editora Nova Cultural Ltda.
Todos os direitos reservados.

Coordenação editorial
Janice Flórido

Editores
Eliel Silveira Cunha
Fernanda Cardoso

Edição
Roberto Pellegrino

Editoras de arte
Ana Suely S. Dobón
Mônica Maldonado

Revisão
Tereza Gouveia

Editoração eletrônica
Dany Editora Ltda.

EDITORA NOVA CULTURAL LTDA.
Direitos exclusivos da edição em língua portuguesa no Brasil
adquiridos por Editora Nova Cultural Ltda.,
que se reserva a propriedade desta tradução.

EDITORA BEST SELLER
uma divisão da Editora Nova Cultural Ltda.
Rua Paes Leme, 524 – 10º andar
CEP 05424-010 – São Paulo – SP
www.editorabestseller.com.br

2004

Impressão e acabamento:
RR Donnelley
Fone: (55 11) 4166-3500

A MEU IRMÃO

Meu amor a todos vocês que me ouviram dizer:
"Não até que o livro esteja terminado".

Guia de pronúncia dos nomes

Oisin = *Oh-chin*

Aisling = *Ach-ling*

Darragh = *Dah-rah*

Nieve = *Ni-ev*

Ela é uma menina e não teria medo
de caminhar pelo mundo todo sozinha.

LADY GREGORY
Visions and Beliefs in the West of Ireland

Prólogo

Os Mortos

Ela era apenas uma menina — uma criança não desejada, invisível, colhida no início de sua vida —, mas, ao morrer, mudou tudo. A ilha onde ela aportara tinha agora uma história que, se mapeada, pareceria uma interseção de estradas: uma linha do tempo de eventos irrelevantes, cortada por uma única tragédia capaz de mudar o destino.

Ela veio a eles pelo mar. Em 1848, a trinta quilômetros da costa do Maine, novembro chegou com a primeira das nevascas de inverno. Um pescador local, avaliando a tempestade, abrigado no calor de sua casa, avistou no horizonte cinzento, mistura de céu e mar, uma mancha vermelha.

Apanhou o binóculo e, com olhos embaçados, olhou através dele até distinguir a imagem na confusão. Uma bandeira, uma *Union Jack*,[1] dividida em quatro partes, circundada de vermelho, içada no vácuo da tempestade. Estava de cabeça para baixo.

— Navio em perigo! — o pescador gritou, como se estivesse dando ordens a bordo.

O grito assustou a esposa e as filhas, e o filho, um garoto corajoso de dezesseis anos que fora criado como marujo,

---

1 Apelido da bandeira da Grã-Bretanha. (N. do E.)

ergueu-se de um salto. Pai e filho pegaram suas capas e botas, saíram de casa e entraram na nevasca.

Um por um, os pescadores da ilha foram convocados. A bandeira lhes contava que o navio era da frota mercante britânica, o mesmo lhes dizia o tamanho, vislumbrado através da neve — uma grande massa de madeira adernada para o lado, tremendo com o cerco da água e do gelo. Um navio cargueiro, muito provavelmente afastado de seu curso, a caminho do Canadá. Os pescadores conheciam os perigos dos rasos bancos de areia a leste de sua ilha; aquele não era o primeiro navio que encalhava, mas o maior deles.

Os pescadores içaram as velas de tempestade e, um a um, batalharam seu caminho em direção ao navio. Após horas de esforço, uma escuna conseguiu posicionar-se ao lado da grande embarcação. Os outros esperaram, espiando, quando o mar descia o suficiente para permitir-lhes, o pequeno barco erguer-se acima das grades do navio a cada onda enorme.

Quando a escuna finalmente voltou ao porto, os homens que aguardavam no cais esperavam dar boas-vindas a um punhado de marujos duros, porém exaustos pela tempestade. Em vez disso, o que eles arrastavam, pingando nas pranchas sólidas do ancoradouro da ilha, pareciam ser, espantosamente... crianças.

— Mais de cem passageiros! — o capitão gritou para seus vizinhos, a voz meramente audível por sobre os uivos da tempestade. — Nem sinal da tripulação. Navio se desfazendo!

Eram crianças. Uma dúzia de crianças fantasmagóricas, meio congeladas, emudecidas de pavor. As esposas foram chamadas para reuni-las e aquecê-las, e os homens saíram para tentar salvar o resto.

O salvamento estendeu-se por dois longos dias de nevasca, os pescadores revezando-se em turnos, quando a maré lhes permitia velejar. Enquanto os homens navegavam em pedaços de gelo e em ondas que aumentavam a cada hora de tempestade, as mulheres arrancaram histórias das crianças mais velhas, que falavam um inglês truncado, tremendo nos cobertores ao pé da lareira da igreja.

Seu navio era de emigrantes da Irlanda a caminho de Quebec. Tinham ficado no mar durante oito semanas. Muitos de seus pais haviam morrido de febre e foram lançados ao mar, deixados para trás nas profundezas do Atlântico. As mulheres da ilha tinham ouvido boatos sobre o êxodo maciço da Irlanda devastada pela fome e sobre os "navios-esquifes", onde os passageiros eram armazenados como gado num porão abarrotado, sem ar, vítimas do contágio da cólera e do tifo. Essas histórias eram trazidas à ilha por seus maridos na volta de viagens a Boston, mas as mulheres as achavam exageradas. Olhando para os rostos devastados daquelas crianças, para suas frontes pequenas permanentemente contraídas pelo horror, as mulheres sentiram a vergonha substituir sua descrença.

No mar, os homens salvaram 150 almas, cem das quais eram crianças, erguendo-as uma a uma por sobre a balaustrada do navio e passando-as às mãos estendidas dos outros, nos tombadilhos das escunas. Depois de gritos trocados com os poucos homens a bordo — cujo sotaque foi difícil de compreender —, eles souberam que a tripulação abandonara o navio, e os homens haviam sido vistos pela última vez tentando alcançar um bote salva-vidas. Nunca foram encontrados.

Quando todos os passageiros tinham sido levados para a praia, o navio cargueiro, maltratado durante dois dias pelo vento e pelas ondas bravias, ameaçava partir-se. Jack Seward, o pescador que primeiro avistara a bandeira, de pé no convés de onde estivera passando pequenos corpos para que fossem salvos, ouviu o gemido da madeira e sentiu sob os pés um tremor que tinha teor de desespero, como se o navio protestasse ao sentir-se vítima de seus derradeiros estertores.

— Verificando o porão! — Jack gritou a seu filho Daniel que, com os outros, esperava na escuna para ajudar seu pai a descer.

— Não! — os pescadores protestaram.

Estavam ansiosos para se afastar do navio agonizante. Mas Jack já desaparecera, caminhando com suas pernas fortalecidas pelo mar.

Ele abriu a escotilha e agachou-se escada abaixo em direção ao porão. A princípio a escuridão era absoluta e, quando ele perdeu o pé e ficou imerso em água gélida, pensou ter caído no mar por um buraco. Ao voltar à superfície, cuspiu, aliviado, o instante em que seus pés tornaram a tocar a superfície de madeira.

O que o deixou arrasado foi o cheiro. O ar ali embaixo, embora um pouco refeito pela entrada da água do mar, ainda era irrespirável: ele nadava numa sopa de detritos humanos, e o gosto em sua boca lhe disse que o que ele acabara de cuspir era um produto solto e podre de doença. Engasgou, e os ouvidos entupidos de água se abriram em resposta.

Quando seus olhos se ajustaram à luz acinzentada da escotilha, ele começou a avaliar as dimensões do cômodo. As paredes eram guarnecidas por bancos toscos, e sacos de estopa com pertences, ainda atados a eles, balançavam esquecidos na tempestade.

— Alguém aí? — ele gritou, pois o barulho ali embaixo era ainda pior, o rugido do vento e os gemidos da madeira ecoando infinitamente.

Sentiu o movimento de um corpo humano na água atrás dele e tentou alcançá-lo. Sua mão fechou-se sobre tecido e carne, e ele soube, dada a ausência de resistência, o que encontrara. Um rosto apareceu na faixa de luz cinzenta, a face morta de uma mulher, seus olhos congelados abertos, os cílios e a penugem sobre os lábios, cobertos de gelo.

Outra onda fez o barco se mover, e Jack foi lançado para trás, bombardeado por mais uma dúzia de cadáveres. Ele nadou para a escotilha, abrindo caminho entre os mortos que, com a correnteza, pareciam protagonizar uma violenta dança aquática.

Voltou a subir ao convés e aproximou-se do parapeito, as costas para a escuna, para seu filho e seu lar. Se os grandes olhos dela não tivessem brilhado no escuro como os de um gato, Jack Seward poderia ter sobrevivido. Mas ele a viu e vacilou.

Encolhida sob o parapeito, estava uma menina pequena, de não mais que seis ou sete anos, que se amarrara nas cordas pendentes até ficar presa no nó como um minúsculo adorno. Ainda que por seu olhar arregalado ficasse claro que a menina via Jack, ela não fez nenhum esforço para se comunicar, e de seus lábios ficaram ausentes as súplicas que ele ouvira dos outros passageiros. Lentamente, as botas escorregando no convés coberto de palha, ele se aproximou dela.

— Está tudo bem, querida — falou, começando a desatar a fúria de nós ao redor do corpo franzino.

Ela só piscou, aparentemente incapaz de responder. Mas quando ele a libertou do emaranhado e começou a erguê-la nos braços, ela resistiu com uma força que o surpreendeu.

— Meu irmão — ela disse, e Jack chegou a pensar que tivesse imaginado, pois, na verdade, a voz dela era débil demais para alcançar seus ouvidos por sobre a cacofonia da tempestade. Mas ela falou de novo:

— Meu irmão, onde ele está?

Não havia tempo para responder. Porém Jack tinha uma filha mais ou menos daquele tamanho.

— Eu o levei — ele disse. — Está esperando por você na ilha.

Ao ouvir aquilo, os olhos da menina se tornaram ainda maiores, e ela permitiu que ele a erguesse, fazendo uma careta de dor, o que o fez suspeitar de que aquelas cordas todas tivessem lhe quebrado as frágeis costelas.

Ele tentou segurá-la suavemente enquanto lutava para voltar à corda de segurança que levava ao seu barco. Quando conseguiu, deixou a garotinha pender sobre a balaustrada e silenciosamente pediu-lhe perdão ao deixá-la cair nos braços prontos de Daniel. Seu filho apanhou a menina e gritou algo para ele. A voz foi levada pelo vento, mas mesmo assim Jack pôde ler-lhe os lábios, "papai", o que significava que Daniel estava com medo. Normalmente, a bordo, seu filho sempre se dirigia a ele como "capitão".

Então, houve uma explosão.

Daniel vira a onda vindo, tentara dizer a Jack que pulasse para baixo com a menina. Viu seu pai como em câmara lenta, quando a balaustrada escapou-lhe das mãos e seu corpo foi atirado no ar, para longe do navio, para dentro do mar.

Ainda que eles procurassem durante horas, não encontraram sinal de Jack Seward. Foi como se a força daquele mergulho o tivesse remetido ao fundo do oceano, onde permaneceu, o mar se fechando sobre ele como a tampa de um caixão. Quando ficou claro que a escuna logo poderia segui-lo para o fundo, os outros pescadores seguraram o pesaroso Daniel, mantendo-o longe do cordame, e fizeram sua precária viagem de volta ao lar.

A menina, cuja vida Jack Seward morrera para salvar, morreu silenciosamente no banco da igreja onde fora deitada para se recuperar. Na confusão que se seguiu ao resgate, com os habitantes da ilha prestando atendimento a 150 passageiros irlandeses vítimas de feridas por congelamento e de doenças, a menina ficou deitada, morta, durante horas até que alguém a notasse. Foi a esposa do pastor que finalmente encontrou seu pequeno corpo embrulhado em cobertores, já enrijecido, entre seus trêmulos vizinhos.

A esposa do pastor andou indagando, imaginando ter de dar a má notícia à família da pequena. As informações dos outros passageiros eram contraditórias — alguns acreditavam que a garota viajava sozinha, outros recordavam um irmão mais velho perdido para a febre no meio da viagem. Alguns nem sequer se lembravam de a ter visto antes. Parecia que ela fora tão auto-suficiente e acanhada que passara oito semanas no navio tão silenciosamente quanto cessara de respirar. A menina foi enterrada sob a lápide dos Seward, no cemitério, ocupando metade do espaço que Jack teria ocupado se seu corpo houvesse sido encontrado. Apesar das tentativas, ninguém conseguiu se lembrar de seu nome, portanto nenhuma referência a ela foi gravada na superfície da lápide.

Os outros náufragos se recuperaram ao longo de algumas semanas na ilha. Por fim, os adultos, em sua maioria — jovens homens e mulheres cuidando de seus pequenos, velhos casais que haviam perdido filhos e netos — decidiram que não viajariam para mais longe. Estabeleceram-se na ilha, dividindo os órfãos entre suas já numerosas famílias, construindo casas e aderindo às profissões locais de lavradores e pescadores. Graças aos esforços do médico do lugar, que passara dez anos em Boston e aprendera o valor da quarentena, a febre, que matara tantos em sua passagem, nunca se espalhou além dos passageiros. E os ilhéus, sentindo-se parentes daqueles que haviam salvado, os receberam de braços abertos em sua comunidade.

A ilha fora originalmente fundada por um grupo de colonos determinados a construir uma comunidade autônoma em terra virgem. Mais tarde, gerações comentariam sua firme determinação com orgulho. Na época do naufrágio, entretanto, a população da ilha vinha minguando havia anos, pois seu isolamento e os rigorosos invernos tinham cobrado seu preço, e os ilhéus que não haviam desistido e se mudado estavam cansados. Parecia que os sobreviventes do naufrágio, que tinham vindo do lado ocidental da Irlanda e estavam acostumados a lutar contra o mau tempo, a terra teimosa e a vida à margem da sociedade, haviam chegado na hora certa. A tragédia, portanto, na verdade, salvara a ilha da extinção — e até a batizara com um novo nome.

O navio era o *Tír na nÓg*, o nome irlandês de um país mitológico chamado de País dos Jovens. Era comum que navios fugitivos da fome competissem por fregueses, recebendo nomes românticos e atraentes. Uma semana depois da tempestade, a prancha com o nome do navio emigrante chegou à praia e foi recolhida por um dos passageiros, um solteiro de meia-idade, Patrick Molloy, que mais tarde se casou com a viúva de Jack Seward e criou seus enteados com bondade tranqüila e discreta. Patrick pendurou a prancha sobre sua porta como lembrança da tragédia que o levara até ali.

Com o passar dos anos e com os casamentos entre os irlandeses e os habitantes locais tornando-se mais freqüentes, o sotaque dos ilhéus transformou-se numa estranha mescla da fala do Maine rural com o som de Connemara — sobretudo com o número de crianças passando a ser maior do que o de adultos —, e a ilha passou a ser chamada por uma versão bastarda do nome do navio: Tiranogue. O nome antigo, que batizava uma cidade inglesa que nenhum deles jamais vira, com o tempo acabou sendo descartado.

E ainda que o relato do naufrágio tenha se tornado o principal foco da história da ilha — passado adiante e venerado como uma lenda de heroísmo e sobrevivência, chegando até às praias da Irlanda e decidindo o rumo de futuros emigrantes —, quando as crianças ouvem a história pela primeira vez, de seus avós ou na aula de história na escola, não é dos vivos que se lembram. Mais tarde, ao crescer, a maioria vê o naufrágio como fonte de inspiração. Mas, na primeira vez em que ouve a história, toda criança, com um medo muito mais forte por ser o primeiro a nascer em seu cérebro, imagina aquela menina sem nome que se amarrou à vida com nós de marinheiro, foi salva por um homem corajoso, mas morreu, mesmo assim, só e esquecida, como se quase não tivesse importância que ela fosse tão jovem.

PRIMEIRA PARTE

Inverno

As fronteiras que dividem Vida e Morte
são, quando muito, sombrias e vagas.
Quem dirá onde uma termina
e a outra começa?

EDGAR ALLAN POE
O Enterro Prematuro

1

Na palma de sua mão, sob manchas de tinta e cicatrizes de borrifos descuidados de ácido, Oisin MacDara tem três linhas da vida.

Ele sabe disso desde os 22 anos, quando pagou dez dólares por uma leitura de mão numa rua de Portland. A jovem que segurara sua mão e traçara as linhas com um alisar malicioso que o deixara meio excitado não parecia uma conselheira espiritual. Em vez disso, poderia ser uma das estudantes que Oisin seduzira durante o ano em que ensinara arte na faculdade da comunidade. O quê, para começar, era metade da razão pela qual ele parara e estendera-lhe a mão.

— Sua vida está partida em três — ela disse. — Esta é a primeira parte da sua vida. — Apontou para a meia-lua incrustada na curva entre o polegar e o indicador. — É a linha mais funda, sua vida enquanto criança. — Sorriu para ele, e a pequena pedra verde em sua narina elevou-se, saindo ligeiramente do orifício. — Esta é a segunda parte — falou, passando o polegar no centro da palma da mão dele, para onde uma enorme confusão de nesgas convergia, como um espinheiro atacando a pele. — E esta é a última parte.

Uma linha tão nítida que ele mesmo poderia tê-la desenhado, subia até a pálida pele que protegia as veias azuis de seu pulso.

— Você está aqui, agora — ela continuou, apontando para o grosso emaranhado do espinheiro.

Tinha sotaque do Maine. Estava tentando dissimular, mas ele aparecia na pronúncia diferente de algumas palavras.

Ergueu os olhos para Oisin, apertando-os. Ocorreu a ele que podia ter sexo com aquela garota. Aos 22 anos, tais oportunidades ainda eram novas o bastante para surpreen-dê-lo, e ele às vezes se esquecia de se perguntar se estava interessado, antes que seu impulso de sedução levasse a melhor. Dessa vez ele resistiu.

Vou deixar passar, pensou. Foi superstição mais do que qualquer outra coisa o que o fez afastar-se. Estava com medo de desprezar a leitura de mão, de desrespeitar o pequeno momento sobrenatural. Ela reconhecera o que ele sempre soubera — que havia um vazio, uma distinta divisão entre sua infância e sua vida de agora. Quando ele era jovem, podia ver — tinha um dom, uma segunda visão —, e nos anos seguintes, tudo, todo o mundo tangível, parecera in-distinto. Assim como, em algum momento da puberdade, ele ficara cego, perdera a segunda visão.

Ainda que seus vizinhos o achem cético e sem fé, Oisin é na verdade altamente supersticioso. O que engana é seu comportamento. Seu estado de espírito varia muito, seus olhos parecem perscrutar rostos buscando motivos vis, e ele tem um humor sarcástico, por vezes áspero. As pessoas ten-dem a concluir que ele não teria a mente aberta aos aspec-tos espirituais, sobrenaturais da vida. Ninguém percebe que Oisin sabe mais sobre as coisas do que a maioria.

Se ele fosse tão cético quanto parece, teria deixado o momento de lado, reconhecido o fato apenas como uma fantasia, e a garota, como uma estudante *new age* desespe-rada por dinheiro para comprar maconha. Mas Oisin, que é secretamente esperançoso acima de tudo, tem esperado, nos vinte anos desde que teve a palma de sua mão analisada em Portland, que sua visão volte, para que sua última vida comece.

A assombração começa a se manifestar com uma porta aberta e o sumiço de fumo, ainda que Oisin, que ficara preguiçoso de tanto esperar por isso, não a reconheça a princípio.

Oisin fuma desde a adolescência, mas nos dois anos desde seu quadragésimo aniversário, enrola seus próprios cigarros com fumo claro importado. Ele os faz em parte por ser mais barato, em parte porque gosta do ritual de criar cada cigarro e porque considera isso um passo para parar de fumar completamente.

Rolinhos são mais saudáveis, ele diz a si mesmo. Fumo puro, nada de agentes combustíveis, fragmentos de vidro ou formol que são encontrados em cigarros de filtro. Esse fumo puro deixa faixas amarelas onde seus dois dentes da frente se encontram, que ele raspa com uma faca a cada poucas semanas.

Essa é a segunda vez que ele perde uma lata de fumo de oito dólares que deveria durar um mês. É viciado demais para ser descuidado com o local onde deixa seu fumo. Já considerou a possibilidade de esquizofrenia e imagina que está passando por períodos de esquecimento, durante os quais fuma um cigarro atrás do outro e some com as provas. Talvez tenha uma segunda personalidade que não está recebendo sua quantidade justa de nicotina.

Antes de começar seu dia no estúdio, dirige até o porto da ilha para comprar outra lata. Enfileiradas ao longo do cais, numa baía protegida, ficam as poucas lojas de Tiranogue: um restaurante arrumado com mesas de piquenique, um *pub* com redes de pesca empoeirando-se no teto, a loja de um casal, especializada em ferragens e suéteres irlandeses, e uma cabana de lagostas balançando precariamente numa pequena bóia, servida por garotas do lugar, de biquíni, que reaplicam óleo bronzeador quando não estão cuidando das armadilhas submersas para crustáceos.

Oisin entra no armazém-geral que está abastecido com tudo o que Moira, a proprietária, imagina que um ilhéu possa precisar. No canto, ficam um balcão de lanches e a farmácia, onde os moradores podem tomar um prato de sopa de mariscos enquanto o irmão de Moira, Michael, avia sua receita. Tem o mesmo cardápio do restaurante, e freqüentemente Michael corre até o vizinho para buscar encomendas de pratos de mariscos, mas os *locais* nunca entram no restaurante — está destinado aos turistas.

Moira encomenda o fumo especialmente para Oisin. Todos os outros ilhéus fumam uma das quatro marcas populares de cigarros de filtro. Ele quer explicar que perde continuamente seu suprimento, para que ela não comece a encomendar fumo extra. Imagina a aflição dela, vendo o estoque acumulando-se lentamente na prateleira. Mas tem medo do que sua distração possa parecer e de como boatos sobre seu cérebro em deterioração se espalharão. Acaba comprando duas latas, parece mais simples do que explicar. Esconderá uma de si mesmo e testará a acuidade de sua personalidade errante.

De volta a seu estúdio, não consegue trabalhar. Planejara começar uma gravura nova hoje, a folha de cobre brilha sobre a mesa, provocando-o. Ele só consegue pensar na possível localização de seu fumo desaparecido. Vasculha o quintal do estúdio, mas só encontra isqueiros semivazios. Verifica os bolsos de suas jaquetas para o caso de ter saído para uma caminhada para fumar e da qual não se recorda. Pelo fato de o alvo de sua atenção ser concentrado, a busca pelo fumo desaparecido transforma-se num inventário de artigos para gravuras. Há coisas faltando ali também, ele não se lembra de seu estoque de tinta estar tão baixo. E onde terá deixado seu lápis favorito de desenho? Precisa fazer uma lista de compras para a próxima viagem ao continente, e a tarefa o acalma. Mesmo não sendo um homem organizado, Oisin às vezes gasta horas nas simples logísticas da vida. Sempre faz isso quando seu trabalho não está indo bem ou quando sente receio de iniciar uma peça nova. Às vezes ele se preocupa, pois deposita mais energia em procrastinar do que em qualquer outra coisa.

Ele sente alívio quando a luz do dia acaba. Torna-se óbvio que sua única esperança é começar de novo amanhã. Percorre o caminho de tábuas do estúdio até sua casa, e só quando contorna a curva e vê as frestas em sua porta da frente brilharem com a luz da cozinha é que ele lembra.

Na semana passada, na noite de lua cheia do equinócio, Oisin deixara a porta aberta até de manhã. Tem feito isso todo mês de novembro, há quase trinta anos, mas muitos anos se passaram desde que ele esperou que algo acontecesse por causa disso. Agora a luz numa casa que devia estar escura o atrai para a porta com uma mistura de alegria e pânico. Ele a escancara, calçando-a com um banquinho de tronco do terraço. *Por favor, por favor, por favor...* Espera que suas súplicas sirvam de convite.

Sabe o que aconteceu com seu fumo. Alguma coisa entrou em seu refúgio, algo que ele tem esperado por mais da metade de sua vida. Algo que a maioria das pessoas — pessoas que chegam a acreditar em tais coisas — não receberia de portas abertas.

Há coisas que o fantasma faz na primeira semana e que Oisin registra em seu diário — não com palavras, mas com pequenos desenhos a carvão.

Bate a porta da frente, abrindo-a ou fechando-a, quando Oisin está tentando dormir. Some com bocados de fumo da lata e com todos os fósforos e isqueiros. Traz folhas de plantas, brilhantes e vermelhas, para dentro de casa e as enfia sob o travesseiro dele e dentro da caixa de madeira onde estão as ferramentas de entalhe. Apanha uma pilha de gravuras no estúdio e cobre com elas o chão, agrupando-as segundo o assunto: árvores juntas, figuras femininas enfileiradas, cavalos circundados por ondas do mar por todos os lados.

E à noite, quando Oisin está na cama, tem uma sensação de aperto perto dos pés, um repuxão no cobertor, como se algo, algo muito pequeno tivesse se plantado ali para observá-lo.

Ainda que experiências com assombrações não sejam novidade para Oisin, faz tanto tempo que ele não vivencia uma que é tomado por algo que diz a si mesmo ser excitação, mas que mais se assemelha a medo. Quando menino, Oisin podia ver os espíritos que desarrumam casas. Agora ele só consegue ver a desordem. Às vezes crê que não se trata de fantasma, mas de sua mente, finalmente se rompendo. Talvez tenha enlouquecido de uma forma que se disfarça numa espécie de ressurreição ou de despertar.

Em seus bons momentos, quando acredita, ele fala com ela:

— Nieve — diz, enrolando as últimas migalhas de fumo.

— Deixe o fumo aí, *le do thoil*, por favor.

Começara a dizer frases num irlandês carregado de sotaque, uma língua que ele não estuda desde que era menino.

— *Is leor sin!* — explode quando a porta bate com tanta força que as canecas sacodem em seus ganchos na cozinha.

— Já chega!

Às vezes acha que o ser invisível na casa reage ao irlandês. Então, ouve a si mesmo como um estranho ouviria, um excêntrico sozinho em seu chalé, censurando o ar numa língua que a maioria das pessoas no mundo não reconhece. É, então, que Oisin vai para a cama — tem a tendência de tirar cochilos quando enfrenta um dilema sério — e considera tomar drogas antidepressivas ou mudar-se para um lugar de clima melhor, um lugar mais quente. Sexo serviria, ele pensa, mas se achasse uma parceira disposta, não iria sentir-se observado?

É só depois de horas de pensamentos assim — três da madrugada, ele questionando sua vida e sua sanidade — que Oisin realmente a vê.

Lá em cima, nas vigas aparentes do telhado de seu chalé, como se pertencessem a um gato encolhido, pensativo, ele vê dois olhos observando-o na escuridão. Olhos grandes e móveis que parecem olhar tudo, que o encaram com fascinação e curiosidade ao mesmo tempo. O olhar particularmente nu dos jovens. Oisin não reconhece esses olhos. São luminosos, de uma cor que ele nunca vira antes, uma cor que não pára quieta, como ouro derretido ou como o sol movendo-se em sobre a água.

Ainda que Oisin esteja errado sobre quem o observa, está certo sobre uma coisa: os olhos pertencem a uma criança.

Oisin mora num lugar onde pode ouvir os telefones dos vizinhos tocando, não por viverem amontoados, mas por haver tanto silêncio entre eles.

A população da ilha Tiranogue muda com as estações. Nos meses quentes, a ilha fica lotada de turistas de um dia e de donos de chalés, e deserta no inverno, com exceção dos duzentos *locais*. A única distinção de classes é entre os *locais*, os veranistas e os turistas. Os *locais*, mesmo em minoria, são os que fazem a distinção. Os veranistas — os que têm casas e voltam todas as temporadas há anos — são tolerados, ainda que às vezes ridicularizados. Os turistas são meramente suportados e punidos com preços inflados. Oisin não se encaixa em nenhuma dessas categorias. Ele é um residente permanente que não é ilhéu, não é *local*. Já ouviu referirem-se a ele como "o que foi soprado para ali", no bom sentido, em tom de brincadeira. Ele acha que os ilhéus o tratam melhor que aos outros *forasteiros*, mas não confiam nele como confiam uns nos outros. Não tolerariam se ele começasse a se chamar de *local*.

A ponta da ilha de Oisin permanece calma mesmo em julho e agosto, pois os bosques ali ainda são selvagens, e o lado oeste não tem praia — só uma faixa de rochas esverdeadas aparecem na maré baixa. O hábito de Oisin, nos dez anos desde que ele comprou o chalé de um quarto e transformou o estábulo em estúdio, tem sido evitar o lado leste durante os meses mais movimentados. Ele ignora os turistas, mas também não faz amizade com os ilhéus. Ainda que tenha ido para a ilha atraído por sua história, pelo toque da Irlanda nos sotaques e pela forte lealdade à terra natal que lhe recorda o bairro onde cresceu, ele permanece um solitário, como tem sido a maior parte de sua vida. A não ser pelas viagens para comprar material de arte, Oisin está sempre em um de três lugares: no bosque, em seu chalé ou no estúdio, mesmo que ultimamente não esteja sozinho em nenhum deles.

Quando caminha pelo bosque agora, ouve, por trás de seus passos cuidadosos, o som de alguém açoitando e chutando as camadas de folhas. À noite, as batidas continuam no chalé. E hoje, no estúdio, um presente foi deixado para ele.

Sobre a grande mesa de madeira onde ele trabalha, estão suas melhores gravuras, cobertas por grandes manchas de tinta escura. Quando ele se aproxima, as manchas tomam forma. Impressões de palmas de mãos, metade do tamanho das suas, feitas cuidadosamente, de modo que as linhas apareçam em branco casca de ovo. Diferente das de Oisin, as linhas da mão são simples e poucas. Uma linha da vida, uma linha do coração, uma linha da cabeça. Elas não têm ramificações ou quebras, são sólidas. Não há linha do destino, nenhuma marca criativa, nada de nesgas para filhos, ou riqueza, ou doença. Uma mão pequena, nova, com possibilidades ilimitadas.

Com um arrepio subindo pela nuca, Oisin limpa a mesa e tenta trabalhar. Não cria uma gravura nova há muito tempo e sente aquele persistente som de batida no cérebro que aparece sempre que ele negligencia sua arte. Um som que parece dizer: *Se a abandonar por muito tempo, ela será tirada de você.*

Tenta encontrar uma gravura que fez anos antes, da qual se lembrou na noite passada, enquanto ouvia fantasmas. Procura em sete pastas antes de encontrá-la, uma folha grande de papel com bordas irregulares, naturais. Ele a fez de um desenho no cobre. A imagem é de uma sala simples numa casa pequena, uma grande lareira dominando a parede do fundo, e a mobília, uma mesa e cadeiras diferentes uma das outras. Há pessoas enchendo a sala, separadas em dois tipos por seus tons. Figuras predominantemente pretas, com linhas brancas destacando suas feições, e figuras que são meramente o espaço em branco do papel, seus traços pintados no mais claro dos cinzentos. Para cada figura pálida, uma figura preta paira por perto, olhando ou imitando sua postura ou seus gestos. À mesa, duas pessoas se esparramam em cada cadeira, uma pálida, outra escura. Perto da lareira, onde arde um fogo alaranjado — a única cor na gravura —, um menino pálido em pé ao lado de um homem alto, escuro. São os únicos que parecem estar cientes da presença um do outro. O título da gravura está escrito no canto inferior com a caligrafia de Oisin: *Noite de Espíritos*. Ele a olha agora e ouve as palavras irlandesas em sua mente: *Oíche na sprideanna*. A noite em que os mortos voltam para casa. É a casa de sua avó, na Irlanda — onde ele não esteve mais desde que era menino, época em que podia ver dois tipos de pessoas em cada cômodo. Nessa gravura, os pálidos são os vivos, e os escuros, que eram então muito mais reais para ele, são fantasmas.

Ele quer fazer uma nova gravura com figuras como aquelas, ele próprio, pálido e fantasmagórico, e uma menina, escura e real, dominando a sala. Faz alguns esboços, mas após uma hora de quase só olhar pela janela, desiste e sai do estúdio.

Não pode desenhá-la. Está tendo dificuldade em se lembrar de como ela é.

Pela manhã, quando normalmente começaria a trabalhar depois da segunda xícara de café, Oisin procura por ela.

Mais de trezentos metros mata adentro, há duas árvores recobertas por dois centímetros de musgo verde. A intrincada capa de pele cresce para além de onde ele pode ver, desaparecendo nos galhos dos pinheiros adjacentes. Esse é um calmo e atraente ponto de descanso em hectares de floresta sem trilhas. É aqui que Oisin construiu um forte logo que se mudou para a ilha. Tecida no espaço entre as árvores gêmeas, há uma cúpula de pinhas, arame e galhos. Trepadeiras crescem em direção a seu cume, criando as paredes de uma casa em miniatura. Se não se olhar perto o bastante para notar o brilho do arame, a casa parece ter crescido ali, talvez com o intuito de abrigar algum ser pequeno em hibernação. Oisin não é um homem grande e provavelmente poderia caber ali dentro, se curvasse o corpo da maneira certa. Mas ele nunca entrou no forte. Construiu-o para outro alguém.

Têm havido evidências, ultimamente, de que alguém se esconde ali. Agulhas de pinheiro remexidas, um fio comprido de cabelo loiro preso na casca de uma árvore. O ar outrora vazio carrega sinais de hálito vivo.

Cada vez que ele o visita, ajoelha-se à entrada, na fenda entre as samambaias, e sussurra para dentro do abrigo:

— Nieve? — chama, e o tom desesperado e suplicante disso o apavora. — Nieve, você está aí?

Nunca há resposta, e às vezes ele vai embora se sentindo um tolo. Uma vítima de sua própria imaginação.

Certa manhã, ao erguer-se, ele vê o rosto de uma mulher espiando-o de trás de um tronco verde.

— Olá, MacDara.

O rosto pertence a Deirdre Molloy, a vizinha mais próxima de Oisin no bosque do oeste da ilha. Os cabelos dela estão puxados num rabo-de-cavalo sob um boné de beisebol azul, o que faz seu rosto e os grandes olhos castanhos parecerem muito mais jovens, até infantis.

— Normalmente não encontro seres humanos aqui a esta hora da manhã — Deirdre diz no sotaque estranho, peculiar daquela ilha.

Não era a voz que Oisin estava esperando. Quando ela percebe que ele não vai responder, olha para baixo, para a pequena casa.

— Esta é minha favorita, entre as coisas que você fez — diz, passando um dedo sobre as pinhas do telhado. — Faz-me lembrar um livro que eu lia para meu filho. *Peter Pan*. Parece a casa de Wendy.

Oisin ainda não tomou conhecimento de Deirdre. Na verdade, parara de olhar para ela e está olhando para a fenda nas samambaias. Os ilhéus estão habituados às mudanças de humor de Oisin. Às vezes, sem aviso, ele pára de falar. Seu silêncio não dá a impressão de que ele está ignorando as pessoas, mas é como se tivesse ido embora e estivesse escutando algo que só ele é capaz de ouvir. Seus vizinhos aprenderam a esperar até que Oisin volte ao mundo, antes de tentar falar com ele. Com exceção de Deirdre, que continua conversando, elevando a voz como alguns costumam fazer com estranhos, cortando o silêncio de Oisin.

— Não me lembro da história da casa de Wendy agora — ela diz. — Os meninos pensam que Wendy está morta e estão construindo um túmulo para ela, ou ela está apenas dormindo e eles a estão protegendo da chuva?

Deirdre faz casualmente essa pergunta ao calado Oisin, que não responde, mas ela sabe que dias depois ele reabrirá o assunto sem introdução, como se tivesse simplesmente parado em pensamento. Ela espera que mais tarde, naquela semana, Oisin passe por ela na estrada e diga: "Wendy estava apenas dormindo".

Como a maioria das mulheres solteiras da ilha, Deirdre fez sexo com Oisin. Mas, diferentemente da maioria, ela não guarda rancor. Foi apenas uma noite, há mais de três anos, e de vez em quando ambos esquecem até mesmo que já se viram nus. Ainda que Oisin esqueça mais freqüentemente que Deirdre.

— Até mais — Deirdre despede-se.

Deixa-o parado ao lado da casinha, cujo telhado é da altura de seus joelhos, parecendo confuso, como um homem que procura algo em seus sonhos e, acordado, não consegue lembrar o que estava procurando.

No crepúsculo, Oisin tem tendência à reflexão obsessiva. Ele não recorda seu dia, mas lamenta os caminhos de sua vida como um todo. Quando solitário, preocupa-se por haver demolido pontes demais e deseja que houvesse outro corpo aquecendo sua cama, deseja que houvesse uma mulher para quem ele pudesse telefonar e que não desligasse o telefone na sua cara. Mulheres novas, que ele geralmente encontra no verão, requerem muito trabalho preliminar. E, com o tempo, elas também acabam na lista do "não me telefone". Como se existisse um clube, um grupo de apoio, uma barraca militar de mulheres treinadas para abater seus encantos à primeira vista.

Oisin tem reputação de ser muito bom de cama, o que surpreende as mulheres, já que ele nunca teve um relacionamento que durasse mais de quatro meses. Essas mulheres tendem a achar que intimidade prolongada ensina ao homem o que ele precisa saber sobre um corpo de mulher. Quanto a Oisin, elas estão erradas. Oisin leva as mulheres mais a sério, cada detalhe delas, do que qualquer outra coisa, inclusive sua arte. O que é parte do motivo — além do fato de ele acreditar que não viveu de verdade nos últimos 27 anos — de ele nunca ter se apaixonado. Seria muito exaustivo. Ao estudar mulheres, ele acha cada vez mais que elas são insondáveis para ele, e isso o deixa com medo. Para sua sorte, medo sempre foi um afrodisíaco.

É por isso que esta noite, ao se deitar nos gastos lençóis de sua cama, olhando as portas dos armários da cozinha abrindo e fechando com batidas ritmadas, Oisin tem uma ereção que se ergue sob os cobertores, zombando dele. Não há nada que ele possa fazer a respeito. Não se masturba há uma semana por medo de se sentir como um pervertido no pátio de uma escola, ejaculando na frente de uma criança, mesmo uma criança invisível e irritantemente fantasmagórica.

— Ei, Nieve! — Oisin chama em direção à cozinha vazia e assaltada. — Minha vizinha perguntou se estou reformando a casa. Ela escuta cada barulho que você faz, portanto é melhor se acalmar, a menos que queira chamar a atenção de toda a ilha.

É então que ele vê uma espécie diferente de movimento, alguma coisa sólida, mais pesada que o brilho de olhos. A única luz no aposento é a da vela que ele deixou na janela, portanto tudo o que pode distinguir é uma sombra escura contra outro tipo de escuro.

Fica paralisado na cama, sem respirar, seu pênis ainda mais rijo com o terror. A sombra se move novamente, uma figura da altura do balcão, e há um tilintar de vidros no escorredor de pratos.

— Nieve? — Oisin sussurra, e o som de sua própria voz o encoraja a prosseguir.

Põe os pés lentamente nas tábuas de pinho do assoalho, puxando o cobertor sobre os ombros, dobrando-o à sua frente para esconder a ereção. Andando para a cozinha, ouve a torneira se abrir, e o barulho oco e apressado de um copo se enchendo de água. Longe da luz da vela, os olhos de Oisin se acostumam, e a pálida penumbra revela a sombra de uma pessoa pequena em frente à pia. Ele pára de andar quando ouve o próximo som, o arfante som de uma pessoa desesperada de sede, tomando água.

A figura esgota um copo grande, tomando fôlego ruidosamente apenas três vezes entre os goles. O ruído cessa, e há um suspiro pequeno e encantador. Então, um arroto infantil.

Oisin puxa o cordão da lâmpada no teto.

Uma menina está ali, usando um sujo vestido de trapos, voltando-se para olhá-lo com os mesmos olhos grandes e dourados que observavam tudo lá das vigas. Os cabelos iluminados de cima parecem escuros por um instante, depois, quando ela se vira, ele vê que são claros. Ela está ali em vívidos detalhes, até por um bigode de gotas de água sobre a boca generosa. Uma menina morta, parecendo mais real e mais viva do que qualquer pessoa que ele já vira.

Ela não é a menina — Oisin percebe isso com imediato e dolorido desaponto — por quem ele tem esperado.

2

Quando ele espia por entre as samambaias, tão perto que ela vê rugas em seu rosto, partindo dos olhos como estradas num mapa, Aisling pensa que ele não pode estar procurando por ela. Mesmo quando viva, não era desejada.

Sabia que não era desejada antes de aprender a palavra para isso. Sabia pelo toque rude e descuidado da mulher que a alimentava, que segurava seu pequeno corpo como se o esmagasse de encontro a uma superfície dura em vez de levá-lo ao seio. Sabia pelo rosto do homem, pela ruga que surgia como uma ferida entre suas sobrancelhas, quando ela passava em sua frente. Não ser desejada era parte dela, tão inquestionável quanto sua beleza que, como sua presença, era ofensiva e que ela, até aprender o significado da palavra, achava ser uma espécie de deformidade.

Quando palavras finalmente começaram a crescer em seu íntimo, ela aprendeu o nome de tudo o que pôde, colecionando-os como algumas crianças colecionam pedras ou conchas — a princípio desordenadamente, aos montes, e mais tarde escolhendo as palavras de acordo com sua beleza, sua dureza ou simplesmente porque pareciam não desejadas também.

Mas nunca encontrou palavras para o homem e a mulher. Os outros os chamavam de *mamãe e pai*, mas seu instinto lhe dizia que essas palavras não pertenciam à língua dos não desejados. Quando era forçada a se referir a eles, usava pronomes — *ele, ela* —, palavras que podiam se referir a qualquer pessoa e não tinham a intimidade dos nomes.

Os outros possuíam nomes que soavam como as qualidades de quem os usavam: Margaret, a que estapeava. Hannah, que suspirava, e cujo olhar nunca se focalizava. Aileen, com voz aguda e mãos rápidas, que preferia brigar a conversar. Essas garotas eram estranhas para ela — seus corpos tinham menos energia, pareciam crescer para fora, e não para cima, apresentavam estranhas imperfeições de pele e cabelos escuros, tinham cheiro de pele oleosa, não aquele de mato, brejo e fogo que ela sentia em si mesma. Quando não sentiam dores físicas, elas estavam mentalmente angustiadas, lamentando seus narizes ou queixos.

— Suponho que você se ache uma beleza, não? — berravam para ela.

Quando, na verdade, sem o comentário delas, ela mal saberia qual era sua aparência.

Ela intuía que, se fosse mais velha, talvez, ou se fosse desejada, compreenderia essas meninas como elas se compreendiam. Ainda que fossem suas irmãs — ouvira-as referindo-se a ela assim, com voz de desprezo: "Obedeça à sua irmã" —, não se sentia parente delas. Só se aproximava do irmão. O nome dele era Darragh, o carvalho irlandês, e era assim que ele lhe parecia — alto, forte, calmo, a pele das mãos áspera e espiralada como a casca da árvore, os cabelos escuros cheirando a terra limpa. Ele a ensinou a usar as palavras, em irlandês e em inglês, como aprendera na escola. Era o único cujo olhar continha tudo o que ela reconhecia.

Seu próprio nome também tinha sido não desejado. Por muito tempo ela não tivera nome, e, para os outros, era como se nunca tivesse recebido um. Quando precisavam, eles a chamavam de *bebê*, ou simplesmente de *ela*. Foi só quando começou falar, com voz cautelosa, tão baixa que precisavam se inclinar para ouvi-la, que Darragh lhe deu um nome. Aisling, ele a chamou, um nome belo e sussurrante. "Visão", em irlandês, ou "sonho". O título encerrava em si mesmo, além de sua ironia, um elemento de perigo, como se, chamando-a, Darragh lançasse uma maldição sobre os outros que haviam se recusado a dar-lhe um nome.

Quando Aisling tinha idade suficiente para reconhecer seu lugar no mundo, o que viu foi uma menina em segundo plano à sombra desse garoto. Era como uma minúscula fada em volta de um carvalho. Ele era a única pessoa a quem ela pertencia. Ele era bom — aceitara-a porque ela não era desejada. Ela aceitou isso muito antes que o fato começasse a magoá-la, porque tudo o que possuía era essa imagem de si mesma: um pequeno brilho circundando o tronco escuro, sólido de seu irmão.

Isso fora há muito tempo, quando ela ainda acreditava que se transformaria numa mulher, tornando-se, assim, desejada. Fora antes de a fome chegar, a fome que fizera tudo antes dela — inclusive sua família — parecer um paraíso. Antes de ela ouvir o mar gritando em coro com as paredes de madeira do navio. Antes de morrer.

Quando ela vivia, havia uma casinha bem parecida com essa. Darragh a cavara para ele, um buraco no solo úmido, fora de vista da casa da família, um telhado com o esqueleto de galhos de avelã e paredes de barro e gravetos. A escada que descia, feita de lascas de pedras cinzentas, dava a ilusão de elegância, assim como a prateleira ao longo das paredes internas, onde seus poucos e preciosos livros e papéis se aninhavam. O chão era de terra escura, que Darragh rastelava toda noite, fazendo cuidadosos desenhos, varrendo caracóis intrusos e marcas de seus pés descalços. Darragh vivera ali sozinho, afastado da casa de pedra que acomodava seus pais e irmãs, longe do velho ar de ressentimento, até que uma noite, quando Aisling tinha três anos, ele resolveu levá-la para lá.

— Vou levar o bebê — ele disse depois do jantar.

Não houve discussão, apenas um som de desaprovação na garganta de sua mãe.

— Você vai ser chamado de posseiro de brejo— ela dissera quando ele fizera a casa.

Um grau acima de mendigo, na hierarquia dos pobres. Mas ela não tentara impedi-lo. Ao contrário, levou seu cobertor para a cama de penas no sótão, e começou a passar as noites com as meninas, deixando o pai sozinho no catre perto da lareira.

Quando Darragh levou Aisling para o subsolo pela primeira vez, alargou seu colchão estreito com outra camada de palha, criando espaço suficiente para que ambos pudessem, curvando-se feito colheres, se deitar juntos. Nessa posição, eles viam o crepúsculo passar pela porta acima da escada.

— Enquanto você estiver comigo — Darragh falou suavemente —, não terá que ficar invisível.

Essa foi a primeira indicação de que ele sabia de seu poder secreto de desaparecer. Ela possuía o dom de permanecer tão imóvel que os outros passavam tão perto que ela podia sentir-lhes o hálito, sem nem mesmo perceber sua presença. Às vezes um deles andava diretamente para cima dela e se assustava, como se Aisling fosse uma espécie de espírito que se materializasse em seu caminho.

Então o reconhecimento aparecia em seus olhos, e ela via a expressão que a fizera querer desaparecer. A expressão que dizia que ela — mesmo com a pequena porção de espaço que ocupava — causava ressentimento. Assim, Aisling aprendera cedo a cuidar de si mesma e com três anos já sabia alimentar o fogo, abotoar as roupas, atar cordões, tirar água do poço e esquentá-la para seu banho. Cumpria essas tarefas furtivamente, enquanto os outros estavam ocupados, movendo-se nas sombras da casa. Nunca chorava e raramente falava. Tornou-se tão boa em desaparecer que, quando ficou mais velha, às vezes se assustava, imaginando que fosse perder sua habilidade de reaparecer.

Mesmo depois de ir morar com Darragh, manteve o hábito supersticioso de não se mexer, mal respirando até ver seu irmão por perto. Darragh, que se levantava antes da aurora para fazer suas tarefas, freqüentemente olhava para baixo, para dentro de seu buraco escuro e pensava que estava vazio, até ver o brilho dos dois olhos grandes, como borboletas douradas presas num vácuo. Se ele se esquecia de olhar, ela ficava no subterrâneo durante horas, pacientemente inanimada.

É por isso que esta noite, ao acordar na pequena casa que é ao mesmo tempo familiar e desconhecida, Aisling fica numa imobilidade mortal, esperando pela presença de Darragh, para que ele lhe diga que é seguro mover-se. É o cheiro do lugar, cheiro doce e forte, que lhe diz que, ainda que ela esteja finalmente acordada, não voltou para casa.

O teto desta casa é feito de galhos finos e arame, entrelaçados como a trama de um cobertor. O teto não impediria a chuva, ela pensa, e sente um breve prazer em ter um pensamento tão maduro e desaprovador. O chão está coberto de folhas verdes e marrons, e um punhado delas lhe explica a origem do estranho cheiro. Um pouco desse chão pegajoso, com uma resina transparente, colou-se em seus cabelos. Há uma pequena abertura na parede de folhas através da qual ela vê uma nesga do mundo — um mundo de cores fortes e chocantes. Seu mundo não tem sido em cores há muito tempo.

Seus sentidos haviam retornado lentamente, como se ela descongelasse gradativamente para a vida.

Começara com uma porta aberta. Não era o primeiro convite. Houvera o homem do navio, o que a desamarrara e quisera levá-la, mas ele ia para o lado errado. Mais tarde houve encontros fortuitos, quando, por breves instantes, quase fora vista. Mas fora quando vira a porta naquela noite específica que sentira desapertar em si uma fagulha de desejo antigo, dormente, de ser reconhecida. Ao ver a porta pela primeira vez, aberta ao crepúsculo, pensara ser um sinal de Darragh. Não achou o irmão lá dentro, mas um homem estranho, pequeno. Ele estava sentado sozinho nas sombras do crepúsculo e havia algo familiar em sua postura e em sua cabeça inclinada na direção da porta, como se ele também estivesse esperando por um sinal que indicasse que era seguro mover-se.

Agora, cada vez que Aisling atravessa aquela soleira, encontra alguma coisa que permanece nela quando torna a sair. Primeiro foi o cheiro. Fumaça antiga e fumo novo. Ela levou consigo a lata de fumo para que pudesse inalá-la sempre que quisesse, conjurando imagens do irmão a enfiar gravetos em seu cachimbo com o polegar manchado.

Então, ela começou a produzir sons. Talvez sempre tivesse tido essa faculdade, mas seu instinto de permanecer quieta a impedira de descobri-la. Agora encanta-se em chamar atenção para si. Bate portas, bate os pés, dá pancadas com os punhos. E ainda que o homem às vezes proteste, suas reprimendas são mais um encorajamento — ela percebe pelo tom — do que outra coisa. Ela recolhe cor das folhas rubras e douradas no chão lá fora, para depois escondê-las entre as coisas dele, como pequenos tesouros.

Quando vê as histórias que o homem conta por meio dos desenhos, decide fazer um também. Mas ela não sabe o que desenhar — em sua mente, sua história tem a forma de um espaço em branco —, portanto aperta no papel a mão encharcada de tinta. Aperta com força, de novo e de novo, e com cada marca pensa: *eu estou aqui, eu estou aqui.*

Depois, as marcas que deixou a assustam. São audaciosas, pedem punição. Ela quase pode sentir o ardor de uma mão batendo em seu rosto, ver o olhar de desgosto, como se sua mera existência fosse imperdoável. Mas o homem pendura suas impressões na parede, como se elas fossem, assim como os livros de Darragh, dignas de serem expostas.

Ela crê que é a influência do homem que a faz continuar voltando. Toda vez que desliza para o mundo dele, ele responde com voz e olhos que só podem ser descritos como famintos. Fala a língua dela. Encoraja suas desordens. O fato de ele a chamar por um nome estranho não significa nada — para ela, nomes são intercambiáveis. Ela seria, como já foi, chamada de tudo e de nada. Será a pessoa a quem ele está procurando.

Ele não é aquele para quem ela esperava voltar, mas a quer, ao menos pensa que quer, e seu desejo muda tudo. Depois de uma eternidade permanecendo invisível, ela anseia por ser vista.

No princípio, ela pensa que é uma multidão de fantasmas. Quando passa por ela, uma fila grande, gargalhante, só vê crianças. Meninos e meninas, ela sabe pela variedade de timbres das risadas. E sabe que é véspera da noite dos espíritos, em novembro. As crianças caminham como embriagadas, mal enxergando por onde andam através das máscaras grotescas.

Darragh a vestiu de fantasma uma vez. Ele escureceu seu rosto com cinza, fez duas manchas vermelhas com sumo de fruta e, com uma capa roubada da mãe, escondeu-lhe o rosto em suas sombras. Sendo menina, Aisling devia estar em casa com suas irmãs, preparando comida para o feriado, celebrando o início do ano, descascando uma maçá e deixando a casca cair e formando a inicial de seu futuro marido. Em vez disso, naquela noite ela esgueirou-se pela aldeia ao lado de Darragh, cercada por outros garotos, fantasmas que arranhavam as portas e corriam, gargalhando de maneira malévola.

Os meninos sempre ficavam agitados no início de novembro. Com a colheita e o trabalho mais pesado do ano terminado, seus estômagos mais cheios do que de hábito, eles tinham como meta provocar terror. Desafiavam uns aos outros a entrar no cemitério e a subir ao topo do túmulo das fadas, fingiam ouvir as rodas rangentes do *coshtabower* — o carro da morte — se aproximando da aldeia. Formavam um círculo ao redor de uma pilha de terra com um galho enfiado no meio, revezando-se em raspar fatias do monte com seus bastões. O último a raspar, antes que o galho caísse, seria o primeiro a morrer. Naquela noite fora Darragh. Os outros meninos contorceram-se de excitação e olharam para ele cautelosamente.

Mas Darragh sorrira.

— Sei que tenho o poder de escolher quem me seguirá na morte — ele disse, e seu rosto, branco de farinha, fez até Aisling tremer.

Ainda que nenhum deles tivesse ouvido tal regra antes, todos correram para casa, olhando por cima do ombro com apavorada regularidade.

Na sua vez, Aisling raspara timidamente o monte, sem compreensão do que era a morte. Mais tarde, perguntou a Darragh.

— É ruim? Os outros meninos estavam com medo dela.

— Nem um pouco — Darragh disse. — É o mesmo que o dia se transformando em noite. Sua vida é como o dia, e depois da morte, é tudo diferente, nem melhor nem pior, apenas diferente, porque, como à noite, o mundo já não parece o mesmo. É por isso que o crepúsculo é a hora sagrada, quando o dia e a noite se unem, e os vivos e os mortos podem se encontrar no caminho.

Aisling ficou aliviada. Quando Darragh morresse, eles ainda teriam o crepúsculo, que era a ocasião em que ele voltava dos campos e eles comiam batatas e coalhada no quarto subterrâneo, e ele a abraçava enquanto olhavam as estrelas se acenderem como velas, uma a uma, acima de sua porta.

Ali também há um crepúsculo e uma noite de espíritos. Há momentos distintos, ao contrário de antes, quando o tempo era impreciso, e há chão sob seus pés.

Ela sente frio. Imagina como pode ter se esquecido do frio e da sensação desesperada de quando nada mais importa além da tentativa de afastá-lo. Como a fome, que pode chegar a uma dor semelhante a de ser roída por dentro, mas que agora é apenas um leve desejo. É a sede que a está deixando tonta. Tão forte que ela acha que nunca cessará, a última sensação de que ela se lembra, antes que todas as sensações parassem.

Ela manca em direção à porta aberta. Seus pés, cujas solas tinham sido grossas e escuras como o couro, agora estão em fogo. Ela voltou com pele nova e delicada nas solas dos pés, que agora estão esfoladas e sangrando por ela estar caminhando, descuidada como fazia antes, sobre os espinhos da floresta. Há uma vela na janela dele, tremeluzindo um convite aos mortos.

Dentro do chalé está escuro, mas ela percebe a silhueta do homem em sua cama. Sente-se como se estivesse escorregando. Num instante, consegue ver a própria mão, no seguinte, ela desapareceu. Bate as pequenas portas nas paredes da cozinha dele para chamar-lhe a atenção. Quando ele lhe fala, sua voz é como atiçar o começo de um fogo, e ela se sente reaparecer. Ela alcança a maçaneta brilhante que o vira girar para fazer a água correr direto para dentro da casa.

Não pode decifrar as palavras dele, mas não se importa, pois a água está lambendo o interior de um copo. Depois está em sua boca. Ela a pode sentir penetrando cada poro seu, aliviando a secura e fazendo-a cada vez mais sedenta, como se fosse preciso água para fazê-la perceber quão sedenta está de fato. Então ouve novamente aquele nome que não é o seu. O homem está parado à sua frente. Ele acendeu a luz, e Aisling vê pela expressão de seus olhos que ela está inteiramente ali.

Também vê que ele gostaria de ralhar com ela. Percebe que não é a menina que ele esperava e que isso o deixa desapontado. Percebe-o por suas sobrancelhas caídas. Sente um breve desejo de sumir de novo, mas agora sabe que não tem escolha a não ser ir adiante.

— Eu sei ler — diz em irlandês.

Ele pisca.

— Sei costurar e cozinhar para mim. Corro mais depressa do que qualquer menino do meu tamanho e alguns maiores, e sou bem bonita, o que alguns dizem como uma praga, mas Darragh diz que não há nada de mau nisso.

Ela pára quando ele ergue a mão e dá um passo atrás.

Repete o que disse no inglês que Darragh lhe ensinara. Quando está no meio, o homem senta-se à mesa da cozinha como se estivesse subitamente muito cansado para ficar de pé. Quando fala com ele sobre sua beleza, ela vê o esboço de um sorriso em seus lábios.

— Bem, que bom para você — ele diz.

Ela sabe que ele não estava realmente ouvindo, e se lembra de que adultos preferem falar de si mesmos.

— Quem é Nieve? — pergunta.

Isso funciona. Há uma reação nele: tristeza, raiva e alívio por haver sido ouvido.

— Nieve era minha irmã — ele diz.

— Ela morreu? — Aisling pergunta.

Ele assente com a cabeça.

— Vou ser sua irmã agora? — ela indaga, olhando para ele.

Seja o que for que o homem diga em seguida, ela sabe que chegou a algum lugar.

— Não pode ser — ele responde.

Há uma pequena abertura ali, escondida entre as tábuas duras de sua malograda esperança.

Ela se acomoda numa cadeira à frente dele, sem nada dizer.

E, ainda que nenhum dos dois perceba a princípio, nesses primeiros poucos minutos o crepúsculo recuou, e ela já começou a mudar.

3

Oisin está aterrorizado. Seu medo tornou-se demais para seu pênis, que caiu flácido sobre uma coxa. Não está com medo porque essa menina é um fantasma, seu medo tampouco é causado pelo desapontamento por ela não ser Nieve. O que o apavora é o tom de voz dela. Ao perguntar sobre Nieve, as palavras pareciam jorrar de um poço de ciúme, como se ela fosse uma mulher traída. E recitara seus atributos como se tentasse vender-se como uma pechincha. Era o mesmo tom que ele ouvira de amantes que, apesar de terem parecido tão orgulhosas antes, humilhavam-se na tentativa de evitar que ele se afastasse.

Mesmo pouco sabendo a respeito de crianças, sabe o suficiente para avaliar a responsabilidade que caiu sobre ele. Não se pode alimentar um cão faminto uma vez só, pois o cão vai se fiar na falsa esperança que se lhe ofereceu e morrerá de fome.

Embora sendo ele quem a convidou, Oisin subitamente deseja ficar sozinho de novo. Mas ela acomodou seu corpinho na outra cadeira da cozinha com uma determinação que o faz perceber que, mesmo que ele arrancasse a cadeira de baixo da garota e lhe batesse com ela, a menina sorriria, dizendo que sabe contar até cem.

Ela ainda está olhando. Oisin, na época em que podia ver fantasmas, acostumara-se a seguir-lhes a conduta. Espíritos sempre querem alguma coisa e nunca se acanham em pedir. Ocorre a ele que esse fantasma, embora com olhos ardendo de desejo, não sabe como, ou nem mesmo o que pedir.

Talvez ela não seja um fantasma afinal; já não se parece com um. A pele está fosca e suja, ela trouxe para dentro o cheiro de folhas úmidas e ar frio, e o leve, ligeiramente mofado mas não desagradável cheiro de transpiração infantil. Assim sua irmã cheirara certa vez quando se despiram para seu banho.

Sem aviso, Oisin agarra a menina pelo braço. Seus dedos se fecham ao redor de um pulso fino, úmido com o ar da noite, mas cálido por baixo, sólido, pulsando com canais de sangue. Ela se enrijece, retrai-se, solta-se e, então, como decidindo que foi rude, leva o braço de volta à mão ameaçadora.

— Você é real! — O comentário sai de Oisin como uma acusação.

E a menina, que parece acostumada a ser criticada, arruma a expressão de modo correspondente: humilde, culpada, manchada por mal disfarçado orgulho.

Mais tarde, quando a luz do dia começa a azular o céu, Oisin lava-lhe os pés. Durante horas, ela sofreu dor silenciosamente, e isso teria permanecido em segredo se ele não tivesse visto as marcas ovais de sangue que ela deixara atrás de si no chão claro. As solas de seus pés estão cheias de arranhões e feridas mais profundas — algumas ainda sangrando, outras inchadas e começando a se cobrir de pus.

Oisin enche uma bacia de plástico com água quente e se ajoelha ao lado da cadeira dela, conduzindo cada um de seus pés com um suave *plop*. Sujeira e sangue colorem a água lentamente, e ele esfrega com delicadeza os tornozelos finos. Depois esvazia a bacia, enche-a de novo e lava-lhe os pés com desinfetante líquido que espuma e ferve, tingindo a pele de marrom-alaranjado. Ela não emite nenhum som e mal se retrai quando ele aplica Neosporin e estica grandes *band-aids* em seus calcanhares e nas solas dos pés. Oisin, que se corta freqüentemente ao trabalhar, desempenha essas tarefas com fria eficiência e nenhuma tentativa de confortá-la. Tudo o que sente é impaciência por ter de ser perfeito, o mesmo que acontece quando ele precisa interromper um trabalho importante para cuidar de um ferimento seu.

Só quando termina, ao desfazer-se de todas as bandagens, pedaços de algodão ensangüentados e da água espumosa e alaranjada, é que ele se espanta com o tamanho diminuto dos pés dela. Ele os ergue e pousa na cadeira ao lado, forrada com uma toalha. Ocorre-lhe que essa talvez seja a única criança que ele já tocou com tanta intimidade. Oisin não é do tipo de homem que as pessoas incentivam a segurar bebês.

Ele fica desconfortável com crianças, e a maioria delas, percebendo isso, se afasta dele.

Pela primeira vez desde que encheu a bacia com água, ele olha para o rosto da menina. A testa exibe gotas de suor devido ao esforço que ela fez para não choramingar. Seus olhos dourados saltam para o rosto dele, e ele adivinha, pela rigidez de sua postura, que ela está tão surpresa com essa intimidade quanto ele — e igualmente perdida.

Oisin se isolou por tanto tempo, e tão bem, que às vezes a interação mais básica com outro ser humano o deixa com uma embaraçosa sensação de orgulho. Por evitar afeição além de sexo eventual, fica aliviado quando esses momentos de contato acontecem acidentalmente e quando ele consegue reagir como um homem normal. Portanto, depois que faz os curativos nos pés da garota, ele sente o ego inflar um pouco e imagina-se sendo da espécie de pessoas generosas, de bom coração, por quem as crianças se sentem atraídas. E quando ela se acomoda em sua cama, ele não tem coragem de protestar, pois isso poderia macular a nova imagem de si mesmo.

É assim que a menina consegue cavar seu próprio espaço na casa de Oisin e, antes que ele chegue a entender o que ela está fazendo, já está inserida tão profundamente que se torna impossível desalojá-la.

Na primeira semana, Oisin oscila entre sentimentos de caridade magnânima e irritação ressentida. Quando ela dorme, o que parece fazer bastante, ele pode quase ouvir a voz de sua avó louvando-o por pertencer à espécie de homem admirável que recolhe uma criança órfã — essa fora uma prática comum quando Oisin estava crescendo. Seus pais e avós estavam constantemente recolhendo crianças abandonadas ou primos pobres e criando-os junto com seus próprios filhos.

Mas, quando acordada, mesmo sendo quieta e reservada, ela viola seu plácido casulo. Encara-o, fixando nele os ávidos olhos castanhos, como se tentasse imprimir a imagem dele em seu íntimo, da mesma forma que ele transfere a gravura para o papel quando a imprime.

Ele se pega desejando que ela ainda fosse um fantasma. Tudo o que os fantasmas já haviam pedido a ele fora reconhecimento. Mas essa menina, mesmo sem dizer nada, requer mais, ainda que ele possa só tecer conjeturas a respeito. Orientação? Definição? Às vezes, enquanto desenha, ele esquece que ela está ali e, quando ela aparece de novo à sua frente, fica furioso com a intromissão.

Oisin organizou sua vida nos moldes de quem é sozinho. Os novos amigos que já teve, na faculdade, desistiram dele anos antes, levando pelo lado pessoal sua tendência de cancelar planos, de nunca retornar telefonemas, ou de desaparecer durante horas quando era hóspede em suas casas. Nenhum deles parecia entender que ele preferia ficar sozinho, que seu modo de vida solitário não era simplesmente para passar o tempo até que encontrasse uma mulher para partilhar sua vida. Ele não tem nenhuma intenção de partilhar sua vida, seu tempo ou sua casa com nada além de sua arte. Graças à herança de um avô que nunca conheceu, não tem um emprego há dez anos, portanto não tem nem mesmo conhecidos de escritório.

Ele costumava imaginar se sua introspecção evoluíra para facilitar sua arte — assim cada grama de energia que possuía podia ser canalizado para a criação, que, mesmo sob as mais perfeitas condições, é, das coisas que ele faz, a que mais o exaure. Por outro lado, talvez tenha se tornado artista para justificar sua personalidade naturalmente anti-social. Mas ele já não se debate nesse dilema tipo "o ovo ou a galinha". Seu desejo pouco freqüente de contato humano é satisfeito com casos com mulheres que ele inevitavelmente desaponta. Nunca houve outra escova de dentes além da sua no banheiro, ele nunca encontrou roupas alheias em sua desarrumada lavanderia. Nunca houve um objeto em sua vida que não fosse tão-somente seu.

Até que essa menina chegasse, esfregando sua presença sobre tudo que ele possui. Longos cabelos loiros grudam em seu suéter com surpreendente persistência, o leite desaparece de sua geladeira numa vazão constante, seu corpo tem sido expelido para as bordas do colchão por membros jovens esticados, ele é despertado à noite não por sua própria insônia, mas pelas lamúrias de um pesadelo que pertence a ela.

Até seus horários — suas decisões sobre os espaços de tempo de cada dia — já não lhe pertencem. Quando menino, ele nunca esperou que adultos o entretivessem; então ganhara Nieve. Mas essa garota o observa para ver o que ele fará em seguida. Oisin começou a anunciar cada passo que dá, esperando que ela entenda e desenvolva sua própria rotina. A voz dele, tímida e um tanto infantil, soando em sua outrora silenciosa casa, agora o segue com a mesma insistência dela.

— Hora de levantar — ele diz pela manhã, ainda que ela quase sempre já esteja acordada e à sua espera. — Vamos nos vestir agora. Desjejum. Estúdio.

Tudo que ele precisa para se fazer passar pelo sr. Rogers é de um par de chinelos e um casaco. Pela primeira vez em anos, lamenta não ter um televisor. Ele a estacionaria na frente do aparelho sem o menor remorso, se isso a fizesse parar de observá-lo.

Quando muda de rotina — se dorme demais ou pára de trabalhar mais cedo, se esquece de almoçar ou mesmo de urinar antes de pôr a chaleira no fogo pela manhã —, sente o desconforto da menina tão fortemente como se ela houvesse gritado em protesto. Qualquer desvio da rotina a deixa em pânico.

Como aconteceu essa metamorfose de Oisin, de artista introspectivo para guardião temporário? Por quê, de repente, sem ter pedido por isso, ele recebeu essa responsabilidade?

Não descobriu quase nada com suas perguntas. Sabe o nome dela, Aisling, e se lembra de que em irlandês significa "visão". Ela tem voz suave, sotaque do oeste da Irlanda e, antes de se adaptar, igualando sua linguagem à dele, trazia no modo de falar um toque antigo.

Isso, além da ausência de familiaridade com os utensílios da casa — ela tentara colocar a chaleira diretamente na lareira antes que ele lhe mostrasse como ligar o fogão a gás — faz com que Oisin suspeite de que ela não esteja viva há muito tempo. As perguntas sobre os pais dela são respondidas com um baixo "estão mortos". Quando lhe pergunta por que ela está ali com ele, naquela ilha, ela meramente dá de ombros. Às vezes, dormindo, ela chama por alguém de nome Darragh em voz mais alta do que a que usa quando está acordada. De olhos abertos, nega ter conhecimento de tal pessoa.

Nos primeiros dias, Oisin acreditou que só ele pudesse vê-la. Então, quando ela o seguiu num passeio pela praia, pisando silenciosamente em cada uma de suas pegadas na areia, eles encontraram um pescador local amarrando seu bote acima da linha da maré alta.

— Admiradora nova, Oisin? — o homem brincou, piscando para Aisling, seu rosto suavizando-se quando ele olhou para a criança. — Você é uma linda visão — falou, e Aisling, mesmo tentando evitar, sorriu para ele.

Oisin, confuso, horrorizado, só respondeu ao homem com um sinal de cabeça e apertou o passo. Não lhe ocorrera ter que explicá-la. Por um momento achou que tivesse sido enganado. Talvez ela fosse apenas uma criança da ilha que fugira de casa, e seu desejo pela volta de seu dom de ver espíritos o tivesse precipitado em conclusões ridículas.

Ele foi à casa de Deirdre com a desculpa de pedir livros infantis emprestados, mas sua intenção era testar sua sanidade.

— Minha sobrinha está comigo — ele disse, e Deirdre assentiu.

— Eu a vi — ela falou.

Oisin ficou aliviado. Se Aisling fosse uma criança da ilha desaparecida, Deirdre a teria reconhecido. Ele notou um quê de surpresa nos modos gentis de Deirdre. Ela não esperava, era óbvio, que ele hospedasse crianças.

Os livros ajudaram a diminuir a pressão do olhar de Aisling. Ela os devorou, lendo durante horas, acabando livros inteiros numa tarde. Ainda insistia em ocupar o mesmo quarto que Oisin, e a segui-lo do estúdio para casa e de volta novamente. Se ele se virava de repente para ir buscar uma ferramenta esquecida, tropeçava nela. Mesmo quando mandava que ela se sentasse quieta, num tom que parecia o daquelas mães esgotadas que gritavam ordens para os filhos, na balsa, Aisling erguia os olhos do livro periodicamente para certificar-se de que ele estava lá.

Oisin, que passara anos lendo sobre o oculto, depois que sua segunda visão o abandonara, vasculhou a memória procurando alguma explicação.

Lembrou-se de histórias de almas que pareceram morrer, mas que haviam sido raptadas por fadas. Às vezes conseguiam voltar, surpreendendo os parentes que havia décadas estavam de luto por elas. Talvez Aisling seja uma dessas almas ou, ele pensou, talvez ela tivesse voltado numa missão, como espíritos com assuntos inacabados costumam fazer. Oisin vira mães mortas voltarem para amamentar seus bebês, homens adiarem seu descanso eterno por causa de uma dívida não paga.

Fosse como fosse, ele disse a si mesmo que essa menina estava com ele apenas temporariamente. Ele precisava desistir de sua privacidade por uns tempos, se isso significava que poderia exercer de novo seu talento de uma segunda visão havia muito adormecido. Talvez essa garotinha esquisita e intensa fosse apenas o começo, uma precursora da volta de Nieve, por quem ele estava esperando por mais da metade de sua vida.

Assim, conforma-se com a presença de Aisling, até que a sensação de que algo está errado começa a devorar o pouco sono que ele consegue ter à noite.

Ele nota uma coisa que faz com que tudo o que achava saber sobre os mortos e os vivos desmorone, deixando-o sem nada para começar de novo.

Ela está crescendo, e não com a rapidez normal de uma criança viva.

4

Quando Oisin era menino, sua mente refugiava-se no conforto dos opostos: ou alguém é um gêmeo, ou não é. Ou uma pessoa possuía uma segunda visão, ou era meio cega. Era sua irmã gêmea, Nieve, quem fazia Oisin ser especial, mas a partir do inverno em que ele tinha sete anos, foram os fantasmas que os separaram.

A maior parte da infância de Oisin se passara no andar térreo de uma casa com três famílias, circundada por uma varanda, na zona sul de Boston. Southie era uma península espetada no porto de Boston, um bairro isolado, quase inteiramente irlandês.

O pai de Oisin era estivador quando tinha de ser, e pescador quando podia. Se encontrava trabalho em um barco, ficava longe de casa por meses a fio.

Oisin e Nieve tinham o hábito de acordar antes do amanhecer para passar algum tempo com o pai. Adoravam se levantar quando ainda estava escuro, fazer o café que seu pai tomava com creme de leite e açúcar, movendo-se de um lado para outro de chinelos e robe, sem pressa de se vestir. Depois que o pai saía, eles tinham horas a sós, antes que a mãe se levantasse. Passaram a considerar preciosas essas horas, quando as estrelas desapareciam e a aurora se derramava no céu como tinta azul.

Mesmo quando o pai não estava, os gêmeos se levantavam às cinco da manhã. Estavam proibidos de correr e de acordar a mãe, portanto passavam as manhãs em seu quarto, as cabeças se tocando nas camas idênticas, contando um ao outro histórias de viagens. Desde que haviam descoberto que existia outro mundo além daquele que habitavam com os pais, eles tinham uma fuga imaginária. As paredes eram forradas de mapas e, coladas entre linhas de latitude e longitude, estavam fotos que eles recortavam da *National Geographic*. Tinham uma história para cada lugar exótico do qual haviam ouvido falar, e era nas primeiras poucas horas do dia, com o pai ausente e a mãe adormecida, que esses lugares pareciam mais acessíveis.

A visão de Oisin ocorreu numa dessas manhãs, em dezembro. Ainda que fosse lembrada como a sua primeira, ele sempre tivera consciência de gente silenciosa e reservada que espreitava nos cantos. Seu bairro era residencial, e a casa deles estava sempre fervilhando de amigos e familiares, portanto nunca ocorrera a Oisin que havia uma espécie de gente que só ele era capaz de ver.

O pai ainda não tinha saído, e eles três estavam à mesa tomando café e chocolate no escuro. Declan MacDara detestava o clarão de lâmpadas logo cedo, portanto a manhã deles era organizada às cegas. Tudo estava em silêncio, com exceção dos goles e tomadas de fôlego dos gêmeos — ambos se esqueciam de respirar quando bebiam, e muitas vezes soavam como se estivessem se afogando em seus chocolate. Quando Oisin começou a murmurar respostas à bateria de perguntas — *Hã, hã, hã, acho que sim, claro que não* —, Declan olhou-o, mas Nieve não pareceu notar. Ela já ouvira Oisin murmurar daquele jeito.

Então, Oisin ficou em pé e correu para o vestíbulo. Ao voltar, um minuto depois, a cozinha se encheu de um vento frio que parecia tê-lo seguido. Ao verificar de onde vinha essa corrente de ar, Declan descobriu a porta da frente aberta, segura por botas de inverno. A neve já formara um pequeno monte no tapete. Declan fechou a porta e passou a tranca, que era alta demais para Oisin alcançar.

— O *Globe* chegou? — perguntou ao filho, mesmo sendo cedo demais para o entregador de jornal.

— Vovô está saindo para seu passeio — Oisin falou, soprando o vapor de sua caneca. — Ele me pediu para deixar a porta aberta. Detesta chaves.

Nieve parou de beber seu chocolate e olhou para Oisin, depois para o pai. O pai de Declan morava na Irlanda. Não o viam desde sua última visita, no verão anterior.

— Isso é um dos seus jogos? — Declan perguntou, olhando para Nieve em busca de ajuda.

Nieve deu de ombros, e Oisin só apertou os olhos para ele e suspirou, como se dissesse que, para o pai, qualquer explicação seria um desperdício. Era assim que Declan e Oisin se olhavam freqüentemente; Declan parecia achar seu filho impenetrável e levemente ameaçador. Preferia Nieve, sempre preferira, assim como sua esposa, Sara, preferia Oisin.

O telefonema veio sete horas depois. O avô de Oisin caíra morto com um enfarte à mesma hora em que eles estavam sentados cumprindo seu ritual matinal. Declan, que possuía um lado supersticioso que raramente mostrava, contou à esposa sobre o incidente no desjejum. Sara chamou o filho de lado, naquela noite.

— Papai disse que você pensou ver seu avô esta manhã. Oisin deu de ombros.

— Ele não estava aqui de verdade, sabe disso? — ela continuou.

— Claro — ele disse.

— Porque vovô morreu ontem à noite, Oisin. Não poderemos mais visitá-lo. Ele agora está no céu, com Deus.

— Certo — Oisin falou.

Dispensou imediatamente a explicação da mãe sobre a morte. Não compreendia nem acreditava nela havia muitos anos. Ninguém que morria parava de existir para ele, ou ia a parte alguma que ele não pudesse encontrar.

Na manhã seguinte, quando Oisin e Nieve estavam sozinhos em seu quarto, sussurravam, enquanto os pais pesarosos dormiam.

— Tem certeza de que não o viu? — Oisin perguntou.

— Juro — Nieve afirmou. — Como ele estava? — perguntou, ainda que Oisin já lhe tivesse contado uma dúzia de vezes. — Ele estava branco e fantasmagórico? Você podia ver os móveis através dele?

— Não — Oisin disse, e de novo tentou explicar.

Nunca vira nada tão vívido, tão real quanto o fantasma de seu avô. Ele estava mais colorido e brilhante do que qualquer coisa naquele quarto, e sua pele parecia diferente, como se fosse possível perceber que ela era feita de milhões de pedacinhos, cada um deles contendo mais energia do que uma pessoa podia conter. O avô brilhava — mas não de uma forma intocável. Seu brilho incluíra Oisin. Desde que o vira, Oisin percebera que, em comparação, seus pais, seus amigos e mesmo Nieve, todos pareciam sombrios e inconsistentes.

— Sei o que significa — Nieve disse. — Você tem uma segunda visão. Li sobre isso num livro, na casa da vovó. É como ser um profeta ou algo assim. Quer dizer que Deus quer que você seja especial.

— Isso não faz nenhum sentido — Oisin replicou. — Se é uma coisa tão especial, você a teria.

Oisin acreditava no mistério de gêmeos: não importa quanto eles possam se parecer, um é sempre melhor. Mais bonito, mais inteligente, mais talentoso, mais alto. Desde que ele podia se lembrar, Nieve sempre fora a melhor. Era assim que ele gostava. Sua irmã ficava sob os holofotes, e ele — o favorito dela —, aconchegado à sua sombra.

Nieve saíra à mãe: pele impecável e cabelos tão fartos e louros que pareciam uma cascata ao sol. Ela sempre fora ligeiramente mais alta que Oisin, como sua mãe era mais alta que seu pai, com pernas longas e tornozelos delicados, parecendo quase frágeis. Os olhos de Nieve, entretanto, eram só dela. Ninguém podia adivinhar de onde os tirara. Eles eram tão escuros em seu rosto que o efeito tornava-se devastador, como se ela estivesse possuída pelo espírito de outra mulher, de um tipo tribal.

Oisin era suficientemente desajeitado para atrair suspiros condoídos dos adultos. Seu cabelo era de um alaranjado chocante, incontrolável, um campo de redemoinhos espetados. Às vezes ele se queimava violentamente com o sol e ficava com sardas grandes e irregulares. Era alérgico ao sono: a crosta matinal recusava-se a se soltar de suas pálpebras, deixando-as sempre inchadas e ligeiramente meladas. Por causa disso, o azul extraordinário e peculiar de seus olhos raramente era notado. Diziam-lhe que ele parecia mais irlandês do que qualquer um de seus parentes na Irlanda, e ele cresceu achando que parecer irlandês não era vantagem.

— Aonde você acha que vovô estava indo? — Nieve perguntou.

Seus rostos estavam tão próximos que ele podia sentir-lhe a respiração. Anos antes, Oisin tentara coordenar sua respiração com a dela, inalando tudo que Nieve exalava.

— Ele não disse — Oisin franziu o cenho. — Paraíso, provavelmente.

Nieve bufou.

— Se ele pode ir a qualquer lugar, devia escolher um mais interessante do que o paraíso.

Oisin concordou com a cabeça. Aquele era seu terceiro ano na escola católica, e as freiras faziam o paraíso parecer uma eterna missa completa, com roupas engomadas e vozes desafinadas perseguindo os acordes de um órgão.

— Bem, espero que ele não volte amanhã, pois eu quero ir à África — Nieve falou, como se o espírito de seu avô fosse um irritante garoto da vizinhança. — Os filhotes de leão devem estar aprendendo a caçar, a esta altura.

— Está bem — Oisin falou, ainda que secretamente esperasse ver o fantasma de novo.

Nieve suspirou.

— Você acha que nós vamos mesmo a algum lugar um dia?

— Nós vamos para a Irlanda todo verão — Oisin observou.

— Eu quis dizer algum lugar emocionante — disse Nieve.

Quando Oisin e Nieve entraram no jardim-de-infância, foram postos em salas de aula diferentes, uma em cada ponta do corredor.

Foram precisos três dias de gritos ininterruptos de Oisin para colocá-los juntos. Mesmo eles já tendo combinado protestar, e Oisin — com seus olhos crus e timbre de voz agudo — tendo sido escolhido como melhor gritador, o desejo de não serem separados era suficientemente sincero. Quando não estavam juntos, ficavam inquietos, preocupados e ansiosos sobre quando seriam reunidos. As freiras desistiram e disseram aos pais de Oisin e Nieve que eles se acostumariam melhor juntos.

— Isso é o que eles querem que vocês pensem — resmungara a mãe.

Seus pais sempre haviam tentado separá-los. Oisin e Nieve nunca tinham usado roupinhas de marinheiro iguais. Seus retratos tipo Sears — bebês rechonchudos arrumados em peles de cordeiro — foram tiradas individualmente. Nunca, em casa, se referiam a eles como "os gêmeos".

O pai, que crescera à sombra de seu próprio irmão gêmeo, tentava ajudar. Mas a mãe parecia simplesmente achar a proximidade deles ofensiva e a desencorajava. Quando os via pela manhã, apertados em uma das camas iguais, seu rosto se crispava como se ela provasse algo azedo.

— Não é natural — disse mais de uma vez — que irmãos gostem tanto um do outro.

Os pais de Oisin e Nieve pareciam esquisitos para eles. Se crianças aprendem sobre relações por meio da interação entre o pai e a mãe, Oisin e Nieve aprenderam o seguinte: a vida pode aproximar as pessoas mais diferentes, não necessariamente em nome do amor. Oisin e Nieve cresceram acreditando que eles existiam por acidente, um acidente que nenhum de seus pais parecia recordar com prazer. Mais tarde, souberam que a concepção de sua família não fora um acidente, mas um erro.

A mãe de Oisin era do sul, onde — ela contava aos filhos — as pessoas são melhores, o ar mais quente, e o solo, vermelho. Conhecera o pai deles quando estava em seu primeiro ano da faculdade Radcliffe, em Cambridge. Declan era um imigrante ilegal irlandês, trabalhando como estivador com seu irmão gêmeo, Malachy, que, atraente e espirituoso, era o melhor dos dois. A mãe conheceu o pai em um bar e, depois de dois meses, casou-se com ele e foi deserdada por sua família rica, sulista e protestante.

Sempre que essa história era contada, no mais das vezes para Nieve, que a pedia de novo e de novo, nenhum dos pais fazia menção alguma ao amor. As crianças tentavam juntar elementos, mas a história nunca mudava.

— Foi amor à primeira vista, papai? — Nieve perguntava. — Foi por isso que ela desistiu de tudo para ficar com você?

— Oh, eu não me lembro, Nieve — o pai respondia, olhando significativamente para o espaço sobre suas cabeças. — Foi há muito tempo.

Quando pequena, Nieve achava romântico o fato de a mãe ter sido abandonada pela família. Oisin achava assustador.

Preocupava-o que estranhos pudessem chegar do sul um dia, terra vermelha nas botas, e levassem sua mãe embora.

Quando Nieve perguntava sobre essas coisas, Sara dizia que não era de sua conta.

— Claro que é da minha conta — Nieve dizia a Oisin depois. — Eles me fizeram. O mínimo que podem me dizer é por quê!

Oisin desencorajava Nieve a fazer tais perguntas. Ele tinha um pressentimento, mesmo quando ainda bem pequeno, de que a verdadeira história não era bonita. Não se importava tanto quanto Nieve. O relacionamento de seus pais não era algo que o interessasse. Eles mal se falavam. Oisin achava que amor entre um homem e uma mulher não era nada semelhante ao que ele sentia por Nieve, que preenchia todo o espaço vazio dentro dele.

Oisin e Nieve raramente brigavam, e mesmo quando o faziam, mantinham segredo e não corriam pedindo a intervenção dos pais. Eles não competiam por atenção, apesar das óbvias preferências de seus pais. Sara mimava Oisin. Declan mimava Nieve. Cada um dos pais via cada um dos gêmeos como seu. Isso poderia ter causado ressentimentos entre Oisin e Nieve, mas já que nenhum deles confiava nos pais, isso só os aproximou. Ainda que permitissem a Declan e a Sara pensarem de outra forma, eles só pertenciam um ao outro.

Oisin e Nieve não só imaginavam uma fuga, eles a praticavam. Juntos, testavam os limites de seu bairro para ver até onde podiam ir antes que seus pais os puxassem de volta. Mediam as aventuras por quarteirões, ainda que fosse difícil perder-se por alamedas onde todos os conheciam. Sempre que achavam que tinham se aventurado um pouco mais longe de sua varanda, sua euforia era demolida pelo cumprimento cantado de uma dona-de-casa. Era impossível fingir que remavam no Nilo, quando a sra. Kennedy lhes dizia que estava ouvindo Sara chamando-os para jantar.

Na primavera depois que o avô morreu, os gêmeos chegaram até a ilha Castle. Descobriram seu caminho colina abaixo, depois seguiram o caminho ao longo do mar, ziguezagueando entre famílias em seus passeios dominicais até contornarem a ponta e alcançarem o forte militar que protegia a baía de Boston. Infelizmente, um dos guias de turismo era um primo distante de seu pai, e eles foram arrastados para casa em seu momento de maior glória. A mãe, que só estava zangada por não ter notado a ausência deles, castigou-os do único jeito que sabia: separando-os. Fechou Nieve no banheiro com ordens para fazer uma limpeza, e trancou Oisin no quarto. Então, fugiu para o andar de cima, para coquetéis com os vizinhos.

Oisin e Nieve tinham descoberto havia muito que, se abrissem as janelas do banheiro e do quarto, podiam debruçar-se e conversar de suas prisões separadas. Naquele dia, ao lutar com a janela emperrada, Nieve ouviu a voz de Oisin falando com outra pessoa.

— Ossie? — ela sussurrou quando abriu espaço suficiente para debruçar-se para fora.

A voz dele parou bruscamente, e sua cabeça alaranjada surgiu na outra janela.

— Com quem você está falando, Ossie?

Talvez porque Nieve usasse um tom condescendente que o colocou na defensiva, Oisin hesitou antes de responder. Foi aquela fração de segundo, quando ele se refreou, que Oisin recordaria depois como o começo de sua traição a Nieve.

— É só o vovô — disse.

Os olhos de Nieve se estreitaram, estudando-o. Quando ela voltou a falar, sua voz estava cheia de alegria forçada.

— Peça para ele contar a história dos nossos nomes — recomendou.

Era sua história irlandesa favorita, recitada todo verão pelo avô, na frente de um brilhante fogo alimentado por turfa.

— Mas você não pode ouvi-lo — Oisin disse.

Nieve apertou os olhos de novo, e ele sentiu uma pontada de vergonha, como se a tivesse ofendido.

Então, Oisin contou a história, pausando entre as frases, ouvindo-as primeiro na voz de seu avô desencarnado.

— Há um país sob o mar — Oisin falou, tentando imitar a voz de um homem. — É chamado de *Tír na nÓg*, País dos Jovens, porque a idade e a morte nunca o encontraram. Só um homem que esteve lá voltou, e esse homem é Oisin, chefe da tribo dos Fianna.

— A lenda de Oisin chegou até aqui. Houve um tempo na Irlanda, antes de São Patrício, quando a magia estava em toda parte e os homens viviam em contato com a natureza. Os Fianna tinham muitos cavalos e cães e passavam o tempo caçando e jogando xadrez. Eram felizes, corajosos e satisfeitos de uma forma que não é possível alguém ser no mundo de hoje. Um dia, quando Oisin e seus camaradas cavalgavam pela praia, encontraram a mulher mais linda que já tinham visto, montando em pêlo um brilhante cavalo branco. A moça tinha cabelos dourados e lábios como doce vinho rubro. Usava uma capa escura de seda, coberta de estrelas vermelhas e douradas, e nos caracóis de seus cabelos aninhava-se uma coroa de rubis.

— "Sou Nieve Chinn Oir", ela lhes disse, o que significa Nieve da Cabeça Dourada. "Estou apaixonada por você, Oisin, e quero levá-lo para *Tír na nÓg*, onde meu pai é rei, onde você nunca envelhecerá nem esmorecerá, e onde ninguém jamais morre."

— Oisin, que não era tolo, apaixonou-se imediatamente por Nieve e ficou envaidecido por ela tê-lo escolhido. Tomou-lhe a mão e disse: "Nunca saberei por que você ama um homem comum como eu. É você quem brilha, você, que é a mais doce e a mais linda, você que é a minha estrela e a minha escolhida acima de todas as mulheres do mundo".

Nessa parte, Nieve sempre suspirava, como se o jovem caçador estivesse dizendo aquelas palavras em seu ouvido.

— "Se vier comigo, poderá nunca mais voltar para sua casa e para seu povo", Nieve advertiu Oisin.

— "Nada além de você me importa agora", Oisin falou e, sem parar para pensar, juntou-se a ela no cavalo e os dois desapareceram, indo para o País dos Jovens sob o mar. *Tír na nÓg* era tudo o que Nieve prometera e mais ainda, e lá, Oisin viveu feliz por trezentos anos. Mas um dia sentiu saudade de casa e pediu permissão para visitar a Irlanda. Nieve o mandou em seu cavalo mágico, mas o avisou de que não poderia apear, pois todos os anos passados cairiam imediatamente sobre ele.

— "Você ficará desapontado, Oisin", ela falou. "A Irlanda já não é a terra que você recorda." Então, Oisin subiu do mar para a Irlanda e procurou por toda parte, mas não conseguiu encontrar os Fianna. O país parecia cheio de pessoas estranhas e de tristeza. Viu algo na areia, algo que parecia um pedaço de armadura dos guerreiros Fianna, e esquecendo o aviso de Nieve, pulou do cavalo.

— Num instante, trezentos anos caíram sobre ele, que enrugou e encolheu, perdeu os cabelos e os dentes e tornou-se o homem mais velho a estar vivo. Quando São Patrício o encontrou, ele estava cego feito um morcego, lamentando tudo o que perdera. Dizem que o santo tentou convertê-lo, aqueles eram dias em que todos estavam adotando religião, mas não creio que tenha funcionado, pois Oisin acreditava em coisas que nem um santo podia compreender. Oisin morreu logo depois disso e dizem que o mar rugiu naquela noite, como se o País dos Jovens estivesse de luto sob as águas.

O avô de Oisin e Nieve sempre parecia tão triste quanto eles, quando acabava essa história. Nieve tinha um hábito. Durante a narrativa, cantarolava baixinho: "Não desça do cavalo, não desça do cavalo". E quando o Oisin da história pulava para o chão, ela sempre batia no irmão com seu punho, como se fosse ele a cometer o trágico erro.

Mas naquela noite, quando o crepúsculo os alcançou debruçados em suas janelas, e Oisin acabou de contar a história, Nieve estava quieta. Por fim, ela quebrou o silêncio com um suspiro e murmurou:

— Toda vez que ouço isso, penso que ele não vai deixá-la. Toda vez.

— Por quê? — Oisin perguntou.

Para ele, a parte mais emocionante da história era a parte sangrenta. Imaginar aquele rosto encolhendo dava-lhe um arrepio de medo.

— Oisin, não seja *criança!* — Nieve ralhou baixinho.

5

A menina é uma filha ilegítima de Oisin. Isso é o que os habitantes da ilha decidem. A idéia encaixa-se perfeitamente nas imagens conflitantes que eles têm tido dele com o passar dos anos: mulherengo, artista talentoso, menino grande. Não há mais sinal da criança desajeitada que ele foi. Oisin agora é um daqueles homens, como lhe disse certa vez uma amante invejosa, que fica mais atraente com o surgimento de cada nova ruga. Homens como Oisin geram filhos não desejados. Isso explica por que ele parece estar tentando esconder a menina, por que quando eles a vêm, em lojas ou na praia, ela se recusa a olhá-los, como uma criança ensinada a sentir vergonha. A visão daquela linda, acanhada garota, despertou o instinto protetor das mulheres dos ilhéus, como se uma queda por órfãos fosse um traço hereditário passado adiante com a história da ilha.

Mas Deirdre Molloy discorda da maioria.

— Ela é sobrinha dele — diz ao grupo de mulheres durante seu chá vespertino no *pub*. — Tem sete anos, é da Irlanda. A mãe está doente, e a menina foi mandada para cá até que as coisas melhorem.

As mulheres ficam caladas por um minuto, transpirando desapontamento diante da explicação menos intrigante, e também por ciúme da informação segura de Deirdre.

— Onde ouviu isso? — Moira pergunta.

Deirdre disfarça, mas acha graça. Sua prima Moira teve uma paixonite por Oisin durante anos, e a inveja por seu breve caso com ele.

— MacDara me contou — diz.

Ela sempre chama Oisin pelo sobrenome, pois seu primeiro nome — por causa do modo como ele o escorrega pela língua — parece íntimo demais.

— E você acreditou nele? — Moira pergunta.

— Por que não? Ele não se importa com o que pensam a seu respeito.

Nenhuma delas pode discordar disso. Mesmo sabendo de fatos novos sobre a história de Oisin, sua década na ilha nunca revelou o bastante sobre sua personalidade.

Mesmo sem graça, a explicação de Deirdre faz sentido. Quase todos os ilhéus têm parentes na Irlanda que os visitam ocasionalmente, e sempre há turistas europeus no verão, encorajados a visitar Tiranogue pelos guias de viagem. Nas sete gerações desde a tragédia, a ilha tornou-se quase exclusivamente irlando-americana. O sotaque é único — Maine e Connemara lutando por espaço nas mesmas frases, a lista telefônica da ilha é dominada por sobrenomes começados por *O'* e *Mc*, a igreja protestante foi transformada em um centro de recreação porque todos na ilha agora são católicos ou católicos relapsos. O *pub* da ilha, como os da Irlanda, permitem a entrada de crianças e de cães a qualquer hora do dia, e há um grupo de músicos tradicionais que toca ali nas noites de verão. A escola primária oferece aulas de rabeca em lugar de violino, a biblioteca tem uma seção separada para literatura irlandesa. Muitos habitantes da ilha acreditam que há apenas uma mínima diferença entre seu lar e a Irlanda, e aqueles que já estiveram de férias na Europa ficam confusos e um pouco ofendidos quando os irlandeses os chamam de ianques.

— Não gosto da idéia daquela menina escondida lá em cima — Moira diz.

As outras resmungam sua concordância. Deirdre ri, mexendo ruidosamente seu chá.

— Não é como se ele a estivesse trancafiando — observa. — Além disso, meu filho também está lá.

— É diferente — Moira comenta. — Gabe está na escola. Vá lá que Oisin se enterre naquele buraco, mas não é justo fazer isso com uma menina pequena. Ela precisa ter outras crianças com quem brincar.

Moira gesticula com a caneca em direção à janela, por onde podem ver alguns meninos da ilha apostando corrida com suas *mountain bykes* sobre a rampa na frente da mercearia. Há uma pausa na conversa, enquanto mães põem a cabeça para fora, mandando seus filhos parar.

— Talvez alguém devesse falar com ele — Maggie sugere. — Nós poderíamos nos revezar, chamando a garota para jantar, ou poderíamos convidá-la para a festa de Natal da escola.

— Eu acho que simplesmente devemos deixá-los em paz — diz Deirdre.

— A pobrezinha vai se sentir muito mal lá, sem nada para fazer — Maggie insiste.

— Nada disso — Deirdre retruca. — Ela está contente assim. Gosta de MacDara. Acho que ela é tão ermitã quanto ele.

As mulheres concordam silenciosamente em adiar a questão para quando Deirdre não estiver presente. Deirdre nota seus olhares furtivos, os goles de chá simultâneos. Elas não levam a sério nada do que ela diz sobre Oisin MacDara. Acham que, por ter dormido com ele, sua objetividade ficou prejudicada. Nessa ilha, certas coisas nunca são esquecidas, ao contrário, são carimbadas na pessoa para sempre, como sua altura na carteira de motorista. Por três anos,

Deirdre tem sofrido o desdém de outras mulheres que fizeram sexo com Oisin e, ainda que não guarde ressentimento contra ele nem tenha planos secretos de ir para a cama com ele no futuro, todos acham que ela os tem, pois Oisin ganhou a reputação de ser um destruidor de corações. Deirdre acha isso extremamente frustrante, mas bem sabe que não deve nem tentar defender-se.

No mês anterior, Oisin foi à casa de Deirdre pedir livros infantis emprestados. Deirdre o conduziu a uma das estantes embutidas que dominam sua casa. Todas as paredes disponíveis, todos os espaços — até o vão da escada — são forrados com bem-arrumadas e abarrotadas estantes. Oisin olhou sem ver a seleção de livros finos, de lombadas com letras douradas. Ficou claro que ele não sabia por onde começar.

— Qual é o nível de leitura dela? — Deirdre perguntou.

Oisin corou. Era óbvio que não tinha a menor idéia.

— Em que série ela está? — Deirdre tentou de novo.

Oisin pigarreou.

— Não tenho certeza. Ela tem sete anos. Parece bem inteligente.

— Leve uma amostra, então — Deirdre sugeriu, vendo o alívio no rosto de Oisin quando tomou a decisão por ele. — Alguns livros de figuras, alguns para principiantes, outros clássicos. Você pode ler para ela, se ela não conseguir fazê-lo sozinha.

Empilhou os volumes nos braços de Oisin.

— *A Teia de Charlotte*, *O Jardim Secreto*, e este primeiro livro de Narnia. Leve também *A Princesinha* e *Anne de Green Gables*. Eram meus, e Gabe recusa-se até a tocá-los por causa das capas femininas.

Oisin parecia horrorizado, talvez pensando no tempo que levaria para ler tantos livros em voz alta.

— É bem-vindo para levar quantos mais quiser — Deirdre disse ainda. — Quais eram os seus favoritos?

— Na verdade, não me lembro — Oisin respondeu.

— Com certeza deve ter lido alguma coisa quando era menino. Algo de Jack London, talvez?

— Só para a escola — Oisin disse. — Eu estava sempre desenhando.

— Mas é claro — Deirdre murmurou e sentiu os olhos de Oisin sobre ela.

Evitou olhá-lo e continuou tirando outros livros da estante.

— *Daniel, o Campeão do Mundo. Uma Dobra no Tempo. Uma Ponte para Terabithia.* — Jogou os volumes de capa mole na pilha de Oisin. — Deus! Eu lia constantemente quando criança. Minha mãe precisava tirar-me os livros para obrigar-me a brincar ao ar livre. Agora, eu mesma tenho de tirá-los de mim, ou não faço mais nada.

Oisin, ela notava, mal a ouvia. Ela censurou-se por tagarelar. Tinham combinado havia muito tempo que não queriam saber muito um do outro, e que sua única noite juntos seria só um escudo físico contra a solidão. E ali estava ela, falando sobre si mesma como se estivessem namorando. Não queria partilhar nada com Oisin, mas aquela era a primeira vez que ele vinha à sua casa, e isso estava perturbando sua mente.

— Acho que já chega — Oisin falou, equilibrando as pilhas sob os braços. — Trago de volta quando ela terminar.

— Ela será bem-vinda, se quiser vir escolher pessoalmente — Deirdre disse.

Oisin parecia indeciso entre a gratidão e o pânico.

— Como achar melhor — Deirdre completou.

Ele só sorriu para ela, forçando a pele ao redor de sua boca a se mover. Oisin, a não ser nos momentos de sedução, não era homem de sorrisos.

— Tome, leve *Peter Pan* também — ela ofereceu. — Talvez você goste deste.

Sua piada foi desperdiçada. Oisin, às vezes, lembrava mais um garoto de dez anos do que um homem adulto. É seu olhar — o azul profundo que atrai tantas mulheres. Há um ensimesmamento ali, combinada com ingenuidade, como se ele não soubesse que as pessoas estão perscrutando seus olhos.

Uma semana depois, Deirdre foi ao chalé de Oisin saber como a menina estava se saindo. Encontrou os dois no estúdio, Oisin desenhando numa mesa de madeira manchada e a garota, que abriu furtivamente a porta, segurando um livro, marcando uma página com o indicador.

— Olá! — Oisin cumprimentou, obviamente espantado.

Não a convidou para entrar, e ela não soube se era de propósito ou apenas seu esquecimento costumeiro.

— Só estava passando — Deirdre explicou, consciente do eco de sua voz na sala de teto alto. — Queria saber se gostaram dos livros, se querem mais alguns.

Oisin olhou para a menina, e Deirdre viu que eles partilhavam um desejo de não responder a perguntas.

— Já li quase todos — a garotinha informou, tão baixo que levou certo tempo para Deirdre decifrar suas palavras.

— Pode pegar quantos quiser. Seu tio pode levá-la à minha casa.

A menina olhou depressa para Oisin, depois de volta para Deirdre. Seus olhos eram de uma cor clara incomum e brilhavam de um modo que, contrariando sua voz baixa, dava a impressão de que ela podia dizer muita coisa.

— Vou sozinha — ela sussurrou.

Deirdre imediatamente identificou ciúme. A menina não queria repartir Oisin. Gabriel agia da mesma forma quando ela de vez em quando saía com alguém. Mesmo sabendo que era perfeitamente normal, havia algo de tétrico na intensidade dessa garota, e em como Oisin, absorto de novo em seus desenhos, não parecia notar, nem dar importância ao fato de ter uma pequena admiradora tão leal. Deirdre os deixou no estúdio, mas não consegui livrar-se da avassaladora sensação de que algo estava errado.

Deirdre não contou às mulheres no *pub* sobre esses encontros nem sobre seu pressentimento. Convenceu-se de que não há nada a dizer. Oisin, como todos sabem, é um homem esquisito, e essa menina parece combinar com as esquisitices dele. Deirdre imagina que ela não se daria bem com as crianças da ilha, que cresceram juntas e tendem a ser um tanto bairristas e a tratar forasteiros com certa aspereza. Ela seria alvo de zombarias, e Deirdre, que se lembra de como meninas podem ser cruéis, acabaria por incumbir Gabe de tomar conta dela.

Além disso, sempre preservou instintivamente a privacidade de Oisin. Ela é uma moça da ilha e escolheu permanecer ali, mesmo quando seus pais e seu marido morreram. Acredita que uma comunidade unida, ainda que possa tornar-se sufocante para os adultos, é o lugar perfeito para criar filhos. Gabe é feliz ali, e ela pode ter certeza, no mais das vezes, que todos tomam conta dele. Se ela ou seu filho têm um problema, há inúmeras pessoas a quem recorrer. Nem todas as mães sozinhas, ela sabe, têm tal facilidade. Quando Brian morreu, anos antes, ela não foi deixada só. A ilha toda a amparou. Ela adora lecionar inglês no curso secundário, sente uma inusitada satisfação em alimentar com sua paixão por literatura os jovens que têm sede de viver, mesmo enfrentando tantos problemas na vida. Ela é a professora predileta de muitos dos meninos e meninas da ilha. Mesmo assim, às vezes anseia pelo anonimato, por uma noite com rostos desconhecidos e promissores, por uma vida onde ninguém a conheça nem se importe com o que ela faz.

Protege a privacidade de Oisin porque inveja seus segredos, sua autonomia. E ainda se lembra, mesmo tendo-se recusado a partilhar os detalhes com as amigas, de quando fez amor com ele. De como, ao tocá-la, ele conseguiu fazer parecer aquele toque íntimo e casual ao mesmo tempo, de como ela foi capaz de se abrir por algumas horas e depois ir embora sem os sentimentos de vulnerabilidade e perda que experimentara algumas vezes com Brian. Oisin, que ela vê como emocionalmente pobre, é surpreendentemente generoso e ardente na cama. Ela ficou aliviada por não ter pedido nem oferecido nenhuma confirmação de seus sentimentos, e ele não lhe tirou nada quando fizeram amor. E por ser grata por isso, ela tenta retribuir o favor, evitando que os vizinhos curiosos se aproximem demais da vida de Oisin.

É por isso que não conta a ninguém sobre a estranha atmosfera no estúdio naquele dia, nem sobre as vezes em que viu Oisin e a menina depois disso, caminhando pelo bosque ou lendo livros sentados nas pedras da praia. Seria muito difícil de explicar. Cada vez que ela vê a garota, com seus longos cabelos que mudam de cor conforme a luz e olhos que parecem ver mais do que a maioria das crianças, alguma coisa nela parece ter mudado. Ela conhece essa sensação por meio de Gabe, que, a cada poucos anos cresce mais para dentro de si mesmo. Mas, com a menina de Oisin, as impressões são rápidas e impressionantes demais. É como se, cada vez que Aisling passa por ela, Deirdre visse uma criança completamente diferente.

6

Leva um mês para que Oisin perceba.

Numa semana de dezembro, após um desjejum normal, sem palavras, Aisling se vira da pia e vê Oisin olhando para ela com a mesma combinação de espanto e desapontamento que demonstrara em seu primeiro encontro.

— Você está crescendo — ele diz.

Seus olhos a percorrem de cima a baixo. Ela quase pode senti-los como mãos procurando uma explicação.

— Suas roupas não lhe servem mais — ele fala, ralhando.

Na primeira semana, ele comprara um macacão infantil na loja local para substituir o vestido esfarrapado e imundo que ela usava ao chegar. Ela o vestira todos os dias, com uma camiseta vermelha de Tiranogue e um velho agasalho dele por cima, como um roupão.

Ele comprara o tamanho errado, e no começo o macacão ficara folgado, mas agora repuxa no gancho e tem a bainha bem acima dos tornozelos.

Aisling percebera logo que não podia contar tudo, nem mesmo a Darragh. Guardar segredos fora tão útil para ela quanto seu silêncio. Não podiam culpá-la pelo que não sabiam.

Ela cresce durante a noite. Pode sentir isso quando começa o crepúsculo, com um calor dolorido que parte da espinha e se espalha por todos os músculos de seus membros. Enquanto Oisin dorme, ela tenta não gritar de dor.

Uma vez, brincara na cerca, pendurando-se pelos braços até não agüentar mais a tensão. Agora, cada centímetro seu sente-se assim, sem alívio, até que finalmente ela adormece de exaustão. Pela manhã, sempre há diferenças consideráveis. Tudo nela está mais comprido. Seus cabelos são tão fartos que puxam o couro cabeludo. Os dedos seguram melhor as coisas, e ela já quase consegue acompanhar os passos de Oisin em suas caminhadas pelo bosque. Ela vê mais longe agora — distâncias que não percebia antes estão aparecendo diante de seus olhos. Muitas vezes acorda de manhã com os braços estirados acima da cabeça, como se tentasse diminuir a tensão do crescimento mas cedesse a ela.

Até seus pensamentos são mais longos. Ela se surpreende fazendo planos para mais adiante, imaginando quanto vai crescer na próxima semana, no próximo mês. Um dia costumava parecer uma eternidade, agora uma semana passa sem que ela perceba. Ela começou a tomar nota das coisas numa taquigrafia inventada, um diário de fatos truncados, pois suspeita de que esquecerá os detalhes tão rapidamente quanto os percebe.

Durante o dia, quando Oisin está trabalhando, ela passa o tempo inspecionando-se, anotando as mudanças e lendo os livros que tomou emprestados daquela mulher. Ela lê depressa e por vezes sente, devorando página após página, como se estivesse literalmente comendo as palavras. Ela era assim antes. Darragh tentara ensiná-la a ler como ele — cuidadosa e reverentemente. Mas ela sempre correra pelos livros, folheando à procura de passagens importantes. Não vê a leitura como entretenimento. Lê para pesquisar, para aprender a viver. A maior parte do que aprendeu em sua vida antiga não serve para nada ali. Não há animais para cuidar nem irmãs a evitar. Ela passa mais tempo na presença de Oisin do que já passou com outra pessoa, inclusive Darragh.

Lê com a esperança de que os livros lhe digam como se portar, como falar, quem ser. Recria a si mesma pelo bem de sua segurança. Oisin, ela acredita, a deixará ficar se ela parecer tão normal e útil quanto possível.

— Você está ou não está crescendo? — Oisin insiste, e ela se encolhe, mudando o peso de um pé descalço para o outro.

— Estou — ela responde com voz apenas audível.

Oisin, que secretamente esperava que tudo fosse um truque de sua imaginação, deixa-se cair com um baque na poltrona.

— Há quanto tempo isso vem ocorrendo? — pergunta.

Ela acha que não é a hora certa para responder àquilo.

Oisin está zangado, tem vontade de esbofeteá-la, ela percebe, e mesmo sabendo que ele nunca faria isso (não é do tipo que bate), imagina perfeitamente a ação: seu braço voando para ela, o som inesquecível que sua mão calosa produziria em contato com seu rosto.

— Isso é inaceitável! — Oisin exclama. Ergue-se e se põe a andar de lá para cá. — Você não pode crescer aqui!

— Por que não? — ela murmura.

— Porque não é tão simples assim. Alguém teria que criá-la, e não há ninguém para fazer isso.

— Você não pode? — ela pergunta.

— Não!

— Por quê?

— Porque tenho trabalho a fazer! — Oisin grita.

Então sua expressão muda, como se ele achasse que aquilo soara falso.

— Olhe, se eu tivesse vontade de criar filhos, teria os meus próprios a esta altura — tenta explicar. — Você simplesmente aparece, me escolhe para pai e começa a crescer. Eu tenho de querer você, antes que isso aconteça.

— Você me convidou.

— Eu não... — Ele começa a dizer que não era ela que ele queria convidar, mas pára. — Não posso — insiste.

— Pode, sim, claro — ela afirma alegremente. — Não vou atrapalhá-lo. Sei cuidar de mim mesma.

— Nem bom vizinho eu sou, imagine tutor! — Oisin comenta. — A simples idéia de você chegando à puberdade me faz sentir tentado a chamar a assistência social! Você ficaria melhor com outra pessoa, não comigo.

Aisling, sem saber ao certo o que ele quer dizer, não pergunta o que é puberdade nem assistência social. Em vez disso, diz:

— Talvez. Mas não há mais ninguém.

Oisin senta-se de novo, exausto. Cobre os ouvidos com as mãos marcadas, sem querer ouvir mais nada. Mesmo sendo muito mais velho, seu rosto lembra a Aisling o de Darragh. Durante o corte da turfa, na primavera, era trabalho de Aisling levar chá para Darragh e seu pai no pântano. Ela cambaleava pelos campos com a pesada cesta e, mesmo esperando por ela, Darragh sempre parecia assustado. Desde que a avistava até ela chegar à sua frente, oferecendo-lhe o almoço, seu rosto era uma batalha, como se ele não pudesse decidir se devia bater nela ou tomá-la nos braços. Sua bondade sempre vencia, e ele tocava-lhe os cabelos delicadamente e a deixava ficar enquanto comia, oferecendo-lhe goles de chá cor de âmbar de sua caneca de latão.

Ela agora vê a mesma coisa nos olhos de Oisin: a bondade vencendo o egoísmo. Esperara mais. Esperara que Oisin fosse querê-la, em vez de ficar com ela por obrigação. Mas essa obrigação é conhecida, e Aisling sabe o que fazer com ela. Como uma quantidade limitada de comida, sabe como fazê-la durar, o que, por ora, basta.

Seu crescimento não é a única coisa que ela está escondendo de Oisin. Não contou sobre sua família por medo de que, se ele souber da história, a veja do jeito que os parentes a viam. Ele sabe a língua dela, pode conhecer as palavras que a rotulam, marcando-a como aquela que é culpada por tudo.

Sua primeira vida fora regulada pelas estações. Na primavera, havia as plantações. O verão, com crepúsculos que duravam até tarde, era uma época paciente. Ficando-se suficientemente quieto, podia-se ouvir as plantas crescendo. O outono, com a colheita, era a mais movimentada e, junto com o trabalho, trazia um ar de comemoração. E o inverno era interminável, e as pessoas alimentavam-se parcamente do que haviam armazenado, à espera de que tudo começasse de novo.

Entre os papéis que Darragh guardava na prateleira da casa subterrânea, havia um mapa da Irlanda que ele fizera quando ainda estava na escola. Na sala de aula, não havia tintas, mas havia cola em abundância, portanto as quatro províncias foram representadas por materiais que Darragh juntara e colara num contorno da Irlanda feito a lápis. Quando Aisling o vira pela primeira vez, pensara tratar-se de um mapa das estações do ano. A primavera estava em cima, capins verdes e caniços dourados entrelaçados como uma cruz de Santa Brígida, mas recortada nas pontas para caber nos limites da província setentrional. O verão estava a leste, o rosa de fúcsias esmagadas num campo de areia. O outono era de terra dos canteiros de batatas, escura, ainda úmida sob a camada protetora de cola. E o inverno, que depois ela descobriria ser a província ocidental onde eles moravam, era representado por lascas de ardósia. As lascas eram tão finas que pareciam papel cinza-azulado, e líquen duro como gelo aparecia entre elas da mesma forma como crescia, teimoso, das rochas de sua terra.

Quando ela disse a Darragh que vira o ano inteiro em seu mapa, ele assentiu, como se a idéia fosse razoável, depois continuou contando-lhe sobre as quatro partes da Irlanda.

— A Irlanda é maior do que você pensa, mas também menor, se vista no mapa do mundo.

A voz de Darragh tinha uma entonação diferente, quando ele mexia em seus papéis e seus livros, uma entonação que ela imaginava ser professoral, ainda que nunca tivesse conhecido um professor.

— Por que parou de ir à escola? — Aisling perguntou uma vez.

Darragh franziu a testa, disfarçando sua reação com um movimento dos ombros.

— Eu já tinha aprendido tudo — disse. — Pelo menos, tudo o que um fazendeiro precisa saber. Ler, escrever, somar, conhecer as fronteiras e lavouras dos países do mundo.

Então, seus olhos, como espiando para além de sua dor, se iluminaram.

— Se eu tivesse nascido príncipe, estudaria outros mapas — ele sussurrou, e Aisling viu num segundo o rosto principesco de Darragh, sério, sob um círculo de pedras preciosas. — Filosofia, o mapa das mentes. Astronomia, o mapa das estrelas. O mapa do tempo, que é a história, e o mapa do próprio Deus, a teologia.

Então, ele se endireitou, como fazia ao preparar-se para um sermão.

— Só tive permissão para ficar tanto tempo na escola porque o pai não sabe inglês. Foi mais fácil mandar-me do que aprender ele mesmo.

— Quando você foi à escola? — Aisling perguntou.

Darragh rapidamente pôs de lado a pilha de papéis.

— Antes de você nascer — ele falou.

Muito antes de saber por quê, Aisling sempre suspeitara que seu nascimento coincidira com o início de tempos sombrios para Darragh. Era a mesma coisa com os outros.

Suas irmãs falavam com gosto dos tempos de "antes da menina", como se a vinda de Aisling fosse uma fronteira que separasse duas metades de suas vidas. Seus pais não tinham trocado palavras desde que ela conseguia lembrar, mas o esqueleto de sua relação prévia ainda chacoalhava entre eles, como uma terceira pessoa vivendo teimosamente dentro do silêncio. Se era preciso que se comunicassem, eles o faziam por intermédio de Darragh e de suas irmãs. A casa onde moravam tinha apenas um cômodo, e era lá que a mulher cozinhava e servia o desjejum e o jantar ao homem, todos os dias, cada um fingindo que o outro não estava lá. No verão, quando a fazenda exigia mais trabalho, o homem ficava ausente a maior parte do dia, e eles ignoravam um ao outro sem esforço. Mas depois da colheita, quando o trigo e as melhores batatas tinham sido vendidos na feira, e o porco remanescente fora trazido para dentro novamente para viver num chiqueiro perto do fogo, seu silêncio adquiria um ar palpável de vingança. O ressentimento sugava o oxigênio do pequeno cômodo, deixando todos com falta de ar.

O aniversário de Aisling chegava na pior época. Com freqüência, os outros ignoravam completamente o fato, e ela preferia assim. Mesmo que o calendário não significasse nada para ela, sabia que seu aniversário chegava todo ano com o primeiro frio, a escavação das batatas e o enchimento das covas. Seu aniversário sempre vinha no final do ano, que começava em novembro. *Sambain*. Quando a escuridão chegava cedo e a terra começava seu descanso. E quando, por apenas um dia, havia dinheiro.

Com o dinheiro, vinham as discussões, traduzidas pelas crianças de modo que o homem e a mulher nunca tivessem que realmente falar um com o outro.

Na volta da feira, onde tudo o que eles tinham plantado fora trocado por aqueles preciosos pedacinhos de metal, o pai de Aisling sentava-se à mesa e arrumava as moedas em pilhas de diâmetro descendente.

Contava-as num murmúrio audível e recontava-as tantas vezes que acabava cometendo um erro, o que o fazia contar de novo. Às vezes, quando ele não estava olhando, Darragh deixava Aisling segurar uma moeda. Elas eram pesadas e cobertas de fuligem; tinham, além do cheiro de roupas por lavar e suor, um odor acre de metal, que lhe ficava nas mãos transformando-se em um gosto esquisito em sua boca.

Depois que acabava de contar as moedas, o homem ia para perto do fogo para fumar e meditar. Então, a mulher atacava as moedas, derrubando-as no chão e ajoelhando-se sobre elas. Ela contava mais depressa do que ele, em silêncio, e contava só uma vez. Parecia mais dinheiro do jeito que ela fazia, como se moedas melhores pudessem estar escondidas sob a camada mais alta da pilha.

As irmãs rodeavam ao fundo, esperando que uma moeda fosse atirada para elas, ainda que, de acordo com as lembranças de Aisling, isso nunca tivesse acontecido. As irmãs só gastavam dinheiro em suas confessas fantasias. De vez em quando, a contagem terminava em palavras que dispersavam as meninas e endureciam o rosto de Darragh.

— Não há o bastante — a mulher começava, dirigindo-se a Darragh.

Ele, então, se virava e repetia as palavras para o pai, com ligeiras alterações, como se tentasse recriar uma mensagem que ouvira havia muito tempo. O resto continuava como um diálogo bem ensaiado.

— Onde foi parar o dinheiro? Ele está bebendo o aluguel de novo?

A mulher injuriava, com Darragh repetindo suas acusações, até o homem perder a paciência e revidar:

— Diga à mulher que nós teríamos o bastante para viver se não precisássemos alimentar sua *páiste gréine*.

Era algo que ele dizia todo ano, e isso acabava com a discussão, pois Darragh sempre se recusava a repetir essas palavras. Ele tirava Aisling de casa e, com as meninas se escondendo no sótão, o homem e a mulher não tinham mais ninguém para falar por eles.

Antes que aprendesse as palavras, Aisling compreendeu, pelos olhares que as acompanhavam, que se referiam a ela. De alguma forma, ela era responsável pela falta de moedas. Durante um ano, depois que ela começou a falar, achou que eles a estavam chamando de "filha do sol", porque aprendera que aquelas palavras, ditas separadamente, significavam isso. Achou que se referiam aos seus cabelos, que tinham mechas douradas e eram invejados por suas irmãs de cabelos castanhos. Talvez, ela pensava, fosse mais caro manter uma filha de cabelos dourados do que uma comum. Talvez o sol em seus cabelos deixasse as outras com frio, nas sombras.

Quando Aisling fez cinco anos, um menino da aldeia, de cabelo amarelo, contou a ela o que significavam aquelas palavras. Ela o chamara pelo mesmo apelido, deixando-o zangado. Ele cuspira no chão, junto aos pés descalços de Aisling. Não era sua culpa, ela dissera, que os cabelos deles fossem daquela cor.

— Não é isso que significa, sua boba! — O menino dissera. — Significa que você não tem pai! Nunca foi batizada e, quando morrer, não vai ser enterrada no cemitério comum, mas do outro lado do campo, com os suicidas.

Ela despachara o garoto como sendo um idiota. Claro que tinha pai, mesmo que ele fosse um mau pai. E, ainda que não fosse desejada, certamente não era tão perniciosa que tivesse de ser enterrada fora do solo sagrado.

Mas depois da colheita seguinte, quando seu pai cuspiu aquelas palavras de novo, Aisling foi procurar o dicionário de Darragh, presente do professor na época em que ele ainda estava na escola. Darragh a ensinara a ler naquele livro. O que ela achou no livro foram mais palavras que não entendeu: "ilegítima, bastarda". Soavam como nomes dados a coisas que não eram naturais ou inteiras. Como se ela fosse uma criança trocada, algo mau que as fadas tinham deixado num berço depois de roubarem um bebê humano. E ainda que isso a assustasse, era melhor do que a explicação que ela mais tarde conseguiu arrancar de Darragh.

O que ela notou primeiro na casa de Oisin foi o dinheiro. Estava em toda a parte. Nas mesas, entre as almofadas do sofá e das cadeiras, num pote de cerâmica ao lado dos recipientes de café e de açúcar. Havia mais moedas esquecidas nessa casa do que ela já vira empilhadas no chão da casa de seus pais. Sob o pretexto de arrumar, pegara todas que achara. Juntas, elas encheram uma vasilha da cozinha até a boca. As moedas não eram iguais às de que ela se lembrava. Eram menores, mais leves, e tinham miniaturas de cabeças em relevo na superfície. Moedas estrangeiras. Mas tinham o mesmo cheiro de sujeira, como se tivessem passado por inúmeras mãos sem lavar. Ela as despejou no chão e as arrumou como seu pai fazia, em pilhas instáveis, de acordo com o tamanho. Oisin saiu do chuveiro e encontrou-a rodeada por pequenas colunas prateadas e douradas. Olhou-a, pedindo uma explicação.

— Eu as estava contando para você — ela falou.

— Pode ficar com elas — ele disse.

Mesmo espantada, ela não discutiu. Levou o recipiente para a cama que improvisara: um retângulo de almofadas num canto, posicionado de modo a permitir-lhe ver todo o quarto. Mudara-se para lá porque Oisin não gostava de dormir com ela. Isso ficava evidente pelo modo como ele se enrijecia no momento em que ela se deitava. Ela acomodou o pote entre as almofadas, então, quando dormia, a cerâmica fria imprimia confiança no arco de suas costas.

Foi só uma questão de tempo até ela descobrir por que Oisin se separara tão facilmente de sua fortuna. Na loja da ilha, ela o viu pagar por uma caixa de leite e uma galinha depenada e sem cabeça com algumas notas macias e bastante usadas, tiradas de sua carteira. A moça da loja devolveu-lhe notas e moedas, e ele despejou as moedas douradas em um pratinho ao lado da máquina registradora. Aisling soube, pela maneira descuidada de ele fazer isso, que o dinheiro que ela prezava tanto era quase sem valor. Era de notas que ela precisava. Mas ninguém deixava notas espalhadas ao acaso.

Aí, quatro de seus dentes da frente caíram. Foram empurrados por dentes mais grossos, mais brancos, suas bordas desiguais como pequenas serras. Ela colocou os velhos dentes enfileirados na palma da mão. Fora de sua boca, eles pareciam frágeis demais para continuar mordendo.

Oisin apareceu atrás dela.

— Ponha-os debaixo do seu travesseiro — ele falou.

— Para espantar os maus espíritos? — Aisling sussurrou. Oisin sorriu.

— Para a fada dos dentes — ele disse. — Ela os leva embora e deixa dinheiro para você.

— Quanto? — Aisling perguntou.

Naquela noite, embrulhou seus dentes em um pedaço de papel de seda azul que encontrara no estúdio de Oisin. Não queria deixá-los nus sob o travesseiro. Durante o dia, eles tinham encolhido e escurecido até parecer pequenos cadáveres. Ela sonhou que a fada que pegara seus dentes estava fazendo com eles uma escultura na forma de uma jovem, que imaginou ser ela mesma quando crescesse.

Pouco antes de acordar, estava imaginando se haveria dentes suficientes para tal trabalho. Seus olhos se abriram sobre Oisin, que se debruçava sobre ela, a mão suavemente fechada na beirada de seu travesseiro. Ela virou para outro lado, fingindo dormir, facilitando-lhe colocar a mão embaixo. Sentiu-o tirar o pacotinho e substituí-lo por alguma coisa, dando um pequeno empurrão. Depois que ele voltou para a cama, ela deslizou a mão por baixo do travesseiro e sentiu papel, quente e amassado. Pela manhã, a nota estava úmida e curvada na palma de sua mão. Oisin pôs tanto entusiasmo em fingir-se surpreso que ela não contou que conhecia seu segredo.

No final do mês, tinha onze dólares. Em algumas manhãs, encontrava notas novas dobradas em diferentes formatos: um pássaro, uma flor, uma pequena raposa. Os últimos dentes a cair foram os de trás. Ela descobriu, em sua impaciência, que podia usar a unha como uma alavanca na linha da gengiva, arrancando os dentes com um puxão satisfatório, indolor. Ficou desapontada quando Oisin lhe disse que os dentes novos não cairiam. Guardou as notas dobradas sob o pote de moedas. Achava que era bastante dinheiro e o recontava diariamente.

Quando Oisin perguntou se ela gostaria de gastá-lo, ela abanou a cabeça, negando tão violentamente que ele nunca mais perguntou.

O dinheiro não era para ela. Guardava-o para quando o aluguel vencesse de novo e Oisin tivesse esbanjado tudo que devia ter guardado, como seu pai fazia. Junto com as histórias e as palavras que coletava nos livros, ela guardava o dinheiro como escudo contra o futuro. E seu corpo estava aumentando, crescendo para longe do rótulo que envenenara sua vida mesmo antes de seu nascimento.

A maior parte do que ela aprendeu sobre a expressão *páiste gréine* foi com o que Darragh não disse. A explicação dele fora uma verdade distorcida — ele deixou de fora a parte que a magoaria. Ela preencheu o resto com o que ouvia na missa e nos murmúrios do pessoal em casa. O homem que pertencia a Darragh e às suas irmãs não era seu pai. Ela estava viva devido a um pecado que sua mãe cometera com um homem que ninguém mais vira desde então. Ela era mais do que indesejada; era a causa de tudo o que acontecia de ruim naquela casa. Era por sua causa que havia falta de dinheiro, por sua causa que o homem e a mulher nunca conversavam, e era por sua culpa que suas irmãs eram cruéis e infelizes. Sua culpa que Darragh não pudesse mais ir à escola, pois fora forçado a tomar conta dela, tendo de cavar um buraco no chão pantanoso para encontrar um pouco de paz. Tudo por culpa sua, e não havia nada que ela pudesse fazer para consertar aquilo. Só podia continuar a fazer o que sempre fizera, tentando ser invisível, tentando não atrapalhar aqueles que sofriam ao vê-la. E ela despertava a cada dia, esperando que o inevitável não tivesse ocorrido ainda: que Darragh não a olhasse com a mesma censura nos olhos. Ela esperava por isso, e temia que acontecesse antes que tivesse idade suficiente para sobreviver sem ele.

Bem parecido com o medo que ela sente na casa de Oisin agora — medo de que um dia ele encontre forças para rejeitá-la. Assim, ela está crescendo depressa, esperando que, se chegar a uma certa idade, não será mais um peso. Acredita que haverá uma idade em que ela será desejada, ou, se não for, ao menos poderá escolher ficar sozinha.

7

Todo verão, o pai de Oisin subalugava sua casa a novos imigrantes e levava a família para a Irlanda, onde seus irmãos tomavam conta do *pub* local numa aldeia em Galway. Declan considerava-se um homem de sorte — a maioria dos imigrantes irlandeses ia para casa só uma vez a cada dez anos. Exaurindo tudo que economizara cada inverno, ele nunca precisara deixar de ir a sua terra natal todos os anos.

No verão depois da morte de seu avô, Oisin, para horror de seus pais, atravessou a soleira da casa de sua avó, anunciando:

— Eu vi o vovô em Boston no dia em que ele morreu.

A mãe de Oisin não teve oportunidade de culpar sua imaginação fértil, pois a sala estava cheia de mulheres que acreditavam em tais coisas.

— É de seu avô, que Deus o tenha, que você herdou essa segunda visão — a avó de Oisin disse naquela primeira noite.

— Fico contente por ter olhos como meu avô — Oisin falou.

Seu avô fora um homem calmo, de olhos sorridentes, diferentes dos de seu pai, que eram ressentidos e meditativos.

— É um dom, Oisin — a avó explicou. — Não posso dizer que seja uma bênção, e seu avô nem sempre pensou assim. Ele viu uma porção de coisas que não eram para olhos humanos, muitas delas, coisas feias. Espero que o que você vê seja sempre inofensivo como a alma de seu avô, mas duvido...

— Eu também tenho um dom, vovó? — Nieve perguntou.

A avó deles, como se tivesse esquecido que Nieve estava lá, piscou duas vezes. Sorriu e tocou o rosto da neta.

— Ser linda não é dom suficiente para você? — perguntou.

Nieve franziu o cenho.

— Claro que não — respondeu.

Quando os adultos que lotavam a sala começaram a rir, Oisin viu a raiva brilhar nos olhos dela.

Oisin não tinha prática em fazer a transição da América para a Irlanda. Seis horas num avião, e o mundo virava de pernas para o ar. Palavras mudavam de significado, sentenças se invertiam, ele tinha de lutar para fazer-se entender. Desde o aeroporto, as vozes americanas, que ele não notara antes, soavam altas e invasivas. "Fritas" eram *"chips"*, *chips* eram *"crisps"*, "sim" e "não" eram respostas incompletas, "às ordens" era uma saudação. *"Fag"* [*bicha*] significava cigarro, e não algo sexual que ele ainda não entendera direito.

Em Galway, tinha-se de agradecer inúmeras vezes. Esperavam que se recusasse uma coisa três vezes antes de aceitá-la, que se oferecesse algo três vezes, mesmo que isso significasse que não lhe restaria mais nada. Oisin sempre passava a primeira semana coberto por um rubor desajeitado, lutando para decifrar as vozes baixas, pensando antes de falar, traduzindo em sua mente o que seus lábios queriam dizer.

Nieve achava mais fácil. Ela era uma atriz nata e sabia disfarçar seu sotaque de Boston. Sua voz irlandesa era doce e cadenciada, e as pessoas freqüentemente achavam que ela era de um lado grã-fino de Dublin. Ela se lembrava do nome de tudo e assimilava as informações sem dificuldade, mas era mais rápida do que Oisin para defender a América.

— A América é o melhor lugar da Terra — ela dizia a qualquer criança que a chamava de ianque —, e você acaba de perder sua chance de ir lá me visitar.

— Southie é chamada de Pequena Irlanda — Nieve disse certa vez a Oisin. — Mas é só fingimento. A única coisa igual é que tem muita cerveja.

Em Boston, os gêmeos brincavam no asfalto, mas seus verões irlandeses eram governados pela natureza. Seu tio Malachy construiu para eles um forte feito de galhos de árvores e pinhas, uma pequena cabana estendida entre duas árvores cobertas de musgo verde-esmeralda.

— Um lar entre árvores gêmeas — ele disse ao mostrar-lhes a cabana — para os meus gêmeos.

Malachy, o gêmeo de Declan, era vizinho da avó deles. Era mais alto e mais bonito que o irmão, com um rosto que raramente se contraía. Casara-se com uma mulher chamada Rose e, ainda que não tivessem filhos, ela muitas vezes parecia estar grávida, coisa sobre a qual Oisin e Nieve foram avisados para nunca perguntar. Malachy era músico, tocava rabeca no *pub* todas as noites, houvesse ou não público para ouvi-lo. Fez um sino mensageiro do vento para pendurar num galho sobre o forte, que, soprado pela brisa, tocava uma música delicada.

Além de Malachy, Oisin e Declan, os outros MacDara eram mulheres. Declan e Malachy tinham quatro irmãs — três na Irlanda e uma que emigrara para a Austrália, mas que mesmo assim escrevia para casa toda semana. E todos eram extremamente bonitos. Diziam que a irmã ausente era a mais bonita de todos eles, com cabelos escuros e os olhos azuis da mãe. Oisin e Nieve as chamavam de as Tias e sempre falavam e pensavam nelas como uma única e grande mulher, com múltiplos membros. Tia Fiona e tia Dervla moravam a uma distância mínima da casa de sua mãe, e Emer ainda morava em casa. Trabalhavam juntas, tocando uma pequena loja para turistas ao lado do *pub* do irmão, onde vendiam sua própria linha de produtos de beleza além de lembranças tradicionais irlandesas. Até cheiravam igual, pois todas usavam o mesmo perfume que elas próprias haviam criado. Chamava-se Rún — palavra irlandesa para "mistério" ou "segredo" — e era vendido em catálogos americanos junto com suéteres Aran e mármore Conemmara.

Fiona e Dervla eram casadas com homens quietos que ficavam nos bastidores. Em jantares de família, Oisin muitas vezes achava que os maridos, assim como seu pai, tio Malachy e ele mesmo, pareciam um tanto apagados perto da luz brilhante de todas aquelas mulheres. Tão apagados quanto as outras pessoas pareciam quando comparadas ao fantasma de seu avô.

Oisin e Nieve passavam a maior parte do tempo dentro ou nos arredores daquele forte e dos bosques que se estendiam por quilômetros atrás da casa de sua avó. Quase sempre Nieve queria encenar a princesa de *Tír na nÓg*, um jogo no qual ela recitava a maioria das falas. Nieve tinha uma capa feita com um velho xale de sua avó, mal costurado, com estrelas de chita. Oisin fez estilingues para protagonizar o caçador, apesar de Nieve não deixar que ele atirasse em coisa alguma.

No crepúsculo, que se estendia durante horas, Oisin freqüentemente via seu avô encostado em uma árvore, enchendo seu cachimbo ou olhando através da pequena janela, vendo sua mulher preparar o jantar na cozinha. Cada vez que ele aparecia, Nieve se enrijecia e sussurrava, sem fôlego:

— Ele está aqui, não está?

— Você pode vê-lo? — Oisin perguntou na primeira vez que isso aconteceu.

— Não — Nieve respondeu, dando de ombros. — Só percebo que você o vê.

E Oisin sentiu, com uma pequena e vívida dor, que fizera algo para desapontar Nieve.

Uma tarde, ao brincarem ao lado do forte, Oisin estava de mau humor. Começara naquela manhã, quando Nieve passara a primeira refeição ignorando-o e falando com as Tias. Agora, eles estavam brincando de *Tír na nÓg* e, ao chegarem à parte da história onde Oisin devia cair de joelhos — Nieve adicionara esse detalhe — e jurar amor à princesa, ele só ficou ali parado, encarando a irmã.

— Você não está fazendo direito — Nieve reclamou, empoleirada num galho baixo que servia de cavalo mágico.

— Essa parte é boba — Oisin declarou. — Assim que eu for embora com você, estarei condenado a voltar, ficar cego e morrer. Não acho que Oisin fosse mesmo querer deixar a Irlanda só por causa de uma garota tonta que ele nunca viu antes.

— Ele está apaixonado por mim! — Nieve gritou. — Sou tudo o que ele quer no mundo. Ele não pode evitar!

— As pessoas não se apaixonam assim — Oisin caçoou, mesmo sendo o primeiro a admitir que não sabia nada sobre o amor.

— Apaixonam-se! — Nieve gritou, o rosto furioso. — O amor faz você cometer loucuras. Eu sei mais sobre isso do que você jamais saberá!

— Como sabe tanto? — Oisin perguntou.

— Porque sou mulher — Nieve respondeu calmamente.

Oisin ficou calado. Ele sabia que devia haver dúzias de razões para Nieve estar errada sobre aquilo, mas não lhe ocorria nenhuma. A verdade era que ele, aos oito anos, já suspeitava de que as mulheres sabiam coisas que ninguém perdia tempo explicando aos homens. As Tias, sua mãe, vovó, todas pareciam ter segredos. Assim, ele encenou a peça ao jeito de Nieve. Caiu de joelhos e disse:

— É você que brilha.

Nieve não respondeu. Só olhou para ele com um pouco de gratidão, muita superioridade e uma ponta de tristeza.

Aquele foi o verão em que Oisin cresceu quase tanto quanto Nieve, antes que ela também crescesse, deixando-o à altura do seu nariz de novo. Foi o verão em que sua avó começou a lhes ensinar irlandês, com pressa e com raiva de si mesma por não ter começado antes. As manhãs naquela casa eram cheias de pequenas vozes repetindo suas lições.

— *Táim i mo chónai*, eu moro. *Chonaic mé*, eu vi. *Ní fhaca mé*, eu não vi. *Táin i mo thost* — estou em silêncio.

Nieve, sua avó disse, tinha ouvido para o irlandês. Mas a recitação do vocabulário de Oisin suscitava muitos suspiros das mulheres.

Começou numa noite em que Oisin despertou Nieve de um sono profundo.

— Nieve, o que está havendo? — ele sussurrou com preocupação na voz.

Como ela não respondeu, ele bateu-lhe nas costas.

— Pare com isso — Nieve protestou.

Ela ficava mal-humorada se alguém a despertava de um sono profundo.

— Você está tendo um pesadelo — Oisin falou.

— Não estou — ela negou, puxando a colcha para o seu lado da cama.

— Você estava chorando, Ni.

— Não estava. Volte a dormir, Oisin.

E, de repente, uma voz conhecida sibilou uma ameaça em seu cérebro, Oisin ficou com medo.

— Nieve, você está ouvindo isso?

— Ouvindo o quê? — ela murmurou.

— Alguém está chorando — disse Oisin.

Ele se levantou, foi até a pequena janela do sótão e levantando o trinco para inclinar a parte de baixo do painel de vidro para fora. O choro entrou no quarto com o ar úmido da noite. Era um som feminino, uma lamúria lenta e penosa, exausta, como se a mulher estivesse chorando havia horas. Quando Oisin ouvia uma mulher chorar, tinha algumas reações automáticas: se fosse sua mãe, sentia-se culpado; se fosse Nieve, ele também tinha vontade de chorar. Nunca antes, porém, o som de um choro o deixara gelado e aterrorizado.

— Ossie, você está me assustando. Pare — Nieve pediu.

Estava sentada na cama, olhando para ele como se não conseguisse decidir se ria ou gritava.

— Acha que é a vovó? — Oisin perguntou. — Não parece ser ela.

— Oisin, pare. Ninguém está chorando — a irmã insistiu.

Aproximou-se e entrelaçou os dedos nos dele.

— Estou com medo, Nieve — Oisin confessou e, por um momento, na escuridão, achou que parecia mais velho, como se estivesse imitando a voz de seu pai.

— Volte a dormir — ela repetiu.

Puxou-o e o fez deitar de costas, devolvendo-lhe sua parte da coberta. Aninhou-se ao lado dele, com a cabeça apertada firmemente contra seu ombro, e o fez colocar o braço à sua volta.

Acalmado pelo cheiro dos cabelos da irmã, aroma de bosques, sal do mar e xampu de bebê — e pelo calor dela apertando-o —, Oisin finalmente percebeu o que havia de errado com aquele choro. Entre os soluços de amargura, de vez em quando soava uma risada. Uma cruel e consciente explosão de divertimento, como se a pessoa chorosa brincasse consigo mesma. A voz ia suavemente do lamento para a alegria, e vice-versa. Oisin ficou acordado a noite toda, ouvindo, até que ele também estivesse chorando, até o choro e o riso mesclarem-se ao seu medo, tornando-se um gemido branco que inchava seu cérebro, até que ele silenciosamente implorasse para que alguém, qualquer um, acabasse com aquilo.

No desjejum, Nieve contou à avó o sonho estranho de Oisin.

— Não foi sonho — Oisin disse. — Ouvi alguém chorando. Nieve pensa que foi um sonho porque ela não ouviu.

Mesmo sem nunca ter visto a avó amedrontada, Oisin reconheceu-lhe o medo instantaneamente. Ela tentou escondê-lo, voltando-se para o fogão, mas seus movimentos eram rígidos, e o pânico saía dela em ondas que batiam no peito de Oisin.

— Você não pode ir procurar essa mulher que chora, Oisin — a avó avisou mansamente. — Se a ouvir de novo, fique dentro de casa. Entendeu?

Não estava olhando para as crianças, e havia um cheiro de queimado saindo do mingau.

— Entendi, vovó — Oisin respondeu.

Ela lhes deu mingau, desligou o fogão, saiu de casa pela porta dos fundos e tomou o caminho da casa de Malachy. As crianças tomaram o desjejum em silêncio e, embora Nieve tentasse chamar-lhe a atenção, Oisin recusou-se a olhar para ela.

O choro invisível continuou por três noites. Oisin ficava deitado, rígido e assustado até o amanhecer, e dormia até o meio do dia, enquanto, sob o sótão, a família andava na ponta dos pés. Havia muitos murmúrios entre as mulheres. A avó de Oisin e as Tias andavam de um lado para outro, pensativas, com feições carregadas, e não ralharam nem zombaram dele por dormir durante toda a manhã, tocando-o de vez em quando, disfarçadamente, como se partilhassem um triste segredo.

Ele não tivera nenhuma intenção de investigar, não até que o choro mudou, começando — em seu desespero e insistência — a chamá-lo. Então, imaginou que a voz prometia parar se ele a confortasse.

Estava de pé, descalço, com a barra da calça de pijama ensopada pela grama úmida, no quintal de seu tio Malachy, quando Nieve o encontrou.

— Oisin? — ela chamou, movendo-se com cuidado em sua direção. — O que está fazendo aqui fora? Vovó disse...

— Ela ainda está chorando, Nieve — ele falou. — Ela não pára de chorar.

De repente, Nieve pareceu ficar furiosa. Virou-se como se encarasse a mulher que só Oisin podia ver.

— Pare! — vociferou como quando enfrentava uma provocação na escola. — Deixe-o em paz!

— Não é a mim que ela está procurando, Nieve — Oisin informou calmamente.

Uma luz se acendeu na casa de Malachy, e Oisin ouviu a tranca da porta. Malachy, lutando para vestir o paletó, correu para fora, passando por eles sem olhar, tomando o caminho da casa da mãe.

— Ele foi chamar a vovó — Nieve observou. — Estamos encrencados, Ossie.

Tentou puxá-lo de volta para casa, mas ele não se movia.

— Ossie... — sua irmã suspirou. — Se ela não está procurando por você, por que o choro lhe dá tanto medo?

Oisin olhou para a irmã. Comparada à mulher que guinchava atrás dela, Nieve parecia inconsistente, como se apenas um sopro pudesse desmanchá-la no ar como pó. Ele nunca poderia explicar isso à irmã, ela nunca veria, e esse pensamento o assustou quase tanto quanto a mulher que vinha em sua direção, passando através de Nieve como se ela não estivesse ali.

O fantasma era mais sangue do que qualquer outra coisa. Sangue escuro, que pingava feito tinta sobre seu rosto de porcelana, escorria em caracóis das pontas dos cabelos, ensopando o tecido do vestido até que seus mamilos aparecessem, grandes e negros como dois besouros esmagados. Seu choro já não era uma lamúria ritmada, mas um grito sem lágrimas, que mudava periodicamente para uma risada alegre, mas cruel. Enquanto chorava, ela ria, enquanto ria, parecia agoniada, e lágrimas diluíam o sangue negro em suas faces, tornando-o vermelho.

Oisin ouviu Nieve gritar:

— Vovó!

O fantasma riu de novo, como se o medo de Nieve fosse uma coisa muito divertida.

Quando a avó de Oisin, Malachy e tia Emer saíram correndo do bosque, a mulher retrocedeu, os passos ensangüentados rangendo na direção da estrada.

— O que aconteceu, em nome de Cristo? — a avó de Oisin indagou, tropeçando ao quase trombar com ele.

— Ela não está mais chorando, vovó — ele disse, sem poder elevar a voz acima de um sussurro empedrado. — Só há um bebê chorando, agora.

Malachy produziu um som na garganta, algo entre um soluço e um gemido, e correu para sua porta. A avó de Oisin fez o sinal-da-cruz apressadamente.

— Leve os gêmeos de volta para casa — ela disse a Emer. — E traga suas irmãs.

Oisin chorou durante 24 horas. Foi mantido na cama, no sótão, com panos frios sobre os olhos, que haviam desenvolvido uma infecção da noite para o dia. Um deles estava firmemente fechado com pus, o outro, aberto numa fenda, e as lágrimas ainda conseguiam rolar, ainda que ele chorasse silenciosamente. Nieve ficou ao lado dele, contando suas histórias de viagens e tirando crostas amarelas de seus cílios.

Quando a avó subiu a escada do sótão para falar com ele, Oisin já escutara muitos dos sussurros lamuriosos da família. O bebê de Rose e Malachy morrera. Nascera cedo demais.

— Deixe-nos conversar um pouco a sós, Nieve — a avó pediu.

— Ele precisa de mim aqui — Nieve protestou, sem sair de sua cadeira ao lado da cama. — É apenas um menino.

Oisin ouvira essa frase toda a sua vida, das Tias, dos professores, dos pais. E ultimamente começara a suspeitar de que não era de sua juventude que sentiam pena.

— Só por um minuto — a avó insistiu.

Empurrou Nieve gentilmente para fora da cadeira e em direção à escada.

— Vou buscar um pouco de sopa — Nieve falou antes de descer.

A avó sentou-se ao lado dele. Forçando seu olho melhor a se abrir, Oisin podia vê-la, com sua postura ereta, girando no dedo a aliança de casamento, um hábito que costumava ter quando ficava impaciente. Sabia que ela esperava que ele a interrogasse.

— Foi por minha causa que o bebê de Rose morreu? — perguntou.

— Não — a avó respondeu. — O bebê não era bastante forte para sobreviver.

— Por que aquela senhora estava lá?

— Ela é uma *banshee*. Um espírito que cuida das famílias e as avisa quando um membro está para morrer. Às vezes uma *banshee* é uma guardiã amorosa, que chora de tristeza. Outras vezes é maligna, zomba da dor humana. Seu avô viu a *banshee* de Rose quando seu outro bebê morreu. "Ela é terrível", foi tudo o que ele me contou.

— Ela levou o bebê? — Oisin indagou.

— Claro que não. Ela é inofensiva, Oisin, um espírito ressentido que se deleita com a dor dos vivos. Não tem poder para fazer nada, a não ser assustar. Aquele bebê está no céu com seu avô.

— Como sabe disso? — Oisin murmurou, começando a chorar.

— Pensa que é o único que sabe das coisas, Oisin? Eu posso não ter a segunda visão, mas existem coisas sobre as quais eu tenho certeza, mesmo assim.

Oisin, agora com as lágrimas escorrendo, o sal ardendo em seus olhos em carne viva, virou o rosto. Ouvira a avó erguer-se e empurrar a cadeira para perto da janela.

— Pode ficar na cama esta noite, Oisin — ela disse. — Mas amanhã cedo você vai descer para o café.

Oisin chorou ainda mais ao ouvir aquilo, seus ombros tremendo sob a colcha. Como sua avó podia ser tão impiedosa? Se ela sabia de alguma coisa, devia saber que ele era incapaz de descer de novo, incapaz de abrir os olhos, de atirar-se de volta a um mundo onde mulheres gritavam e sangravam a seu lado, enquanto os outros tomavam seu café, indiferentes.

Ela virou-se e disse algo, antes de sair do quarto, algo que Oisin, quando mais velho, recordaria com um sentimento de desânimo e cansaço:

— É errado passar a vida com medo, Oisin. Não importa o que se veja.

SEGUNDA PARTE

Primavera

Eu gosto de homens que têm um futuro
e de mulheres que têm um passado.

OSCAR WILDE
O Retrato de Dorian Gray

8

— Aisling? — Oisin chama, e ela pára, obediente, virando-se para ele, o sol da clarabóia do estúdio deixando seu rosto em fogo. — Por que está vestida assim?

Ele tenta trabalhar, mas não consegue parar de olhar para ela. Janeiro vai em meio, o chão está enterrado sob camadas de neve e gelo, e a menina de sete anos, que se mudou para lá há três meses, agora é mais alta do que o filho de dez anos de Deirdre. Não é sua altura o que o espanta hoje, mesmo que ele sempre fique assombrado com as mudanças que ocorrem rapidamente nela. Aisling está começando a se parecer mais com uma adolescente desajeitada do que com a garotinha de cujos pés ele cuidara em novembro. O que o alarma é que ela parece ter assumido o que ele acha ser um tipo de disfarce, mas de maneira errada, desastrosa.

Os cabelos dela, de uma tonalidade diferente, dependendo do ângulo do qual se olhe para eles — dourados, castanhos, ruivos ou de um escuro de sombra —, foram amarrados em duas tranças grossas, tortas. Ela normalmente se mantém ereta, mas agora está tão curvada que sua postura parece dolorosa. E o mais estranho é que ela apareceu com óculos empoleirados no nariz: de armação preta, tão grandes que as hastes foram curvadas para se encaixar em suas orelhas. Oisin os reconhece como um de seus próprios velhos óculos de leitura e sente uma pontada de culpa. Ela está sentindo dificuldade para ler e não disse nada? Mas quando ele olha de novo, percebe que na realidade os óculos estão dificultando sua visão, pois ela aperta os olhos por trás das lentes. Lembra-se de uma antiga namorada que gostava de usar seus suéteres e se perfumava com a colônia dele. Será que Aisling desenvolvera, junto com as pernas, uma paixonite por ele? Ele sente certa urgência de ir verificar em sua gaveta se falta alguma de suas cuecas.

— Por que está usando os meus óculos? — pergunta.

Aisling baixa a armação preta, tentando focalizá-lo.

— Estou tentando parecer desajeitada — responde simplesmente.

Caminha de volta para o seu canto, onde agora há uma poltrona, uma pilha de livros que ela emprestou de Deirdre e um vaso de plástico ostentando um botão verde de amarílis.

Oisin larga o lápis com relutância. Sabe que, ao terminarem a conversa, sua inspiração para trabalhar terá se esvaído. Mas a curiosidade já o distraíra.

— Por que quer parecer desajeitada? — indaga.

Ela olha para ele como se tentasse determinar se seu interesse era sincero. Ele prende a respiração, esperando o veredicto. Ela dobra os óculos e compõe a expressão, imitando a de um adulto, séria e condescendente, quando explica algo a uma criança.

— São os livros, entende? — diz.

Sua voz soa como uma pequena flauta. Como a maioria das crianças irlandesas que ele conheceu, a linguagem dela é estranhamente formal, igual à de uma garota na igreja, tão bem vestida que alguém dificilmente notaria as esfoladuras em seus joelhos.

— As chamadas "heróias" — ela começa.

— Heroínas — ele corrige.

— Que seja. — Ela parece irritada com a interrupção. — As heroínas sempre usam óculos ou têm cabelos vermelhos demais ou são pálidas e magras. Serão beldades quando crescerem, mas no começo são desajeitadas. E inteligentes, talentosas e boas também. Garotas bonitas são más, burras e egoístas. Não têm caráter.

— Deixe-me ver se entendi direito — Oisin diz. — Você tem medo de que seja bonita demais?

Aisling só pisca, irritada, como se ele simplificasse muito seu dilema.

— Se está começando a achar que esses livros são como a vida real, é porque anda lendo demais — ele comenta.

— Você foi um garoto bonito ou desajeitado? — Aisling ousa perguntar.

— Desajeitado, mas...

— Então! — ela exclama, batendo o pé.

— Não sou propriamente um príncipe encantado agora — Oisin observa.

Aisling assente tristemente, e ele tem de tossir antes de continuar:

— A maioria das pessoas desperdiça metade da vida desejando que fossem bonitas — ele diz. — Usar meus óculos não vai fazer você parecer mais interessante.

— Mas me faz parecer desinteressante? — Aisling pergunta, pronunciando essa palavra nova com óbvio prazer.

Oisin experimenta um *déjà-vu*. Quantas vezes já ouvira aquela pergunta? "Estou gorda, velha, cansada?" Mulheres estão sempre lhe pedindo algo que lhes dê autoconfiança, como se ele fosse qualificado para fazê-las se sentir melhor consigo mesmas.

— Não exatamente — responde em tom tímido.

Aisling suspira, entregando-lhe os óculos. Volta a ler, o livro aberto sobre as coxas esguias, desfazendo as tranças com ar sentido.

Oisin retorna à sua mesa de trabalho, a boca repuxada num sorriso reprimido. É isso que o consome agora, o que o impede de dormir à noite e às vezes o deixa aborrecido com sua pequena hóspede. Ele sente que precisa — precisa com uma premência que o distrai de tudo o mais — saber o que está ocorrendo na cabeça de Aisling. Ressente-se com o fato de que ela o fascina da maneira mais tola, mais comum. Ele parece um tolo pai novato que pode passar horas analisando o balbuciar sem sentido de seu bebê. Até se surpreende, desejando contar a alguém as coisas que ela diz e que o fazem rir — mesmo que ele disfarce, caçoando. Mas não tem ninguém a quem contar.

Ela parece muito preocupada em parecer normal. Observa-o atentamente e imita seus gestos mais simples: o modo de como ele escova os dentes ou tira as botas. Começou a beliscar o alto do nariz, fazendo cara de dor, como se sentisse uma das fortes dores de cabeça dele. Isso o diverte e preocupa, alternadamente.

E acontece com demasiada freqüência. Num momento, ele está trabalhando com entusiasmo numa gravura, no outro é interrompido pela preocupação com o desenvolvimento da personalidade de uma menina morta.

De repente, atira o lápis no chão e puxa os cabelos pela raiz.

— Você tem de ir embora! — fala, áspero.

Aisling nem ergue os olhos do livro.

— Sinto muito, mas você não pode ficar mais aqui — ele insiste. — Isso não dá certo.

Silêncio. Aisling não está preocupada. Diz isso a si mesma pelo menos uma vez por semana. Aquilo só significa que ela tem de ficar quieta e invisível por um tempo, até que ele esqueça o que o aborreceu e se interesse por ela de novo.

Oisin pensa no Natal como seu momento crucial, o ponto onde perdeu o caminho de volta à sua vida normal. Depois de superar o trauma de vê-la crescer — não se supera uma coisa dessas, absorve-se por necessidade, como ar poluído, e tenta-se não pensar no mal que isso está causando —, ele conseguiu resgatar sua vida solitária. Continuou trabalhando e, durante horas de cada vez, esquecia-se completamente da garota no canto que estava mudando feito uma flor filmada em câmara lenta. Ele encontrou um lugar para ela e a empurrou para lá, colocando-a em um compartimento, como fazia com as mulheres em sua vida. Aprendera esse truque em menino, quando, para poder se concentrar, tinha de bloquear as vozes dos fantasmas suplicantes. Depois de anos de prática, agora ele sabe como fazer a pessoa à sua frente desaparecer, integrando-se no cenário. Ainda que ela possa continuar falando, ele não ouve nada. Entra em si mesmo e fecha a porta.

Sempre pensa nos banheiros públicos da Irlanda, com a tranca que gira entre "ocupado" e "desocupado". Antes de Aisling, as batidas na porta não o perturbavam.

Ele não comemora o Natal. Faz questão de trabalhar como em qualquer outro dia. Evita fazer compras em Portland entre o Dia de Ação de Graças e o Ano-Novo. Acha que são feriados para crianças e para adultos fáceis de agradar. Não está preparado para passar o Natal com uma criança. Nem para gostar disso.

Na primeira semana de dezembro, quando andavam de carro lentamente pela estrada da ilha, Aisling olhou pela janela e viu uma casa na colina, lâmpadas elétricas dançando nos arbustos, a forma vaga de pessoas lá dentro. Risos e ruídos de copos pontuavam uma canção na voz grave de Bing Crosby.

— O que eles estão comemorando? — Aisling perguntou.

Oisin engatou a terceira, aumentando a velocidade.

— Natal — ele murmurou.

A palavra a fez apertar os olhos. Um termo estrangeiro.

— *Nollaig* — ele disse em irlandês.

Sentiu o pequeno tremor infantil quando a palavra a percorreu. Ela era uma menina. Natal ainda era uma palavra que suscitava esperança.

Durante dias, ela o bombardeou com perguntas sobre o que os americanos fazem no Natal. Mesmo que houvesse acreditado na fada dos dentes, a história de Papai Noel a fez arquear as sobrancelhas cinicamente. Ele ficou aliviado. Não queria ter de ir ao *shopping* e ficar escolhendo brinquedos até morrer de aborrecimento. Mas, estranhamente, queria fazer alguma coisa.

Comprou uma árvore e um suporte de metal na loja de Moira, dizendo a si mesmo que aquilo distrairia Aisling para que ele pudesse trabalhar. Mas, quando a viu caminhar para a árvore e enfiar o rosto entre os galhos, inalando profundamente, resignou-se a perder um dia inteiro juntando pinhas e fazendo cordões com frutinhas silvestres para decorar os galhos.

Depois que começou, não pôde parar. Tudo o que ele fazia para ela causava uma reação, e essas reações — um sorriso, uma exclamação sufocada — o faziam querer dar mais.

Fizeram bonecos de neve na frente do estúdio, enrolando neles todos os cachecóis e gravatas que Oisin ganhara de namoradas durante anos. Ele comprou um trenó de plástico, uma variedade de discos de Natal, velas com perfume de especiarias de inverno. Um calendário do Advento — pela metade do preço a duas semanas do Natal — com minúsculas prateleiras de papelão e um pedacinho de doce para cada dia. Pediu emprestado um aparelho de vídeo da escola, e os dois assistiram a *Uma Vida Maravilhosa*.

Aisling pareceu gostar, passou dias tocando o sino da árvore, tentando invocar asas de anjo. O filme deixou Oisin deprimido. Ele não o via desde criança, quando ainda acreditava que cresceria para ser um homem admirável como George Bailey. No dia seguinte, cortou os cabelos numa tentativa de se parecer menos com o eremita temperamental que vira no espelho.

Na véspera de Natal, assou um enorme peru com recheio, cozinhou batatas e três espécies de abóbora. Serviu também salada, pãezinhos e molho de frutas silvestres diretamente de uma lata. Observou Aisling comer: ela consumia tudo como se fosse a última comida que veria.

— Você tinha fome antes? — ele perguntou. — Em casa?

Aisling simplesmente continuou comendo. Alguns minutos se passaram, e Oisin desistiu de esperar uma resposta. Ao terminarem, ele surgiu com pudim de pão e sorvete de abóbora. Já esquecera sua pergunta, quando ela respondeu com voz firme, sem emoção:

— Uma vez estávamos com tanta fome que comemos um cachorro.

Sentaram-se ao lado da árvore que piscava, e ele lhe deu um presente para quebrar a tensão. Era um jogo de tabuleiro que ele vira na loja e que se lembrava vagamente de apreciar quando era criança. Jogaram seis partidas inteiras. Aisling era rápida para aprender as regras, mas entrava em pânico sempre que parecia provável que ele pudesse vencê-la. Ainda que Oisin seja um impiedoso competidor em jogos, deixou-a ganhar cinco vezes. E aquele pequeno gesto, que coincidiu com uma sensação de alívio no meio de seu peito, o fez sentir-se como um homem digno de confiança, generoso, seguro. Um guardião.

Pouco antes de ir para a cama, Aisling pegou uma das velas vermelhas da mesa de jantar, pediu fósforos e levou tudo para a janela. Oisin, com o coração batendo forte, perguntou o que ela estava fazendo.

— Na véspera de Natal, você deve deixar uma vela acesa na janela para guiar os mortos para casa — ela explicou.

— Eu sei — ele falou com voz rouca.

Ela riscou um fósforo cuidadosamente e acendeu o pavio.

— Para quem é? — Oisin perguntou.

Aisling olhou para ele, pensando se devia responder.

— Para meu irmão — disse por fim.

Essa admissão pareceu exauri-la, e ela foi direto para a cama que arrumara num canto e se enfiou sob as cobertas.

Oisin terminou de arrumar a cozinha, vestiu o pijama no banheiro, apagou as luzes e, antes de ir para a cama, acendeu outra vela e a colocou ao lado da de Aisling na janela. Um instante antes de adormecer, ouviu a voz da menina e soube que ela estivera acordada, observando-o.

— Essa é para Nieve?

— Humm... — foi tudo que ele conseguiu murmurar.

— Meu irmão me contou que nenhuma prece fica sem resposta na véspera do Natal — ela disse.

Na pausa que se seguiu, Oisin imaginou-a fazendo um pedido.

— Ele estava errado — ela declarou.

Apesar disso, pela primeira vez em décadas, ao enterrar profundamente o rosto no travesseiro, Oisin sentiu aquela combinação específica de alegria e tristeza que costumava definir a véspera de Natal para ele; a idéia de que uma noite iluminada, perfumada com bálsamo e trazendo o peso do tempo continha muito mais possibilidades do que qualquer outra noite do ano.

Agora é fevereiro, e os dias de Oisin tão repletos de Aisling que ele raramente vai ao estúdio. Portanto devia saber que havia algo errado quando ela não comeu seu jantar.

Ela passou toda a tarde cochilando na nova cama de solteiro que ele mandou buscar em Bangor, o que é estranho, já que normalmente tem tal abundância de energia que nunca parece ter a vontade premente de deitar-se, como Oisin se seu trabalho o aborrece. Mas ele tem andado tão ocupado, lamuriando-se por não estar trabalhando — um processo que consome mais energia do que o trabalho — que é quase meia-noite quando percebe que Aisling está doente.

Ele está desenhando a esmo na mesa da cozinha e ouve Aisling vomitar no banheiro. Lembra-se de que há alguma coisa que deve fazer, lembra que segurava os cabelos de

Nieve atrás de seu pescoço enquanto ela vomitava, mas está paralisado de susto. Nunca vira um fantasma ficar doente. Enquanto tenta decidir se deve ou não se levantar e bater na porta, ouve a descarga no banheiro, e Aisling sai, seu rosto branco como farinha. O cheiro acre de vômito passa por ele quando ela caminha de volta para a cama.

— Você está bem? — ele pergunta baixinho.

Aisling ocupa-se em enterrar-se sob todos os cobertores extras da casa. Ele se aproxima e vê que ela está tremendo tanto que os novos dentes batem uns contra os outros. Instintivamente, estende a mão para a testa de Aisling, e uma imagem da mãozinha de Nieve cruza sua mente num relâmpago. Aisling está quente, mas ele não a toca desde aquela primeira noite, e não tem idéia de qual seja sua temperatura normal. O único termômetro que ele tem é o que enfia nos assados no forno.

— Você pode estar com febre — diz, dando à frase uma entonação de pergunta, como se precisasse da informação dela para ter certeza.

Ela irrompe em altos soluços. Ele nunca a vira chorar e, de repente, ocorre-lhe que isso é muito estranho. Menininhas não choram o tempo todo?

— É a febre — ela geme. — Estou morrendo de novo.

Uma erupção vermelha espalha-se por suas bochechas como mapas de estradas.

— Você não pode morrer de febre — Oisin informa.

Mas está com dificuldade para engolir. Não sabe nem do que morrem as crianças normais, muito menos aquelas que voltam dos mortos! Apanha o vidro de aspirina, porém encontra instruções para procurar um médico em caso de menores de doze anos. Ela está crescendo depressa, mas ele não sabe dizer se já tem o equivalente a doze anos. Visualiza a prateleira da farmácia, destinada a remédios infantis, por onde sempre passa. A quantidade de coisas que ele não sabe subitamente parece condensar-se numa forma maciça e perigosa. Ele quer gritar com Aisling. Avisou-a que não podia lidar com isso — não possui nem mesmo o bom senso de ter aspirina infantil no armário do banheiro.

Mas a menina adormeceu. Os mapas em suas faces parecem latejar, assumiram uma cor mais profunda, e ela agita a cabeça no travesseiro. Será imaginação dele, ou ela está respirando com dificuldade? Oisin puxa uma cadeira para perto da cabeceira da cama. Sabe o suficiente para ficar de vigília, mesmo não sabendo ao certo o que vigia. Enquanto ela dorme, ele a desenha em miniatura, de novo e de novo, como se aquilo pudesse surtir algum efeito curativo. Lápis e cadernos de desenho foram os únicos instrumentos de que ele sempre precisou. Por que levou tanto tempo para perceber como são realmente inúteis?

Às três da madrugada, Aisling delira, e Oisin entra em pânico. Ela o chama de Darragh e parece achar que é ele quem está doente. Isso dá a Oisin pistas de como ajudá-la.

— Esta é a última porção de água, Darragh — ela murmura, e Oisin aproxima um copo de seus lábios.

Quando ela pergunta a Darragh se ele está com frio, Oisin a cobre com os cobertores que ela chutara momentos antes, em suarenta frustração.

Naquela última hora, Oisin recordou todas as assustadoras histórias médicas que já ouvira. Que febres muito altas podem realmente cozinhar o cérebro. Que casos de meningite parecem estar aumentando novamente e que os sintomas são os mesmos da gripe, que a doença é diagnosticada por uma punção na espinha. Ele imagina se ela comeu aqueles cogumelos vermelhos venenosos que parecem orelhas, mas lembra que estão fora de época. O que mais lhe dá medo é a verdade: não sabe o que ela tem nem o que fazer para que melhore. Há um médico local, mas Oisin tem receio de chamá-lo. A última coisa que seus vizinhos tinham ouvido era que havia uma menina de cerca de sete anos morando com ele. De modo algum um médico deixaria de perceber que a garota está se aproximando rapidamente da puberdade.

Aisling, que estivera vomitando numa vasilha ao lado da cama, agora tem náuseas secas, seu corpo convulsionando-se repetidamente, e Oisin sente-se como se fosse ele que estivesse sendo virado do avesso. Quando o acesso pára, ele a ajuda a deitar-se, limpando sua boca com um guardanapo de cozinha. Ela lhe aperta o braço, beliscando-o com as unhas, e o puxa, até que ele a olhe diretamente nos olhos, o dourado quase perdido atrás de uma película esbranquiçada, febril.

— Certifique-se de que eu estou morta, antes que me joguem no mar.

Ela diz isso com voz estranha, não como a sua, mas como se estivesse tentando explicar algo horrível a uma criança pequena.

É quando Oisin pega o paletó e, sem uma palavra, sai, batendo a porta da frente.

Ele esqueceu a lanterna, porém a lua e a neve o guiam pelo caminho de tábuas. Ele corre tão rápido quanto o chão gelado permite e, por um instante, parece estar correndo sobre suas próprias lágrimas nas ruas do sul de Boston, sua voz grasnando por sua mãe, as pernas insuportavelmente pesadas porque seu jeans está grudado com sangue em suas coxas.

Quando Deirdre abre a porta aos seus murros, já está vestindo o casaco sobre o pijama. Não parece alarmada, só pronta, como uma mulher acostumada a emergências. Espera que Oisin fale. Ele toma fôlego, querendo não falar como um garotinho assustado. Mas parece não haver nenhuma outra voz nele.

— Por favor... — diz finalmente. — Eu não posso fazer isso sozinho.

9

Na primeira vez que Gabe ficou seriamente doente, Deirdre entrou em pânico. Aos quatro meses, ele teve crupe. Acordou no meio da noite lutando para respirar, e sua tosse era como o latido de uma foca assustada. Os pais de Deirdre estavam de férias na Flórida, e o médico fora passar a noite no continente, portanto não havia a quem recorrer. Ela levou Gabe para o banheiro e friccionou-lhe as costas enquanto a água quente do chuveiro os envolvia numa nuvem de vapor. Ela só conseguia pensar nos romances ingleses do século 18, nos quais bebês estavam sempre morrendo de crupe, e mulheres de coração partido definhavam até a morte. Seu marido, Brian, também apavorado, continuou folheando o livro do dr. Spock e regulando a ducha, agindo da maneira que Deirdre sempre chamara de operacional: a necessidade masculina de permanecer ativo e útil durante uma crise. Gabe oscilava entre mostrar-se infeliz e perdido, e, depois de uma tosse de sacudir as costelas, sorridente e saltitante, tentando distrair seus preocupados pais. Pela manhã, quando o levaram ao pronto-socorro no continente, o médico disse que ele estava bem, que não havia necessidade de lhe dar uma injeção de antiinflamatório. Já vira casos piores de crupe.

— Mas ele ainda parece que vai parar de respirar — Deirdre falou, e o médico sorriu, piscando para Brian. — Nada como o amor de uma mãe por seu filho — ele disse.

Deirdre saiu agastada da sala de exames.

Ela se reconhece na expressão de Oisin: uma estranha combinação de culpa e acusação, mesclada com terror. Ele correra até sua casa e disparara explicações arquejante, sem fôlego. Quando diz *Aisling* e *febre*, ela o manda esperar. No banheiro do andar de cima, apanha um termômetro de fita, de colar na testa, e Tylenol infantil. Verifica se Gabe está dormindo e escreve um rápido bilhete para ele. Então, segue Oisin pelo caminho de tábuas, correndo para acompanhá-lo. Mesmo sendo mais do tipo baixo, ele tem os passos largos de um homem de pernas compridas.

Deirdre sabe, no exato instante em que vê a menina, que algo está profundamente errado. Além da febre, a garota na cama é e não é a que ela conhecera três meses antes. Mas seu instinto empurra esse pensamento para o fundo da mente, e ela se aproxima para aplicar o termômetro.

Quando a faixa vermelha sobe rapidamente para a marca dos quarenta graus, Deirdre manda Oisin encher a banheira com água fria e todo o gelo que puder conseguir. Ao tirar a camisola de Aisling e deitá-la na banheira, percebe a menina encolher-se com algo além de frio. Há uma expressão em seus olhos que faz Deirdre lembrar-se de Gabe aos seis anos, logo depois de Brian morrer. Como se tentasse dobrar-se em si mesma e bloquear o mundo, recusando-se a reagir a ele. Seu corpo sob a água mostra uma curva suave nos quadris, os mamilos inchados em seu peito ainda infantil. Deirdre mexe a água em círculos, murmurando palavras maternais e reconfortantes. Quando a febre desce para 38, ela lhe dá o Tylenol e a põe na cama de novo.

Oisin está sentado à mesa da cozinha, parecendo jovem — vencido e esperançoso ao mesmo tempo. Deirdre lhe faz um sinal, e enquanto ele se ajoelha ao lado da cama de Aisling, murmurando seu boa-noite, Deirdre ferve água na cozinha para um café. Quando Oisin se arrasta até lá, ela já lavou toda a louça da pia e está pondo duas canecas, açúcar e leite na mesa.

— Sente-se, MacDara, e conte-me por que sua sobrinha de sete anos está se tornando uma adolescente — ela ordena.

A idéia de fantasmas não é estranha para Deirdre. Sua mãe costumava encontrar "presenças". Em férias, a sra. Molloy freqüentemente mudava de quarto depois de ser despertada por barulhos que nem Deirdre nem seu pai ouviam. Houvera um fantasma em seu lar de infância, uma mulher pequena, que a sra. Molloy muitas vezes encontrava dormindo em uma das camas. E havia casas na ilha onde ela se recusava a entrar por causa da sensação lúgubre que lhe dificultava a respiração. Deirdre crescera achando que todas as mães tinham essas visões. Quando adolescente, acusava sua mãe de tudo, de mentirosa a lunática. Ao chegar à casa dos vinte, estabelecera-se certa aceitação misturada a ceticismo. Mas depois que seu pai, então sua mãe e Brian morreram, ela preferiu achar possível que eles ainda estivessem presentes, mesmo invisíveis. Quando Gabe tinha quatro anos, no ano que se seguiu ao da morte da avó, ele acordou Deirdre várias vezes com a queixa de que havia uma senhora em seu quarto. Brian chamava aquilo de sonhos maus, mas Deirdre surpreendeu-se ao imaginar sua mãe montando guarda à cabeceira de Gabe, como costumava fazer com Deirdre até que ela adormecesse.

Mas ter uma mente aberta às coisas do espírito não significa estar preparada para o que Oisin está lhe contando agora. Uma criança que volta dos mortos, crescendo na casa do homem menos carinhoso que ela já conheceu...

Sentado ao lado de Aisling com uma das mãos apalpando-lhe a testa, Oisin deixa Deirdre digerir a história. Não é a primeira vez que ela imagina se ele não é um pouco mais do que excêntrico. Talvez seja psicótico, raptando meninas louras de todas as idades, assassinando-as e colocando-as em seu estúdio. Ela chega a ver as manchetes nos jornais de

Portland: "PEDÓFILO E ASSASSINO EM SÉRIE CONDENADO. VI-ZINHOS DIZEM: ACHÁVAMOS QUE ELE FOSSE UM ARTISTA".

Afasta tais pensamentos, considerando-os ridículos. Oisin não é um homem mau, só esquisito. Na escola, Deirdre já vira os olhos de crianças maltratadas, e Aisling não tem aquele olhar. E, ainda que não consiga explicar no momento, Deirdre sabe que se trata da mesma menina que conheceu antes. A garota tem uma beleza singular. Deirdre lembra que tivera estranhas sensações, que suspeitara, sem nada dizer, de que aquela Aisling estava mudando de um jeito alarmante, com extrema rapidez.

Oisin desaparece no banheiro. Deirdre considera possibilidades como se folheasse o velho fichário de cartões na escola. Algumas crianças crescem em surtos que os deixam espichados, magros e com canseira nos ossos. Meninas amadurecem mais cedo do que meninos, entram na escola secundária muito mais altas e cruamente femininas quando comparadas aos meninos, que parecem seus medrosos irmãozinhos. Não há uma doença que deixa as crianças com corpos de oitenta anos, embora só tenham dez? Nenhuma resposta surge em sua mente. A única explicação que faz sentido é a de Oisin totalmente insensato, em que ela não pode permitir-se acreditar.

— Acha que sou louco, não é? — Oisin pergunta.

Fez mais café, põe uma xícara limpa na frente dela, que se enrijece quando ele se inclina um tanto perto demais.

— Ainda não sei — ela responde.

O sorriso de Oisin é resignado, como o de um homem que deseja algo que não espera realmente conseguir.

— Quer minha ajuda? — Deirdre oferece.

Em todos aqueles anos em que conhecera Oisin, eles nunca pediram nada um ao outro.

— Poderia deixar a aspirina infantil — ele diz.

Deirdre revira os olhos àquela tentativa que ele faz de banalizar a situação, e suspira profundamente.

— Não acha que eu deveria trazer Gabe até aqui, qualquer hora? — fala suavemente.

— Para quê?

— Porque ela precisa conhecer outras crianças, senão vai acabar se tornando uma versão feminina de você.

— Deus nos livre! — Oisin exclama e sorri.

Deirdre fica até que a manhã esteja adiantada, verificando a temperatura de Aisling periodicamente. Quando a leitura da faixa-termômetro se normaliza, ela dá algumas instruções a Oisin e seu número de telefone, sentindo ambos tropeçando naquilo: já fizemos sexo, mas nunca trocamos números de telefone! Oisin sai com ela para se despedir, deixando a porta ligeiramente aberta para o caso de Aisling fazer algum ruído. Como um pai, ela pensa, sentindo uma conhecida pontada de saudade de Brian. Começa a caminhar, mas volta-se para fazer uma pergunta. Oisin está cansado e tremendamente atraente sob o céu azul.

— A que idade você acha que Aisling vai chegar? — ela pergunta, a voz cheia do abafado temor que costumava sentir quando sua mãe falava de fantasmas.

— Não sei — ele admite.

Mas parece assustado, como se fosse a primeira vez que se confrontasse com essa questão.

Deirdre tem consciência de que toda mãe acha seus filhos o máximo, razão pela qual tenta não falar muito sobre o seu. As pessoas a achariam pretensiosa se dissesse que Gabe é um gênio.

Muitas vezes ela se sentiu inexperiente e um tanto lenta ao lado de seu único filho. Ele aprendeu a ler aos três anos e já a vencia nos jogos de palavras cruzadas e xadrez aos sete. Tem olhos sábios, firmes, azul-esverdeados, que ela se surpreende fitando freqüentemente, em busca de respostas. E ela sempre lhe conta a verdade, porque aos dois anos ele já passara do ponto de ouvir aquelas mentiras ditas para poupar crianças.

Quando ela lhe conta sobre Aisling, não vê nele nenhuma de suas próprias dúvidas, só fascinação nos olhos cor de pântano.

— Nem pense nisso — ela avisa, quando ele abre a boca para fazer perguntas ansiosas.

Gabe está atravessando uma fase de dissecação: lê um livro de anatomia da escola de medicina antes de dormir. Ela pode vê-lo imaginando as maravilhas que podem ser descobertas, fatiando-se um fantasma em crescimento.

— Você não acredita nele — Gabe diz.

Deirdre raramente precisa dizer ao filho o que está pensando. Ele simplesmente sabe.

— Acredito e não acredito — ela explica. — Acredito que ele acredita.

— Nem tudo segue as regras da ciência — Gabe observa. — Tente ter uma mente aberta.

Deirdre sorri.

— E pensar como uma criança, não é?

— Exatamente — ele concorda.

Essa era uma das máximas de Brian. Depois que ele morrera, guardaram suas palavras de sabedoria como objetos sentimentais revistos com pesar. Deirdre com freqüência imagina, divertida e ligeiramente triste, como Brian riria do sábio em que Gabe se transformara em sua ausência.

— Eu disse a Oisin que você vai ficar um pouco com Aisling de vez em quando — ela diz.

— Claro.

Gabe dá de ombros, mas Deirdre percebe que ele está entusiasmado. Ela às vezes se preocupa, achando que o filho não aprecia a companhia de seus amigos. Ele é popular e extrovertido na escola — fora abençoado com a habilidade atlética de Brian, o que desvia a atenção dos outros meninos de suas notas perfeitas —, mas Deirdre acredita que precisa fazer um esforço para agir como os outros da turma. Ela o vê passar horas no quintal com meninos de sua idade, lutando, contando anedotas maliciosas e participando de concursos de arroto, mas ele volta para dentro parecendo exausto. Só depois de uma noite navegando na Internet, procurando artigos sobre física, é que demonstra se animar outra vez.

— Vou precisar de um caderno novo — ele diz.

Deirdre sente-se grata a Oisin e à sua estranha garota, pois seu filho nunca fica tão feliz como quando tem algo novo para pesquisar.

Eles vão à casa de Oisin três dias depois. Aisling abre a porta da frente, vestindo um macacão da loja da ilha — maior do que aquele que usara três meses antes, mas ainda pequeno demais para ela. Deirdre toma nota mentalmente de passar a Oisin um dos catálogos de roupas infantis que abarrotam sua caixa de correio.

— Como está se sentindo? — Gabe pergunta a Aisling depois que Deirdre os apresentam.

Deirdre percebe os dedos dele ansiando por uma caneta. Ela o fizera jurar que não tomaria notas na presença da garota.

— Bem — Aisling responde.

Parece desconfiada, mas curiosa, como se estivesse disposta a arriscar qualquer coisa para aliviar seu tédio.

Gabe a ensina a jogar palavras cruzadas de tabuleiro. Eles ainda estão debruçados e murmurando sobre a mesa da cozinha, quando Deirdre volta, horas depois. Ela reconhece o jeito provocador de crianças que já estão à vontade com o fato de gostarem uma da outra.

— Como foi? — sussurra para Oisin, que está de avental, parecendo mais doméstico do que ela jamais o vira.

E um cheiro apetitoso vem da cozinha.

— Bem, eu acho — Oisin responde. — Eu estava no estúdio, mas não creio que eles tenham se mexido desde que você saiu. É incrível: no mês passado ela não suportava perder num jogo, até roubava por desespero. Agora já ostenta o ar impassível de um jogador de pôquer e cria estratégias!

Pára de repente, parecendo encabulado, talvez com o tom de orgulho paternal em sua voz. Os dois ficam em silêncio por um momento, um de cada lado da porta.

— Desculpe — ele murmura, dando um passo para o lado. — Nem a convidei para entrar.

Então pede licença e vai ao fogão mexer alguma coisa. Deirdre dirige-se à sala, afrouxa o cachecol e olha em volta. Estivera tão ocupada em perguntar-lhe sobre Aisling na última vez que se esquecera de se lembrar de sua única longa noite naquela casa. Três anos antes, a casa estava em tremenda desordem, coberta pela espécie de desarrumação e poeira que se acumulam com o tempo. Dera a impressão de que Oisin não passava muito tempo ali, como se só entrasse para comer e dormir. Agora há plantas nos parapeitos das janelas, os tapetes foram limpos com aspirador de pó, e a sala tem o cheiro agradável de lugar habitado. Deirdre tem uma rápida lembrança do cheiro de velas crepitantes e da boca de Oisin, escurecida pelo vinho tinto e pelas horas que passara beijando-a. Ela enxota as lembranças.

— Gabriel! — chama. — Vamos indo.

— Deixe-nos só acabar esta partida — Gabe pede sem erguer os olhos.

Ela pensara que ele estivesse louco para ir para casa depois de passar duas horas jogando com uma menina de sua idade. Vai até a mesa e olha o tabuleiro.

— O que é isso? — pergunta.

O tabuleiro está cheio de palavras irreconhecíveis: consoantes que não deveriam estar lado a lado, como *mh*, *bh*, *dh*, juntam-se a vogais, sem fazer sentido algum.

— Estamos jogando em irlandês — Gabe diz. — Aisling está me ensinando. Ela leva vantagem, claro, mas eu estou começando a aprender.

Sem dúvida, Deirdre pensa. Gabe já sabe francês e espanhol e encomendou uma fita de conversação em japonês.

— Gostaria de ficar para jantar? — Aisling convida, e Gabe aceita, antes que Deirdre possa abrir a boca.

Ela olha para Oisin, que dá de ombros.

— Há bastante comida, se você se servir depressa.

— O cheiro está delicioso — Deirdre comenta, tentado chamar a atenção de Gabe e indicar sua irritação, mas ele está arrumando suas letras de novo. — Não sabia que você cozinhava — acrescenta.

Oisin parece confuso por um instante.

— E como saberia? — ele replica sem nenhuma afetação.

Oisin lhes serve uma sopa que tem camadas de sabor: a doçura de laranjas quando os lábios de Deirdre tocam a colher, depois o ardido de pimentas *chili* quando ela engole. Há frango assado com ameixas e alcaparras, e arroz que tem o sabor de um canteiro de cogumelos. Aisling come mais do que qualquer criança que Deirdre já viu. Até Gabe, cujo estômago parece sem fundo ultimamente, olha a menina, admirado.

Depois do jantar, Deirdre ajuda Oisin com a louça, enquanto as crianças se sentam ao lado do fogo, conjugando verbos em irlandês. Ao ouvir Gabe repetir palavras irlandesas, ela se lembra de um disco que seu pai costumava ouvir quando ela era criança. Volta-se para dizer isso a Oisin, mas ele está distraído.

— Você tem irmãos? — ele pergunta, começando a enxugar o prato que esquecera que tinha nas mãos.

Deirdre sacode a cabeça, negando.

— Filha única mimada. Minha mãe não pôde ter outros depois de mim.

— Eu tive uma irmã — Oisin fala baixinho. — Uma irmã gêmea.

Mas caminha para o banheiro antes que ela possa perguntar o que aconteceu com sua irmã.

São dez horas quando Deirdre convence Gabe a ir embora. Enquanto veste o casaco, recebe de Aisling um raro, lindo sorriso. E ao pegar a mão da menina para se despedir, algo estranho acontece. Algo que a faz acreditar em tudo o que Oisin lhe contara.

Embora a mão que aperta a sua seja a de Aisling, ela sente o cheiro de Brian. Não de colônia nem de masculinidade ou de folhas de pinheiro que normalmente a fazem sentir a falta dele. É o cheiro que ela procurou, vasculhando o cesto de roupa suja no dia do enterro dele: o odor particular, íntimo de Brian, em toda a sua complexidade, como se ela acabasse de comprimir o nariz na ligeira concavidade do peito dele. Quando Aisling solta sua mão, o cheiro desaparece.

Caminhando para casa, Gabe está quieto, mas Deirdre quase pode ouvir as engrenagens de seu cérebro.

— Acho que ela veio naquele navio sobre o qual vovô me contou — ele diz finalmente.

Um dos contos favoritos do pai de Brian é sobre como os irlandeses chegaram à ilha ianque, 150 anos antes.

— É uma idéia — Deirdre apóia.

Mas ainda está tonta com aquele aperto de mão e não se sente pronta para pensar em mais nada.

Ao acomodar Gabe na cama, cumprindo os rituais de cada noite que o ajudam a espantar a insônia alimentada pela preocupação, ele estende a mão e a toca no rosto. Ela se surpreende quando ele encontra uma lágrima.

— Aisling lhe deu papai? — o menino pergunta, seus olhos profundamente verdes na penumbra do quarto.

Deirdre confirma com um gesto de cabeça.

— Para mim também — ele diz. E adormece mais depressa e mais facilmente do que em todos aqueles anos, desde que perderam Brian.

10

Aisling não sabe por que Oisin parou de trabalhar, mas isso a desaponta. Arte é um processo que a faz lembrar a agricultura. Cada gravura nasce de uma longa série de trabalhos. A cada passo ressurge a ameaça de fracasso. Uma gravura terminada parece tão satisfatória para ele quanto uma estação de colheita, e Oisin pode, por um breve período, permitir-se relaxar.

Aisling o tem observado passar oito horas no estúdio, enrolando cigarros e empilhando-os numa pirâmide, como se preparando para um tempo quando não poderá desperdiçar nem um minuto com tais detalhes. Mas quando trabalha firme, uma gravura em preto-e-branco leva pouco mais de uma semana para ficar pronta. Ele passa os primeiros dias fazendo esboços, como o pai dela costumava arar a terra nos meses de inverno, para semear na primavera. Os dias de desenho de Oisin terminam com o chão coberto de folhas de papel rejeitadas, que ele joga sem amassar, deixando-as planar como pássaros pela sala ampla. Aisling tentou ajudar uma vez, recolhendo todas as folhas abandonadas.

— Deixe-as aí — ele pediu. — Como vou saber quanto trabalhei?

Ela, então, jogou as folhas de papel no chão. Oisin, mesmo já ficando grisalho, tinha o que Aisling considerava um comportamento infantil. Ela passara por rituais semelhantes quando era viva. Presumira que a idade adulta chegaria na ocasião em que as incertezas ficassem para trás. Mas agora lembra-se de seu pai contando e recontando as moedas, e das superstições de sua mãe, imaginando se algum dia se libertará dos reconfortantes rituais infantis.

Quando Oisin faz um desenho que o satisfaz — ainda que, a julgar por sua carranca constante, ninguém suspeite de tal possibilidade —, corta um pedaço das longas chapas de cobre encostadas em uma parede. Mergulha um lado do metal numa bandeja de cera quente, e nesse ponto o estúdio cheira como uma sala cheia de velas crepitantes. Quando a cera seca, transformando-se de um líquido transparente numa película esbranquiçada, Oisin passa de três a quatro dias desenhando nela. Com ferramentas afiadas, que Aisling está proibida de pegar, ele retira a cera até que a cor queimada do metal comece a espreitar através dela. Copia seu desenho, mas com a imagem invertida, como se a olhasse através de um espelho. Testa freqüentemente sua habilidade, enquanto entalha algumas linhas, segurando o desenho na frente de um espelho empoeirado pendurado na parede. Às vezes arranca a cera e começa todo o processo de novo. Aisling, ao ouvir o suave raspar e o coro dos resmungos frustrados ou satisfeitos de Oisin, pensa em Darragh de joelhos, deitando sementes no solo úmido e frio, seriamente, como se apenas seu empenho bastasse para fazê-las germinar.

Quando Oisin termina de entalhar, a folha de metal parece um campo nevado pela manhã, pontuado de pegadas de animais. Ele enche um recipiente raso com substâncias químicas que arrotam pequenas bolhas de fumaça insalubre. Geralmente usa um avental grosso e luvas amarelas, mas às vezes, com o entusiasmo, esquece, e tem de passar o resto da noite aplicando áloe em retalhos de pele em carne viva e cheios de bolhas.

Desliza o metal cuidadosamente no recipiente e espera com a ajuda de um *timer*, enquanto o tanque crepita e borbulha. Oisin explica a ela que as substâncias químicas corroem os pedaços de cobre expostos. Assim, quando ele retira a folha de metal e derrete a cera, seu desenho foi transformado em textura. Agora, ele tem uma matriz pronta para receber uma camada de tinta, ser coberta por um papel e prensada no que se parece com uma máquina de passar roupas. O que surge no final é uma versão mais complicada do desenho feito dias antes.

No início, Aisling não sabia por que Oisin se dava ao trabalho de passar por tantas etapas, já que, para ela, a gravura resultante parecia igual à que ele obteria desenhando com tinta grossa. Mas, depois de ver dezenas de gravuras, acha que entendeu por que ele cria essas imagens tão laboriosamente. Ainda que os desenhos sejam planos, parecem sugerir em seu âmago todas as camadas usadas em sua criação. Ela imagina que, se pudesse olhar para trás através do tempo e ver as mudanças acumuladas, umas sobre as outras, seria como ver uma das gravuras de Oisin. Pareceria sólida, mas estaria na verdade mudando constantemente, os detalhes saltando-lhe aos olhos como vozes baixas chamando sua atenção.

Todos os dias, quando Aisling se acomoda em seu canto do estúdio, pendura uma das gravuras de Oisin na parede ao lado de sua cadeira. No princípio, como esperasse que eles lhe contassem algo sobre esse mundo novo, os desenhos dele só a confundiam. Podiam ter vindo de seu próprio mundo. Os títulos são escritos num irlandês estranho, mas reconhecível, um dialeto diferente do seu. Ele fizera uma gravura para cada uma das estações de Darragh: *Samhain, Imbolc, Beltaine,* e *Lammas,* cada uma representando o mesmo par de árvores: luxuriantes e espessas, depois desfolhando, galhos ásperos e vazios, então carregados de botões. Há uma gravura intitulada *O Chamado de Oisin,* na qual uma linda mulher com um manto de estrelas está montada num cavalo, ao lado de um mar agitado. Outra gravura mostra duas crianças ao crepúsculo, em tinta preto-azulada. *Le Dúchán na Hoich: Ao Cair da Noite*. Ela pode ouvir as palavras na voz de Darragh, a primeira inofensiva, depois *dúchán*, significando escuridão, usada para descrever o mal que lhes chegara da terra.

Muitas das gravuras de Oisin são repletas de pessoas, como se mostrassem uma reunião estranha, pesarosa. As pessoas se dividem em duas categorias: corpos escuros realçados com luz, e corpos apagados marcados com escuro. Ela não se lembra de quando percebeu que as figuras escuras eram fantasmas, mas agora está acostumada a ver algumas pessoas vivas misturando-se em busca dos estranhos espaços vazios deixados entre os mortos.

As personagens repetidas de Oisin são quase sempre mulheres. Uma mulher grande, mais velha, que usa avental e tem um pequeno ponto brilhante no canto do olho. Uma mulher voluptuosa que está sempre espreitando, olhando para algo além das margens da gravura. Uma menina da idade das irmãs de Aisling, um violino sob o queixo e olheiras escuras. Todas as mulheres, ainda que desenhadas com suas características próprias, têm as semelhanças específicas de uma família, e às vezes parecem tão intercambiáveis que Aisling imagina que são a mesma mulher.

Uma das gravuras de Oisin, *Deusa Brigid*, é uma cabeça com três rostos femininos: uma menina, uma mulher e uma anciã, cujas rugas fazem seu rosto parecer mais consistente do que os outros dois. Aisling gosta de imaginar que seu rosto está envelhecendo como aquele, experimentando os corpos de meninas mais velhas como se fossem fantasias. Ela então começa a recolher reflexos de si mesma, com a mesma fúria com que um dia recolhera moedas.

Nunca prestara atenção ao espelho do banheiro até a noite em que ficou suficientemente alta para ver um pedacinho de sua testa refletida acima da pia. Esvaziou a cesta de roupa suja de Oisin, emborcou-a e subiu nela para observar seu rosto. Ficou no banheiro memorizando suas feições até que Oisin batesse na porta. Ela só vira seu reflexo algumas vezes na vida, mas se lembrava de uma versão mais escura, mais magra, mais introspectiva de si mesma, como uma flor fechada para fugir do frio. Não tem certeza de parecer mais velha, mas sim de estar mais brilhante, o que ela atribui a tantos banhos — como Oisin toma uma ducha todos os dias, ela faz o mesmo, ainda que antes banhos fossem coisa reservada aos sábados. Agora, além de examinar as marcas de carvão que Oisin faz no batente da porta para registrar seu crescimento a cada semana, Aisling faz uma visita ao espelho todos os dias, como outra forma de se avaliar. Quando olha para si mesma por bastante tempo, vê traços de pessoas que pensara nunca ver de novo. A mãe está na curva suave de sua testa, a irmã Margareth, nos lóbulos das orelhas. Há uma marca de nascença em seu pescoço que era igual à de Hannah. E os cílios de Darragh emolduram os olhos que absorvem tudo aquilo.

Ela passa a usar diferentes personalidades, como fantasias, fazendo-se parecer com personagens sobre as quais lera. Muda o modo de pentear os cabelos para parecer mais amadurecida, depois infantil, então severa e séria. Cada dia que nota uma mudança em si mesma, grava a imagem antiga numa caixa em sua memória. Vê a si mesma em fases, semelhantes às gravuras de Oisin, cada passo uma preparação para a pessoa real que se tornará. Um dia, quando for uma mulher, examinará as versões, identificando sua transformação através de todas as meninas que vira no espelho.

Desde que começou a se olhar, têm havido momentos em que ela esquece sua determinação de ser invisível. Fala com Oisin com voz livre, mais rápida do que a que usara com Darragh. As palavras saem de sua boca antes que ela perceba que está falando. Muitas vezes, ela pára no meio de uma idéia, lembrando-se do tapa ardido que levava quando abria a boca para falar com os pais. Oisin freqüentemente parece gostar quando ela fala com ele, mesmo que em outras ocasiões quase nem a perceba. Seus olhos parecem abrir-se mais, e ela detecta a sombra de um sorriso que ele tenta esconder. E então, ocasionalmente, há uma sensação que ela costumava ter com Darragh, feito uma mão vinda da mente dele, um pequeno toque que funciona como reconhecimento. Como alguém sussurrando seu nome num mantra até que, de modo mágico, da mesma forma que acontecera quando entrara pela porta de Oisin, ela reapareça.

Quando Oisin prepara o jantar para ela, ou quando ela nota que ele a observa no estúdio, acredita ser mais do que apenas um fardo para esse homem rabugento. Crê que talvez ele tenha começado a querê-la ali.

Ele lhe dá uma montanha de presentes no Natal. Em sua antiga vida, ela teria sorte se ganhasse uma maçã. Seu presente favorito foi um bulbo e um vasinho de barro para plantá-lo. O bulbo começou a soltar duas hastes feito cobras, dedos macios e verdes que estão mais altos a cada manhã, quando ela entra no estúdio. O crescimento a faz lembrar que o que está assistindo agora é vida, não morte.

O humor cambiante de Oisin não a perturba. Ela acredita que, como o de Darragh, seu senso de obrigação em relação a ela sempre prevalecerá sobre o ressentimento. Sente-se inesperadamente à vontade nos cantos do mundo dele, ainda que às vezes até a casa pareça menor do que a mansão que ela um dia imaginara que fosse, como acontecia com as roupas e as meninas que ela deixava para trás.

* * *

Embora se passasse um ano antes que ela compreendesse, a morte chegou à terra deles com certo odor. Aisling o notou antes dos outros — o cheiro interrompia seus sonhos. Acordou no meio da noite arfando e engasgando, como se grandes mãos apertassem sua garganta. Sua respiração ofegante despertou Darragh, que estendeu a mão para apalpar sua testa.

— Está doente?

Aisling prendeu o fôlego, mas quando inspirou pelo nariz, sentiu-se sufocar novamente.

— Sente esse cheiro? — sussurrou.

O cheiro permeava sua boca, e sua saliva tinha um gosto podre, nauseante.

— É só a chuva, Aisling — Darragh disse, virando para o outro lado. — Volte a dormir.

Ela se deitou de novo e ficou quieta. Vivera com a mesma paleta de cheiros durante toda a sua vida. Sabia reconhecer o cheiro de chuva tão bem quanto seu irmão. A doçura do ar dissolvia-se no cheiro acre da terra, como se o solo estivesse abrindo a boca cheia de sono, sedenta. Esse odor que sufocava, porém, não lhe era familiar, vinha de um lugar que ela não reconhecia. Não era de detritos humanos nem de animal nem de algo em decomposição na praia nem de leite azedo. Era maior do que essas coisas, mas semelhante, um cheiro podre, como se o mundo inteiro tivesse se deteriorado.

Pela manhã, ela foi ao encontro de Darragh nos campos. Ao contornar a colina, viu um homem conversando com seu pai na plantação. Ajoelhou-se e engatinhou rapidamente até chegar suficientemente perto para ouvir.

— É só por política de boa vizinhança que estou lhe contando isso — o homem disse.

Era Meagher, da fazenda ao norte. Ele, como a maioria dos aldeões, não gostava da família de Aisling.

— Atingiu uma em cada duas paróquias no oeste — Meagher falou. — É só uma questão de tempo até que nos visite. Estão recomendando que iniciemos a colheita agora mesmo, para salvar ao menos uma parte.

— É o governo que está nos dizendo isso? — o pai de Aisling perguntou. Sua voz soava cruel, quaisquer que fossem as palavras que escolhesse. — Não vou cavar meu campo em meados de agosto. As batatas não estarão do tamanho certo pelos próximos três meses.

— Não haverá nada além de podridão, se esperar três meses — Meagher comentou. — Não me venha suplicar ajuda quando a sua família estiver passando fome.

Depois de cuspir bem ao lado de uma das botas do pai de Aisling, virou-se e partiu.

— Não vamos desenterrar algumas batatas, pelo menos? — Darragh perguntou com a voz solícita que usava para falar com o pai. — Só para ter certeza...

— Elas ficam no chão — seu pai resmungou, o resto de um cigarro úmido grudado em seus lábios marrons.

— Só um canteiro, é o que estou dizendo — Darragh insistiu.

Mas o pai silenciou-o com uma olhada.

— Está me dando conselhos agora? — perguntou em um tom de zombaria que Aisling na hora associou a um punho avançando sobre o irmão.

— Não, pai — Darragh respondeu baixo.

— Eu aceitaria conselho até de uma mulher, antes de aceitar o seu — o pai continuou.

Aquilo era uma coisa que ele dizia freqüentemente, com intenção de ofender, ainda que não fizesse sentido para Aisling. O pai atacava a esposa por meio de Darragh ou das meninas, mas ela era, de longe, mais inteligente que o marido.

Aisling deitou-se colada no chão, enquanto o pai, e depois Darragh, afastaram-se sombriamente. Ela sabia que não devia se mostrar a Darragh logo em seguida. Muitas vezes, quando ele era ridicularizado ou surrado pelo pai, acabava olhando para ela como se sua mais recente contusão, como tudo o mais, fosse sua culpa.

Aisling ficou no campo até que o sol marcasse o meio do dia. Os raios mutantes realçavam os talos acima dela, e ela viu alguma coisa branca, delicada e estranha agarrada à parte de baixo das folhas. Lembrou-a da única vez que vira neve, uma brancura cristalizada, imponderável. Mas quando ela pôs a mão, aquilo não derreteu — esticou-se entre seus dedos como uma teia de aranha desfeita. O odor que a acordara na noite anterior agora parecia sair de suas mãos, como se fosse ela a se decompor de dentro para fora.

Darragh lhe explicou na hora de dormir. Havia uma doença nas batatas, uma praga espalhando-se por todas as plantações do país. Eles a estavam chamando de *dúchán*, porque as batatas apodreciam, ficando pretas.

— Papai é um tolo — ele sussurrou. — Se não cavarmos agora, perderemos toda a colheita.

— O que vamos comer, se perdermos as batatas? — Aisling perguntou.

Ele tentou suavizar a voz ao ver seus olhos dourados se contraírem de medo.

— Não vamos morrer de fome — falou. — O dono da terra terá de nos dar auxílio para podermos manter as outras plantações.

Aisling sabia que ele estava mentindo. Nunca ouvira dizer que alguém, por mais faminto, tivesse ficado com trigo, aveia ou animais. Pelo menos não com permissão. Houvera um agricultor no ano anterior que roubara um pouco da colheita para alimentar os filhos. O administrador da propriedade o desalojara e queimara sua casa.

Ela foi dormir com o cheiro no fundo da garganta. A família já invejava cada uma de suas refeições. Se a comida desaparecesse, ela tinha certeza de que seria a primeira a morrer de fome.

Durante três dias, Darragh andou pelos campos como um soldado, espiando sob as folhas, procurando pela lanugem branca, um sinal prematuro de doença. Quando encontrava, ele a retirava cuidadosamente com um pano molhado, murmurando baixinho, como fazia quando Aisling ficava acamada com um resfriado.

Vendo-o assim, ela acreditava que a lavoura prosperaria. Com certeza as plantas não suportariam desapontar o jovem de rosto nobre, bondoso.

Darragh desenterrava periodicamente um ou dois talos, procurando partes moles nos tubérculos. Enterrava-os de novo, disfarçando com terra velha. Todos os dias chegavam notícias de uma nova plantação infestada pela praga.

Ele foi encorajado pelo vento, que durante dias soprou do leste, vindo do mar. Ele pensou que talvez seus campos, os mais próximos da praia, pudessem ser salvos. Sobretudo se cavasse no instante em que visse os primeiros sinais.

Mas bastaram as poucas horas em que estavam dormindo para toda a plantação morrer. Ao amanhecer, Aisling despertou com o cheiro pior do que nunca, como se a fonte daquele odor tivesse finalmente se aberto, revelando um centro bem mais potente. Pela primeira vez, saiu da cama sem que Darragh estivesse ali para encorajá-la. Correu para o campo e encontrou toda a sua família curvada, cavando o solo. As fileiras de plantas estavam negras e úmidas, como se tivessem sido encharcadas depois de um incêndio. Aisling chegou mais perto para ver por cima do ombro de sua irmã Margaret. Os dedos de Margaret buscavam as conhecidas saliências das batatas, mas só esmagavam uma massa mais escura que a terra. Margaret chorava, o rosto contraído pelo cheiro e por um pesar avassalador. Aisling, esquecendo de si mesma, pôs a mão no ombro dela. Margaret a afastou com uma sacudidela tão violenta que Aisling caiu sentada na terra emporcalhada com os restos podres.

— Você nos amaldiçoou, bastarda suja — sibilou. — Não vai me ver morrer de fome por causa dos seus pecados. Prefiro comê-la antes.

Mesmo sendo uma coisa ridícula de dizer, Aisling olhou para os dentes escuros e afiados de Margaret e imaginou o som que fariam ao mordê-la. Ergueu-se e correu para longe do campo, escondendo-se sozinha no subterrâneo até a lua aparecer, quando Darragh chegou, cheirando a terra podre, seus dedos machucados e sangrando por haver procurado o dia todo por uma única planta comestível que fosse. Ele caiu na cama e, antes de entregar-se a um sono exausto, pôs uma das mãos imundas e suaves na cabeça de Aisling.

— Isso não tem nada a ver com você — disse, indicando que ouvira o que Margaret dissera naquela manhã.

Aisling, mesmo grata por suas palavras e pelo calor de sua mão, não se sentiu confortada. Podia ouvir a voz dele fazendo a pergunta crucial. *Por quê* eram palavras que transpiravam de Darragh, não importando quanto ele tentasse escondê-las. Por que eu, por que agora, por que isso? E Aisling estava temerosamente consciente de que seu nome — um nome que só Darragh tivera a preocupação de lhe dar — era a resposta.

* * *

Depois da noite em que contraiu gripe, Aisling passou a ter pesadelos. Foram-se as noites de sono profundo, reparador, dos primeiros meses dessa nova vida.

Num sonho, Darragh encolhe tanto com a febre que ela tem de carregá-lo no bolso de seu suéter. Mas há um furo em seu bolso, e ela o perde continuamente e precisa apalpar ao redor, no escuro porão do navio, antes que ele seja esmagado. Às vezes, ao encontrá-lo, não é Darragh, mas Oisin que se encolhe na palma de sua mão.

Ela sonha que Oisin está doente, deitado em sua pequena cama, e quando ela limpa seu rosto com um pano, a carne fica preta e afunda como um buraco molhado na terra. Sonha que percorre as praias de sua terra, procurando freneticamente por Oisin, que vira desaparecer sob ondas frias, prateadas. Oisin está pensativo, desperto em sua própria cama, e ela se aninha ao lado dele. Acorda de manhã ensopada de suor e nervosa, e precisa verificar, com obsessiva freqüência, se Oisin está ao alcance da vista.

Se ele vai sozinho de carro até a loja, ou sai para caminhar antes que ela acorde de manhã, Aisling sente dificuldade para respirar.

Um dia, ao picar cebolas para a sopa, ele corta o polegar, e a visão de Oisin sangrando a faz chorar com soluços profundos, tempestuosos. Como pôde esquecer as coisas que acontecem com as pessoas?

Gabe agora vem jogar jogos de tabuleiro com ela algumas vezes por semana. Aisling viu como ele olha para a mãe quando ela vai buscá-lo — como se uma compressão atrás de seus olhos desaparecesse. Portanto, enquanto jogam Otelo, fichas brancas e pretas competindo com linhas cruzadas, ela pede o conselho de Gabe:

— O que faço para mantê-lo vivo?

Gabe não ri da forma que ela imagina que Oisin faria.

— Bata na madeira três vezes, sempre que imaginar algo ruim acontecendo a ele. Não o deixe dirigir depois de tomar vinho. E faça-o parar de fumar. Câncer.

Mais tarde, quando está sozinha com Oisin, ela pára na frente dele, tentando mostrar-se severa.

— Você não sabe que fumar o faz morrer jovem? — indaga.

Oisin suspira.

— Ótimo — diz, parecendo achar engraçado.

Mas ela nota que ele fuma cada dia menos.

Em março, quando deveria ser primavera, ainda há neve congelada no chão, que range com fria zombaria sob suas botas. Ela acorda de um pesadelo na véspera do dia de São Patrício, no qual Oisin se enrola num lençol e salta do convés de um navio para o mar tempestuoso. Ela fica deitada, imóvel, temendo ter gritado alto, mas ouve Oisin respirando normalmente no outro lado do quarto. A lua está cheia, o chalé brilha à tênue luz.

Ela se volta para a parede, onde pendurou gravuras de Oisin que são suas prediletas. Uma árvore sem folhas estende os galhos pelo papel como braços finos, de múltiplas juntas. Pendendo enganchados nos galhos, ocupando cada centímetro, estão as figuras escuras de fantasmas. Todos olham para baixo, para um garoto ajoelhado, tão apagado que se pode ver a casca da árvore através de seu peito. O rapaz estivera cavando com as mãos, há um buraco no chão à sua frente, uma pilha de terra empedrada a seu lado. Atrás da árvore há lápides e cruzes de pedra, fileiras afastando-se na distância, um cemitério sem fim. O menino está tão absorto em cavar que não parece notar sua platéia na árvore, nem a menina que está de pé logo à direita de seu ombro curvado. Ela é mais velha do que Aisling, mas não ainda adulta, e o céu noturno está refletido na superfície lisa de seus cabelos.

Logo que Aisling encontrou essa gravura, espremida ente dois pedaços de papelão e aninhada numa manga de casaco de couro, soube que essa era a menina que Oisin estava procurando. Diferente das outras figuras, ela é uma combinação de luz e escuridão, os mortos e os vivos estão desenhados em seu rosto delicado.

No esforço para ter os mesmos cabelos macios e lisos dessa moça, Aisling penteou os seus com óleo. Ainda não tem idade suficiente para fingir ser a moça da gravura, mas se sente como ela. Porque a presença da jovem pulsa no papel, esperando Oisin notá-la.

Deitada em sua cama, o sono ameaçando recapturar-lhe os olhos, Aisling, pela primeira vez desde que chegou, não está com fome. A fome, como o crescimento, tem suas fases, e nos últimos três meses ela reviveu todas elas, experimentou desde um estômago não completamente cheio, até a dor que parece devorá-la por dentro. Não importa que ela coma mais em uma refeição do que costumava comer numa semana, o vazio é maior do que qualquer coisa com que ela tente preenchê-lo. Mas agora passou, e ela se sente não como se estivesse finalmente saciada, mas como se já não precisasse comer nada.

Pouco antes de voltar a cair no sono, ouve a voz débil de Darragh vindo da escuridão malcheirosa:

— Coma você, Aisling. Minha fome me abandonou.

— Não me deixe para trás — ela faz essa súplica em sua mente, mas deve ter falado em voz alta, pois uma voz responde:

— Não deixei — diz Oisin. — E não vou deixar.

11

Quando menino, todo o medo de Oisin, assim como seu amor, estava ligado à irmã por um complicado nó. Ele não temia a morte dela tanto quanto a idéia de que algo pudesse separá-los. *Coma* era uma palavra que parava seu coração — aquela imagem de Nieve entubada e inacessível. Quando o chefe da polícia local foi à sua escola falar sobre segurança e cautela necessária ao lidar com estranhos, Oisin começou a ficar atento a seqüestradores. Tinha pesadelos recorrentes, nos quais Nieve estava presa num lugar aonde ele não podia chegar, um labirinto atrás de uma parede de fogo, sugada por uma escuridão gelatinosa.

Seu maior medo, que lhe apertava a garganta como uma garra, era o de sua própria morte. Ele tinha pavor de morrer primeiro e de que ela não pudesse encontrá-lo. Ele se tornaria como um dos fantasmas solitários que o procuravam em busca de consolo, pois aqueles a quem tinham amado não conseguiam ouvir suas vozes. Ao chegar aos dez anos, Oisin tinha um impressionante currículo de visões de fantasmas, indo de angélicos a espectrais. Já vira a estrada atrás da casa de sua avó invadida por uma procissão de fantasmas trôpegos, uma massa lamuriosa, exausta, como se eles estivessem caminhando daquela forma por uma eternidade. Fora visitado em seu quarto, em Boston, por homens procurando as esposas, mães em busca de seus bebês, mendigos querendo dinheiro. Certa vez, surgira um desenhista de mapas, morto havia séculos, sentado à escrivaninha onde Oisin fazia as lições de casa, resmungando e gastando as pontas de todos os seus lápis. "É um mapa do novo mundo", ele dissera. "Tenho de aprontá-lo a tempo." E despachara Oisin à cata de fósforos para reacender sua vela eternamente apagada.

Era bem provável que Oisin saísse da cama para buscar um copo de água ou de leite e entrar num cômodo repleto de imigrantes dormindo, pés e cabeças se tocando no chão da cozinha, formando com seus corpos um quebra-cabeça de palavras cruzadas que ele tinha de atravessar, pulando e esgueirando-se entre eles.

Às vezes, exaustos de suas viagens, os imigrantes o ignoravam a não ser por um olhar faminto. Em outras ocasiões, mantinham-no acordado a noite toda, contando-lhe, em inglês truncado, suas longas viagens de navio, tocando, num velho acordeão, canções russas sobre assombrações, ou fazendo-o partilhar o pão amanhecido de mães italianas que achavam que ele era mais um órfão. Nieve o encontrava pela manhã, meio adormecido à mesa, murmurando palavras gentis para um cômodo vazio. Oisin ia para a escola tonto, círculos escuros em volta dos olhos, e isso confundia seus professores, que achavam que ele era inteligente, mas preguiçoso. Não percebiam que ele estava simplesmente cansado demais para decorar tabuadas. A única coisa que conseguia fazer com entusiasmo era desenhar. Os professores perdiam a paciência e o mandavam para um canto sozinho, onde ele gastava lápis de cera cobrindo grandes folhas de papel branco com cores intensas. Fazia retratos de quem quer que o tivesse visitado na noite anterior e, desenhando, sentia-se reviver. Mas sempre ficava desapontado ao terminar. Seus desenhos pareciam com pessoas, quando deviam ser fantasmas.

Ainda que ele nunca mais tivesse chorado depois da primeira *banshee* e achasse que guardara a maioria das visões para si mesmo, sua família sempre sabia quando ele vira algo que o assustara, pois, como na primeira vez, isso o deixava temporariamente cego. Uma terrível infecção obrigava-o a ficar na cama durante dias, e Nieve cuidava dele com compressas quentes, tirando as crostas soltas cuidadosamente com as unhas. Ela simulava febres, faltando à escola para ficar com ele, então contava histórias de viagens, tocando música para ele, aumentando ao máximo o volume de seu toca-discos plástico de 45 rotações. Enquanto Oisin jazia sob uma toalha de rosto fumegante, Nieve dançava pelo quarto, berrando as letras que falavam de amor, cantando junto com os minúsculos alto-falantes.

Às vezes mudava as palavras e cantava sobre Oisin e seus fantasmas, que fazia parecerem desajeitados e inofensivos. Normalmente, depois de algumas estrofes, ela ganhava um sorriso do irmão, a toalha sobre os olhos franzindo-se com o reflexo do riso.

Para o décimo aniversário dos gêmeos, tio Malachy mandou-lhes o que eles chamaram de seu primeiro presente de adulto. Para Oisin, deu uma lata com cem lápis do tipo caro, profissional, com cores que o menino nunca vira em lápis comuns. Eles tinham sido tão maltratados, vindo da Irlanda, que quando abriu a caixa, Oisin só encontrou um amontoado de lascas coloridas e pó brilhante. Mas isso não o deixou desapontado. Ele pensou que, se tivessem sobrevivido à viagem, teriam sido perfeitos demais para serem usados. Enfiava as lascas coloridas sob as unhas e desenhava. Mas nem aqueles lápis conseguiam captar seus fantasmas.

Para Nieve, Malachy mandou um bilhete dizendo que soubera que ela se interessava por música — o que Declan realmente escrevera ao irmão fora que a menina estava obcecada pela péssima música moderna americana. O presente era uma rabeca irlandesa cor de âmbar e promessas de aulas no verão. Nieve ficou tão encantada que pelo resto do ano escolar tocou a rabeca quase constantemente. Quando Malachy pôde lhe dar aulas, ela já aprendera sozinha o suficiente para acompanhá-lo em melodias simples.

— Acredito que essa menina tem ouvido — o tio observou.

Depois disso, Nieve andava de um lado para outro esfregando as orelhas por tanto tempo que sua mãe disse que dava para pensar que ela fora surda e só então tivesse aprendido a ouvir.

— É quase isso, mamãe — Nieve respondeu.

A mãe franziu a testa.

— Todo esse exercício vai formar um calo no seu pescoço — retrucou.

Tudo o que diziam uma à outra sugeria palavras mais fortes, não pronunciadas.

Quando Oisin ficava acordado até tarde, lidando com fantasmas, era Nieve quem testemunhava o melodrama da vida real de seus pais. A atenção de Oisin era subitamente desviada de uma história que ouvia de um imigrante para os gritos da mãe. Ele vagueava entre essas brigas como se elas fossem um cenário que não o interessasse. Comparados a seus fantasmas, os pais e suas palavras duras eram apenas sombras. Nieve andava pela casa como se sua presença pudesse manter as brigas sob controle, ainda que seus pais meramente a notassem. Se chegasse tarde da casa de uma amiga, ela interrogava Oisin sobre novidades.

— Por que estão brigando? — perguntava.

Oisin não conseguia lembrar. Toda frase parecia a mesma para ele, sua mãe despejando palavras sobre seu vacilante pai, que só retrucava no dia imediatamente anterior àquele em que tinha de sair para o mar.

— Eles estavam bebendo — Oisin dizia.

Mas Nieve nunca ficava satisfeita com essa explicação. Tinha muito mais interesse no relacionamento de seus pais do que Oisin. E, enquanto se preocupava com a bebida (costumava despejar quase todo o conteúdo da garrafa de gim na pia do banheiro e diluir o resto com água), Oisin aceitava isso como uma personagem inevitável em suas vidas, como um terceiro irmão pouco dotado.

Todos bebiam. Isso era um fato a respeito do qual Oisin mal pensava. Adultos bebiam e se transformavam, de modo que se devia evitá-los tanto quanto possível nas ocasiões em que estavam bebendo. Fora Nieve quem lhe ensinara isso, para começar.

Na época em que eram muito jovens, os pais davam festas, e seus risos e o ruído de copos embalavam os gêmeos para dormir. Eles não deviam ficar acordados, mas às vezes, se era tarde, conseguiam esgueirar-se para fora quando a atmosfera era suficientemente jovial para que não fossem repreendidos. Oisin tinha lembranças nebulosas de estar ao lado das pernas brilhantes de sua mãe, olhando quando ela ria de um modo selvagem, irreconhecível, sentindo-lhe a mão brincando pesadamente com seus cabelos. Havia alguma coisa na mãe que sugeria perigo, sempre que ele via aquele estranho ondular de seu corpo. Era como se ela estivesse prestes a perder o equilíbrio, mas, por algum milagre, sempre se mantinha de pé.

Oisin tinha sete anos quando aprendeu a separar a mãe que bebia da mãe confiável. Ele acordou no meio da noite suando, tomado pela náusea, e não teve tempo de sair da cama. Vomitou várias vezes sobre as cobertas, e, quando pôde respirar novamente, estava chorando. Encontrou o caminho para a sala, meio cego pelas lágrimas. A festa estava em sua etapa final, e havia apenas uns dez convidados presentes. Oisin encontrou a mãe esparramada no sofá, a saia curta tão erguida que o triângulo transparente no alto de suas meias estava à mostra. Havia um homem a seu lado, um homem que trabalhava com seu pai, e ele estava quase deitado no ombro dela, sussurrando solenemente em seu ouvido.

— Mamãe... — Oisin chamou.

Teve de chamar duas vezes antes que Sara, com dificuldade, o focalizasse. Seus olhos não pareciam estar funcionando direito, e ela, depois de um tempo, bateu-lhe com força no ombro, como se fosse ele que oscilasse.

— Este... — ela começou com voz pastosa. Então, arrotando, liberou-a um pouco mais e concluiu: — Este é o único homem para mim.

O homem a seu lado resmungou e se aproximou mais de seu ouvido para dizer alguma coisa, e Oisin viu um lampejo de sua língua amarelada roçar o lóbulo da orelha de sua mãe. Sentiu um novo acesso de náusea.

— Mamãe, eu vomitei.

O homem torceu o nariz ao cheiro de Oisin, quando ele se aproximou, e afastou-se de Sara depressa, como se ela fosse a responsável.

— Opa! — a mãe exclamou com um risinho que logo contagiou o homem.

De repente, os dois estavam rindo, seus pescoços se revirando no encosto do sofá. Oisin deu um passo atrás.

— Tudo bem, Oisin — uma voz atrás dele falou.

E ele foi conduzido ao quarto pelas mãos decididas e delicadas da irmã. Nieve levou-o ao banheiro, tirou seu pijama úmido e o colocou-o na banheira com água quente. Lavou-o suavemente e, depois, com uma enorme toalha azul, esfregou seus cabelos para secar, do modo frenético que ambos preferiam. Se estivesse cantarolando, as vibrações do movimento apareceriam em sua voz. Ela lhe deu outro pijama e levou-o para sua própria cama com lençóis frescos e limpos. No escuro, sentindo os gestos rápidos e eficientes de Nieve, Oisin imaginou que aquela não era sua irmã gêmea, mas o fantasma de alguma mulher maternal que fazia tudo ficar bem de novo.

— Vomitar é pior do que qualquer outra coisa — ela falou, acomodando-o no frescor dos lençóis, parecendo até mais velha. — Eu sempre penso que vou morrer.

Oisin queria dizer que não, que aquilo não era o pior, que vomitar não era tão ruim quanto ver a expressão revoltante de sua mãe quando ela pronunciara "opa".

— O que há com mamãe? — perguntou, em vez de dizer o que estava pensando.

Ocorreu-lhe que talvez a mãe também estivesse doente, que aquilo que a deixara tão corada e irreconhecível fosse uma espécie de gripe.

— Ela só está bêbada — Nieve respondeu, subindo na cama com ele.

Estava calma, despreocupada. Sua voz tinha o mesmo tom da de sua avó quando ela examinava um ferimento e dizia: "Não é tão grave quanto parece".

Aquilo não era uma emergência, apenas algo a que ele devia se acostumar.

Aprendeu a ignorar. Evitava a mãe embriagada quando podia, aturava-a quando precisava, mas sempre a distinguia da mãe que lhe era restituída pela manhã, pálida porém reconhecível. A nítida diferença entre "elas" facilitava essa distinção. Quando o pai estava ausente, no mar, ela bebia sozinha, lentamente ao jantar e acelerando depois que os gêmeos iam para a cama. Pelo resto de sua vida, o cheiro de gim faria Oisin lembrar-se de escovar os dentes.

Quando seus fantasmas o mantinham acordado, ele encontrava uma versão desleixada, embriagada de sua mãe, tarde da noite. Aquela mulher o puxava para o colo, abraçando-o até que ele perdesse o fôlego, e passava os dedos com suas unhas de cor vibrante pelo corpo dele de um modo que o deixava grato por não haver ninguém olhando. Às vezes ela o beijava lentamente na boca, sua língua tateando os lábios cerrados de Oisin como sentindo-lhes o gosto. Então, vinha o interrogatório:

— De quem você gosta mais?

— Da mamãe.

Ele separava suas respostas da mesma forma que separava a mãe embriagada da mãe confiável. Ele dizia "mamãe" e pensava: *você não é minha mãe, e é de Nieve que gosto mais*.

Às vezes ele mal ouvia as perguntas, porque eram sempre as mesmas.

— Se eu morrer, vai procurar por mim?

— Vou.

Ele suportava esse ritual, com seus fantasmas chamando ao fundo, até que a mãe o soltava para servir-se de outra dose de gim.

— Vá brincar com os mortos, Oisin — ela dizia. — Até amanhã.

Amanhã constituía a palavra-chave, pois era quando ela voltava a ser a mãe normal, e ele podia esquecer essa mãe até a próxima vez.

Ainda que nunca tivesse contado a Nieve sobre aquelas cenas — discuti-las o faria lembrar o que ele achava tão fácil esquecer — às vezes, no desjejum, Oisin a notava olhando a mãe com expressão desconfiada e ligeiramente amedrontada. Ocorria-lhe que Nieve podia ter visto algo semelhante, ou mesmo pior, no meio da noite, e que ela esquecera o que ensinara a ele no início: *encontre um lugar seguro e guarde tudo lá*.

Uma noite, anos depois, Oisin despertou com vozes tão cruéis que pensou que os fantasmas estivessem desencavando desavenças de duzentos anos em sua sala de estar. Saiu do quarto sem parar para procurar os chinelos, pulando na ponta dos pés para evitar pisar por muito tempo no chão gelado. Não encontrou espíritos, e sim a irmã e a mãe, em pé, enroscadas num abraço desajeitado, oscilando tanto que ele chegou a pensar que elas estivessem dançando. Mas Nieve estava tentando ajudar a mãe a andar. Ele poderia ter ajudado — chegou a imaginar-se dando um passo à frente, amparando a mãe do outro lado —, porém não conseguiu se mexer. Havia algo tão grotesco nos movimentos gelatinosos de Sara e na cena de equilíbrio de sua irmã que ele não conseguiu envolver-se.

Isso está errado, pensou, olhando Nieve tentar desenroscar os cabelos do braço da mãe. *Não é assim que as coisas deveriam ser.*

Então, a mãe caiu para trás, deslizando para fora do abraço de Nieve. Sua cabeça atingiu a mesa de centro com um baque, e Oisin desviou o olhar. Era como ver uma criança desajeitada numa aula de ginástica, cujos acidentes fazem rir, ao mesmo tempo que se cora de embaraço, por empatia.

— Vadia! — a mãe exclamou, a língua soando como madeira em sua boca. Dispensou as mãos de Nieve, tentando voltar a se pôr de pé, rosnando: — Não me toque. — Sua voz tornou-se infantil e jocosa. — Mamãe, venha para a cama. Mamãe. Mamãe. — Ela lutou para erguer-se, oscilando na direção de Nieve. — Até sua voz me dá náuseas — disse, tentando focalizar o rosto de Nieve. — Vadiazinha sabe-tudo, puxando seu pai e seu irmão pelo saco! Sabe o que você vai ser quando parar de deixá-los excitados?

Começou a rir, permitindo a Nieve agarrá-la de novo e levá-la para o corredor.

— Nada! — cantarolou. — Não vai ser nada, nada, nada!

Ria tão alto que não viu Oisin através de suas lágrimas e espasmos, deixando Nieve arrastá-la para a cama.

Oisin esperou pela irmã acordado, ouvindo os baques, os esforços para vomitar, as risadas e depois as lágrimas que vinham do quarto dos pais, no outro lado do corredor.

144

Quando Nieve por fim voltou, deitou-se silenciosamente, como se esperasse que Oisin estivesse dormindo. Ele ficou calado por alguns instantes, ouvindo a respiração entrecortada que ela tentava disfarçar.

— Nieve?— chamou por fim, incapaz de pensar numa pergunta que não parecesse tão ridícula quanto a cena que acabara de presenciar.

Queria saber se elas sempre tinham se odiado daquele jeito, e como ele nunca percebera.

— Ela está apenas embriagada — Nieve explicou.

As palavras já não tinham o efeito apaziguador de antes. A bebida seria tão poderosa a ponto de transformar uma mãe num monstro?

— Mas, Nieve...— Oisin recomeçou.

— Está tudo bem — ela disse.

Mas estava mentindo. Era a primeira mentira deslavada que a irmã lhe contava, e ele não sabia como reagir àquilo. Devia acusá-la, exigir uma confissão? Ou ficar quieto e agir como se acreditasse?

No fim, como sempre, obedeceu a seu comando e fingiu dormir. Depois disso, não teve mais acessos de medo de que sua irmã entrasse em coma ou fosse raptada. Ele já sabia, mesmo não compreendendo até que se tornasse adulto, que havia forças mais ardilosas trabalhando. Não seria preciso um desastre para colocar Nieve e ele em caminhos diferentes.

12

Gabe Molloy é um colecionador da morte. Guarda suas pesquisas em cadernos organizados por cores — artigos, diagramas de livros-textos, até poesia, que ele recorta com uma lâmina de barbear e prega com cola em bastão até que o caderno infle como um leque com sobrecarga de informação. Tem um laboratório de dissecação montado em seu quarto, onde corta e desenha os animais mortos que encontra no bosque. Sabe responder a qualquer pergunta sobre o funcionamento do corpo humano, conhece passo a passo a falência dos sistemas envolvidos em todas as formas de morte. Seu livro favorito é *Frankenstein*, o nome de seu peixe dourado é Lázaro XIV — os treze anteriores não honraram o nome. De acordo com Oisin, o menino é considerado um gênio pela maioria dos ilhéus. Mas quando Aisling o vê, a palavra que lhe ocorre — em inglês agora, como todos os seus pensamentos — não é "inteligente", e sim "amedrontado".

Gabe sente medo de Aisling de modo diferente. Não é de gente que ele tem medo, e não se sente ameaçado por ser criança. Ele teme a morte, por isso a estuda. Sabe como as pessoas morrem, mas o que quer descobrir é por quê. Às vezes ele a faz lembrar-se de Darragh, que até o último minuto achou que, se continuassem otimistas e organizados, se salvariam.

Gabe agora tem um caderno dedicado a ela: de capa dura, com espiral prateada que a deixa tonta, se a olha por muito tempo. Ela agüenta as entrevistas, revelando detalhes que preferiria esquecer, porque Oisin está sempre ouvindo, e é mais fácil responder às perguntas diretas de Gabe do que tentar dizer a Oisin quem ela era. Tem medo de contar demais a ele. Oisin tornou-se mais doce do que taciturno, mas ainda há os momentos, quando ela se volta para ele estourando de alegria, e encontra o antigo Oisin, vazio e desinteressado, ou mesmo ligeiramente aborrecido. É como se tivessem batido uma porta, golpeando-a com vento gélido, e cada vez que isso acontece, ela leva um pouco mais de tempo para se recuperar. Precisa recolher-se e refazer suas forças antes de voltar a falar com ele. O estranho é que Oisin muitas vezes se refaz antes dela, parecendo confuso e magoado com seu silêncio prolongado.

Assim, Aisling responde às perguntas de Gabe e, enquanto ele toma notas dos detalhes, ela observa as reações de Oisin. Ele finge não ouvir, mas enrijece os ombros e respira como alguém que escutasse atrás da porta — prende a respiração, depois respira com demasiado entusiasmo.

— Quem morreu primeiro?

— Ele, e foi o mais rápido. Depois Hannah, então Aileen, depois Margaret e Ela. Darragh morreu no navio.

— Quais foram os primeiros sintomas da doença?

— Um mau cheiro.

— Qual é a última coisa da qual se lembra antes de morrer?

— Uma senhora perguntando meu nome, e eu com sede demais para falar.

Quando Gabe ouve a história pela primeira vez, procura no sótão e encontra a tábua envelhecida com as palavras *Tír na nÓg*. Entrega-a a Aisling, e ela só faz um gesto de cabeça.

— Meus antepassados vieram nesse navio — ele conta.

— Com você.

Ela não sabe responder às perguntas de Gabe sobre onde estava e quem fora durante todo o tempo depois de sua morte. Agora que está acostumada com seu corpo físico novamente, as lembranças de antes são vagas. Só se lembra da sonolência e de sua determinação de permanecer invisível. Um século e meio passou num instante, como se houvesse sido no ano anterior que ela vira a terra e sua família apodrecerem, até que o próprio ar que respirava ficasse pesado com fedor de morte.

* * *

Quando os pobres passaram a morrer em grande número, depois que as batatas falharam pelo segundo ano consecutivo, começaram a despejar os corpos em valas comuns, transportando-os em caixões reaproveitados — caixas de madeira com portas tipo alçapão no fundo. Com um girar do fecho, os corpos eram descartados com um abominável deslizamento e um baque. Famílias inteiras eram transportadas na mesma caixa de madeira, os corpos empilhados uns sobre os outros, gerações enchendo a cova até a borda.

— Não deixem que me ponham numa dessas caixas — Aisling pediu a Darragh certa noite no quarto subterrâneo, onde eles preferiram ficar, mesmo depois que a casa ficou vazia.

— Não há necessidade dessa conversa — Darragh disse, apertando-a contra o xilofone de suas costelas. — Tenho um plano.

Seu irmão nunca estava sem algum plano. No primeiro inverno, tiveram de sobreviver sem as batatas e, como por maldição, os arenques também sumiram da costa. Fora Darragh quem apanhara algas, tirara mariscos das rochas na baía e os fervera numa sopa rala e salgada. Darragh decidiu matar o porco, mesmo sabendo que precisariam vendê-lo para pagar o próximo aluguel. Aisling segurou o balde, quando ele cortou a garganta cinzenta e esgoelante.

Estava com tanta fome que até o sangue fervente lhe parecia apetitoso. Darragh conseguiu matar alguns coelhos, esperando imóvel à saída de suas tocas. Vendeu a turfa, considerando a importância da comida comparada ao luxo do calor. Aisling teve de costurar cobertores, transformando-os em ponchos para usar sobre suas roupas finas. Quando os trabalhos públicos começaram, Darragh passava longos dias construindo estradas através de Connemara e de vez em quando chegava em casa com fubá ou um ovo, que dividiam entre ambos. Aisling era sua prioridade na busca por comida, ainda que o resto da família não soubesse disso. Se soubessem, Aisling tinha certeza de que uma de suas irmãs a mataria pelo ovo.

Darragh era uma fonte de otimismo e de soluções temporárias. Como seu pai e muitos outros, ele acreditava que a praga só duraria uma estação, portanto focalizava sua atenção unicamente em como sobreviver até a próxima colheita. Quando a lavoura falhou novamente, não havia mais nada. Nem rebanho, nem cereais, nem dinheiro para pagar o aluguel ao senhorio, que continuava a cobrar como se nada tivesse mudado. A fome e a dívida já teriam sido suficientes para causar pânico a Darragh, mesmo se ele não tivesse de se preocupar com todos morrendo ao seu redor.

Quando a febre chegou à sua casa, Aisling soube primeiro. Ela podia sentir-lhe o cheiro. Passou por Ele a caminho do pântano e, mesmo ficando quieta para não ser notada, o odor que saía dele causou-lhe a mesma dificuldade para respirar que teria se Ele a tivesse chutado no estômago. Era o mesmo cheiro que vinha das plantas destruídas, como se, por dentro, ele estivesse negro e pegajoso como os restos de suas plantações. Uma hora depois, estava de cama com cólicas, explosões de vômito e um rosto já azulado pela morte, ainda que resistisse mais três dias. As mulheres da casa, apesar de não terem mostrado amor com ele vivo, desmoronaram quando ele morreu. Voltaram-se para Darragh com rostos murchos, famintos, implorando ajuda, mesmo com os olhos brilhando de culpa.

Ele não teve de zelar por elas durante muito tempo.

Cuidaram umas das outras até que todas fossem atingidas, e então Darragh se movia entre elas como um médico numa enfermaria, proibindo Aisling de entrar na casa. Cada noite, ao voltar para seu quarto subterrâneo, ele esfregava o corpo e suas roupas com água fervida, tremendo nu no ar do outono. Mesmo recém-lavado, continuava exalando o cheiro da febre, quando subia na cama ao lado de Aisling.

Aisling passava os dias andando pela praia, recolhendo as algas que já não tinham mais gosto para ela. Ao passar pela casa, ouvia, através da pequena e funda janela, a tosse catarrosa e intermitente de uma casa cheia de mulheres que ela nunca conhecera realmente. Rezava freqüentemente por perdão pela cruel satisfação que sentia diante do sofrimento de gente que nunca demonstrara amor por ela. Apesar de ter ouvido que Deus fazia ouvidos moucos a bastardos, acreditava em sua própria versão do Senhor, que parecia tão faminto quanto ela, e tinha a bondade de Darragh.

Nunca mais viu os rostos malvados de suas irmãs. Elas caíram mortas, uma depois da outra, como insetos num pote, e foram levadas naqueles enganosos caixões, transportadas em carroças já cheias de corpos. Aisling as viu partir com falsa expressão de pesar, mas nada sentiu.

Num dia gélido de fevereiro, ao encontrar a praia vazia de qualquer refugo comestível, Darragh lhe disse que precisava se ausentar por algum tempo. Caminharia até Clifden, onde esperava encontrar uma organização de ajuda humanitária que ainda estivessem fornecendo fubá. A viagem de ida e volta levaria um dia, uma noite e grande parte da manhã seguinte.

— Deixei bastante água com a mamãe e a coloquei perto da lareira para que possa alimentar o fogo sozinha. Cuido dela quando voltar. Não há nada que você possa fazer, Aisling, portanto prometa-me que não entrará lá.

— Prometo.

Darragh partiu ao amanhecer. Aisling evitou passar pela casa nas primeiras horas, ficando no subterrâneo, com o colchão de palha em cima dela, para se esquentar. Lá pelo meio-dia, os gritos da mulher eram audíveis até no subterrâneo. Ela conseguiu ignorar os chamados da mãe por Darragh, mas quando a voz começou a suplicar por Aisling, um nome que ela não se lembrava de ter ouvido nenhum deles usar antes, não conseguiu continuar indiferente.

Dentro da casa estava tão escuro que Aisling levou algum tempo piscando até poder enxergar. O fedor era tão intenso que ela nadava nele. Quando o cômodo surgiu diante dela, estava vazio. Os poucos utensílios tinham sido vendidos havia muito — a mesa e cadeiras, a única cortina de renda, as poucas peças desencontradas de louça da tia em Dublin que trabalhara como camareira. Tudo o que restava eram as úmidas paredes de pedra e o frio chão de terra, uma cama de palha e cobertores rústicos jogados perto da lareira.

A mulher sob as cobertas era do tamanho de uma criança de nove anos, mas seu rosto estava duas vezes maior do que antes, intumescido e como apodrecido. Aisling compreendeu, com súbito temor, que a morte era assim: depois de passar toda a vida tentando crescer, termina-se encolhendo de volta à impotência de uma criança doente e inchada.

— Não tenho mais água — o rosto falou.

Aisling viu que a mulher tombara o balde a seu lado, e a poça fora havia muito engolida pela terra.

— Vou buscar mais — sussurrou agarrando o balde depressa, com medo de que as mãos da mulher pudessem surgir de sob as cobertas para agarrar seus tornozelos.

Quando voltou do poço, teve de inclinar a borda amassada da caneca de lata de encontro aos lábios que pareciam duas minhocas deixadas ao sol para assar.

— Onde está seu pai? — a mulher perguntou depois de engolir.

— Morto, dona. — Aisling murmurou.

A mulher mandou que ela falasse mais alto, então Aisling repetiu o que dissera.

— E o menino?

— Foi à cidade procurar comida.

— Homens são tolos — a mulher disse, deixando a cabeça cair para trás sobre a palha.

Aisling ficou tentada a perguntar quem era mais tolo: um que morria ou o outro que persistia em sobreviver?

— Vai querer mais alguma coisa? — perguntou apenas.

O rosto da mulher se contraiu com o que poderia ser uma ameaça de lágrimas ou uma dor intensa.

— Quero — ela disse. — Um padre. E vá depressa. Estou morrendo.

Aisling encontrou o padre na igreja da aldeia, movendo-se rapidamente em sua batina entre corpos deitados lado a lado no chão de pedra. Ela nunca estivera na igreja, nunca vira aquele homem, a não ser a distância. Esgueirou-se atrás dele, quase esperando que sua respiração provocasse queimaduras na pele de sua nuca. *Bastarda*, sua mente dizia, as sílabas saltando com o pânico em seu coração.

— Padre? — chamou baixinho.

Ele se voltou, sua batina preta raspando no rosto de um homem fraco demais para virar a cabeça.

— Sim?

Não parecia o mesmo, tão faminto, cansado e afogueado quanto aquelas pessoas delirando de febre à sua volta.

— É minha... mãe. Está morrendo e chamando um padre.

— Todos estão morrendo — ele falou, abrindo os braços.

— Se eu sair, vinte morrerão antes que eu volte. Não pode trazê-la aqui?

— Estou sozinha — ela respondeu.

— Qual é seu sobrenome? O padre perguntou, abaixando-se para verificar a respiração de uma mulher imóvel a seus pés.

— Quinn, padre.

Ele ficou imóvel.

Ela deveria ter mentido, pois agora ele sabia exatamente quem e o que ela era. Ele se ergueu depressa e procurou algo no interior da batina. Ela estava convicta de que seria alguma arma para ameaçá-la, mandando-a para fora daquele lugar sagrado. Em vez disso, ele tirou um pequeno frasco de barro.

— Você conhece os ritos da extrema-unção? — perguntou, entregando a ela o pequeno recipiente.

Aisling abanou a cabeça, negando.

Uma freira num canto fez sinal para ele, e o padre tomou Aisling pelo braço e a conduziu através do labirinto de corpos.

— Preste atenção no que eu faço — ele disse, debruçando-se sobre um garoto.

Aisling olhou o rosto. Era um amigo de Darragh, cujo nome ela não conseguia lembrar, um menino que estivera lá na noite em que rasparam terra do monte para saber quem seria o primeiro a morrer. Ele respondia às perguntas baixas do padre sem abrir os olhos. O padre o abençoou, esfregando óleo na forma de uma cruz em suas pálpebras. Aisling decorou as palavras, entoando-as mentalmente como Darragh lhe ensinara a decorar poemas.

— Deus vá com você, criança — o padre falou, pondo a mão, brilhando com o óleo da morte, em seus cabelos.

E por um breve instante, algo que ela só sentira poucas vezes — quase sempre na presença de Darragh — atingiu-a com mais força do que nunca. A sensação de que estava segura, de que o mundo era exatamente como devia ser, que suas circunstâncias, finalmente, eram mais do que justas. Ela acreditara que Deus estava com ela, e agora o padre torna-va aquilo realidade. Sentia-se fraca demais para correr até sua casa, mas foi depressa, apertando o frasco na mão como uma jóia.

A respiração da mulher estava difícil e feia.

— Onde está o padre?

— Ele não pode vir. Eu devo fazê-lo. — Aisling falou.

A mulher parecia confusa.

— Você era forte quando estava dentro de mim — disse. — Chutava como o próprio demônio. Eu não fazia idéia do que você queria. Não tive um momento de paz.

Aisling virou o frasco, untando com óleo o polegar e o indicador.

— Arrepende-se de seus pecados? — perguntou em voz baixa.

— Arrependo-me — a mulher murmurou.

Sua resposta tinha entonação de pergunta, como se ela não soubesse se estava respondendo corretamente.

— Em nome do Pai, do Filho e do Espírito Santo — Aisling entoou. — Por meio deste santo óleo e de Sua doce e infinita misericórdia, que o Senhor perdoe todos os pecados que você possa ter cometido pela visão.

E um de cada vez, repetindo as bênçãos como o padre lhe ensinara, Aisling, untou os olhos que raramente a tinham olhado, os ouvidos surdos a ela, as narinas tão freqüente-mente infladas de desdém, a boca tão dura em palavras, as mãos que a feriam, e os pés, sujos e cobertos de pele rija como a sua.

Os olhos de sua mãe ficaram mais escuros, indo do rosto de Aisling para suas mãos, depois para a porta, como se ainda esperasse ser salva.

* * *

Aisling desconhecia possuir o poder de trazer o pai de Gabe até ele. Mas quando o homem apareceu pela primeira vez, ela soube que ele estivera por ali havia algum tempo. É alto, de aparência frágil, tem olhos grandes, quase femininos, e um sorriso que parece maior do que ele todo. Encontrá-lo agora é mais simples do que girar uma maçaneta. Ela sabe quando Brian está ali, e basta um toque seu para que ele atravesse.

Depois que o deixou Brian sair, vieram outros. Eles aparecem atrás de seu entes queridos vivos, na sombra, como nas gravuras de Oisin, e Aisling precisa encontrar modos de tocar pessoas estranhas para estabelecer o contato: um roçar de mãos, quando faz uma compra, uma leve colisão de braços num canto apertado. O fantasma, então, desaparece, dissolvendo-se na pele da pessoa, e é como se o êxtase a percorresse centímetro por centímetro com minúsculos pés.

Mas, embora Aisling tenha chamado Darragh por um tempo que parece ser uma eternidade, ele permanece escondido. Ela não pode usar esse dom para si mesma. Nem para Oisin. Seus fantasmas ainda estão escondidos.

Aisling e Oisin continuam a se atrair e a se repelir. Ou ela se sente encantada na presença dele, ou rejeitada. Há dias em que Oisin vai buscá-la em casa de Deirdre, e esta o convida para jantar. Então, durante uma hora, eles são a paródia de uma família. Ela gosta disso, mas gosta ainda mais de caminhar para casa, à luz das estrelas, sozinha com Oisin, que muitas vezes pega sua mão e pergunta sobre seu dia. Deirdre observou que ele está mais sorridente. Talvez até Oisin tenha momentos em que acha que está tudo certo no mundo.

Mas há dias quando um deles está mal-humorado, ou ambos estão. Se Oisin tropeça em alguma coisa dela, resmunga que perdeu sua privacidade. Se ela se enfurece por Oisin não ser Darragh, fica sem falar com ele durante horas. E às vezes as mudanças em seu corpo — que ela costumava adorar — deixam os dois embaraçados.

Ela cheira diferente agora: mais madura, fermentada, como um dos fungos de Gabe sob o vidro. Suas irmãs cheiravam assim, e agora ela toma duas duchas por dia, usando vidros inteiros de xampu de bebê para disfarçar o forte odor. Logo que se acostuma com o cheiro, percebe grossos pêlos nascendo entre suas pernas e que parecem se multiplicar quase da noite para o dia. Seu peito começa a doer e inchar tanto que ela pergunta a Gabe se aquilo pode ser uma infecção. Ele cora quando ela ergue a blusa. Na tarde em que encontrou sangue escuro em sua calcinha, chorou durante toda a explicação de Deirdre a respeito de absorventes, bolsas de água quente e analgésicos.

— Faz parte do crescimento — Deirdre fala em tom animado. — Não era o que você queria?

— Não vejo por que é preciso sangue — Aisling reclama.

E Deirdre tem de pedir desculpas por rir.

Os piores momentos são quando Oisin a encara, não com o espanto com que costumava olhar, mas com uma expressão que ela acha ser de desgosto. Quando ele fala com ela, seu olhar tende a deslizar para baixo, e o que ele encontra o faz pestanejar e esquecer o que estava dizendo. Ela começou a usar roupas grandes demais, encomendando-as de catálogos que abarrotam a casa de Gabe, e anda tão obviamente curvada que Deirdre lhe faz um sermão sobre postura. O que Aisling acha bonito em mulheres adultas parece deformado nela mesma. Um de seus seios está crescendo mais depressa do que o outro. Ela tem certeza de que isso é visível a todos.

Quando Oisin está em seu estúdio, fingindo trabalhar, ela experimenta as roupas dele. Suas prediletas são as camisetas. Ela gosta do jeito como o tecido de algodão se amontoa logo antes dos punhos — imagina os pulsos longos e pálidos de Oisin enchendo os centímetros que sobram. As barras das mangas são puídas, pois ele as mordisca quando está nervoso, e as costuras desfazem-se em buracos do comprimento de um dedo. Quando ela leva um dos punhos ao rosto, sente o cheiro da boca de Oisin: cigarros, hálito de sono e, por baixo, um frescor surpreendente. O interior das golas exibe aros de sujeira, que ela toca com a língua, sentindo gosto de sal, de alho, de Oisin depois de um longo passeio no bosque. Ela gosta mais do cheiro dele do que do seu próprio. Um cheiro que lhe dá uma sensação deliciosa, uma vibração quente, molhada, no local que ela achava ser só uma amolação composta de pêlos e odor entre suas pernas. Agora, quando ele sorri para ela, Aisling fica mais do que agradecida — fica extasiada em todos os poros de sua pele.

Em abril, os dias estão propícios para atividades ao ar livre.

Uma tarde, Oisin assa pães redondos de gengibre, compra lagostas no cais e leva Aisling à praia. Faz um fogueira entre as rochas salientes e ferve as lagostas até que elas fiquem vermelhas. Ensina Aisling a abri-las, quebrando-as nas pedras, e a sugar a carne com descuidado prazer. Jogam as cascas às gulosas gaivotas. Quando a temperatura cai, ao anoitecer, assam *marshmallows* e fazem sanduíches doces com bolachas e chocolate. É quando Oisin estende o braço, sorrindo, e limpa um pingo melado em seu queixo, que Aisling vê a menina atrás dele.

Ela é a garota de cabelos claros e sombra ossuda, saída diretamente das gravuras dele, espreitando como alguém que está com más intenções. Aisling fecha os olhos e se inclina para trás, para que Oisin não possa tocá-la de novo.

Você não pode tê-lo, pensa. *Ainda não.*

Fica surpresa quando a garota se afasta. Não imaginou que fosse mais forte do que um fantasma.

Isso é novo, esse tipo específico de ciúme. Aisling sabe o que quer. E, pela primeira vez, sente que pode ser suficientemente perversa para conseguir o que deseja.

13

Segundo as Tias, a puberdade atingiu Nieve quando os gêmeos tinham doze anos. Elas não diziam "puberdade", palavra que julgavam grosseiramente americana, mas sim "a hora de uma mulher", que Nieve depois traduziu para Oisin. Fosse como fosse, Nieve parecia estar deixando Oisin para trás. Era como se ele houvesse ficado preso à infância, e ela, entrado no futuro sozinha.

Quando estavam na Irlanda, rodeados pelas Tias e seus bebês exclusivamente do sexo feminino — surgia uma menina a cada ano —, Oisin muitas vezes se preocupava, achando que Nieve teria preferido uma irmã. As mulheres de sua família pareciam existir em um nível diferente dos homens, como se o relacionamento de umas com as outras fosse maior do que qualquer outra coisa que Oisin, seu pai ou Malachy pudessem ter. As Tias tinham até risadas diferentes: uma para os homens, que era provocante, mas um tanto superficial, e o riso que guardavam umas para as outras, que Oisin só ouvia se escutasse atrás das portas e que soava como se elas estivessem liberando pedaços de suas almas no ar, entre espasmos de alegria. Esse riso lembrava a Oisin a luz que ele via em fantasmas, algo que nunca fora capaz de ver em seres vivos.

Nieve sempre parecia faminta perto delas, como se estivesse absorvendo a essência de ser mulher. Sua mãe, Oisin suspeitava, não era da mesma espécie de mulher que as

MacDara. Ela preferia a companhia de homens e brilhava entre eles. Quando falava com suas cunhadas, a expressão de Sara era fechada, a voz contida, educada, sugerindo um aviso. Não quero fazer parte disso, ela parecia dizer com seus gestos e sorriso forçado. Em particular, referia-se a elas como as Galinhas. Assim, as Tias a deixavam em paz, concentrando-se em Nieve.

Oisin nunca tinha permissão para chegar suficientemente perto para descobrir o que as Tias ensinavam à sua irmã. Sabia que envolvia conselhos físicos, pois Nieve estava mudando. Endireitara a postura de modo a permitir distinguir-se a insinuação de seios, como pequeninas frutas cutucando o algodão da frente de sua blusa. Seu rosto clareara devido à constante esfregação, e em sua cama no sótão, à noite, ela o bombardeava com cheiros: cremes, óleos, adstringentes, todos brigando entre si, provocando ardor e coceira nos olhos de Oisin e deixando-o com saudade do velho e conhecido cheiro da irmã.

Elas também trocavam segredos. Segredos que Nieve lembrava, quando brincava no velho forte com Oisin, com um sorriso superior que o irritava. Debruçadas sobre incontáveis bules de chá, com a névoa de seus cigarros juntando-se numa grande nuvem, os bebês pendurados nelas como membros incontroláveis, as mulheres gritavam, depois sussurravam e repreendiam. Nieve, no meio disso tudo, ficava de olhos arregalados, tentando compreender. Oisin as olhava através da janela pequena e funda. Seus rostos eram enormes, fluidos, cada expressão exagerada como se elas estivessem em um palco. Os olhos saltavam, os lábios se contorciam, elas conseguiam parecer horrorizadas, enganosas, coquetes e fortes numa única frase. Seu riso podia elevar-se até tornar-se um grito coletivo, e elas atingiam um verdadeiro frenesi, chegando a guerras de comida, perseguindo-se com panos de prato. Seus bebês as achavam infinitamente engraçadas.

Passando por elas a caminho do banheiro, momento em que as mulheres baixavam o tom de voz e mexiam seus chás com força para disfarçar, Oisin ouvia palavras soltas. *Ele. Espere. Beijo. Amor.* Sem o contexto da frase, essas palavras pareciam ter significado pesado. Nieve estaria aprendendo segredos sobre amor, sobre sexo? E, se era de homens que falavam, por que eles não tinham permissão para ouvir? Oisin passava por uma mesa rodeada, de escuros cabelos cacheados e olhos brilhantes, esperando ser incluído, mas só recebia um bolinho e um afago e era despachado de novo. Imaginava, então, como poderia saber qualquer coisa sobre o sexo feminino se era rodeado de mulheres que não lhe contavam nada.

Quando as Tias estavam reunidas, ele mal conseguia distingui-las. Todas o tratavam da mesma forma — como tratavam seus irmãos e maridos —, atenciosas, mas distantes, como se os homens fossem apenas parte de sua rotina diária, na qual elas haviam deixado de se concentrar muito tempo antes. Pareciam preferir falar sobre homens a falar com eles. Oisin sempre sentira — às vezes com uma raiva que temia expressar — que essas mulheres não o levavam a sério.

O que Oisin sabia a respeito de mulheres aprendera com os fantasmas que o despertavam todas as noites. Passava as primeiras horas da madrugada confortando chorosas mulheres mortas que lhe contavam, entre soluços intermitentes, sobre fatos que resultaram em amor não correspondido. Parecia a Oisin que o amor era com freqüência fadado a ser mal interpretado, sobretudo na Irlanda, onde as pessoas raramente diziam o que sentiam até que fosse tarde demais.

Oisin tinha certeza de que o que Nieve estava aprendendo sobre amor com suas tias era muito mais útil do que as aulas confusas que ele recebia de seus fantasmas. O que Oisin queria saber era como beijar uma garota sem que ela visse de perto as espinhas vermelhas e dolorosas que agora se aglomeravam em volta de seu nariz. Nieve, ele tinha certeza, estava aprendendo o básico, a anatomia, o mistério daquilo que se ouve dizer que se deve fazer com a língua. E Oisin só aprendia como era sentir-se relegado e de coração partido.

Em casa, em Boston, Nieve já não era mais a menina alegre, mandona. Estava sempre pensativa, distraída. Raramente olhava para Oisin, parecendo fixar-se em algo que ele não via.

— Estou só pensando — ela dizia quando ele perguntava.

Mas o tom sugeria que seus pensamentos estavam além da compreensão dele. Ela passava horas ao telefone, fazendo-o suspeitar de que tivesse um namorado, mas sempre que ele escutava escondido, ouvia-a dirigir-se a um nome diferente. Apenas um ano antes, eles tomavam banho juntos, economizando muita água quente, mas agora Nieve entrava sozinha no único banheiro, e sua mãe insistia para que ele não a perturbasse, mesmo que isso significasse que ele e seu pai tivessem de urinar entre os arbustos do quintal. Era como se as abluções de Nieve fossem tão complicadas e preciosas que ela precisava de muito mais tempo e privacidade do que Oisin, que ficara reduzido a urinar em público. Depois que um menino na escola disse a ele que o tempo que as meninas passam no banheiro tem a ver com sangramento, ele parou de reclamar.

O mais estranho de tudo era que a nova condição de moça de Nieve parecia ter despertado a cumplicidade de sua mãe. Sara estava bebendo menos, e de repente as duas eram como uma versão televisiva de mãe e filha, compartilhando roupas e arrumando os cabelos uma da outra. Nieve absorvia essa atenção como se estivesse faminta, como esquecida de que sua mãe era o inimigo.

Quando ela anunciou ao jantar que queria ter seu próprio quarto, Oisin sentiu-se mais próximo das lágrimas do que estivera em anos. Presumiu que a mãe ignoraria a exigência de Nieve, como fizera até então, mas, em vez disso, ela a levou tão a sério que Oisin pensou que ia sugerir que se mudassem de casa para satisfazê-la. Só havia dois quartos na casa de um único andar. Hóspedes dormiam num sofá-cama. Sua mãe e Nieve ficaram acordadas até tarde aquela noite, desenhando plantas em papel quadriculado. Consideraram instalar uma divisória de compensado no quarto das crianças, mas precisariam de seu pai para erguê-la, e ele estava sempre no mar. Acabaram por transformar num quarto a saleta de café-da-manhã — um pedaço da cozinha fechado por vidraças. Era do tamanho de um armário grande e tão frio que no inverno o mingau de aveia endurecia antes que se tomasse a primeira colherada. Nieve pendurou uma cortina bege do teto, para fechar as duas janelinhas redondas que se abriam para a sala, e recolocou a porta que fora removida anos antes para aumentar o espaço. Oisin achou o quarto tão patético que teve certeza de que a irmã mudaria de idéia, mas quando terminaram, a mãe lhe disse que era ele que se mudaria para lá.

— Tente compreender, Oisin — Sara arrulhou.

Ao fundo, ele ouvia o ruído de cabides batendo uns nos outros: Nieve estava transferindo suas roupas.

— Meninas precisam de mais espaço do que meninos — a mãe continuou. — Não vai sentir frio, calafetamos as janelas. E você já passa mesmo metade das suas noites na cozinha.

Portanto Oisin, que sabia que discutir com a determinada Nieve seria desperdiçar energia, mudou-se tristemente para o que passou a imaginar como sua caverna, onde mal cabiam a cama e uma cômoda. No começo era tão frio que ele enxergava sua própria respiração, então a mãe forrou a parede das janelas com plástico grosso, aquecido com secador de cabelos até ficar bem esticado. A barreira, úmida com nuvens de condensação, deformava as árvores do quintal transformando-as em sombras grandes e ameaçadoras. Mesmo que a mãe prometesse reorganizá-las, as prateleiras no canto do quarto de Oisin exibiram latas empoeiradas de ervilhas e de pêras em calda pelo resto do tempo que ele morou ali. Em muitas manhãs, o pai entrava para pegar o cereal matinal, olhando para Oisin como se ele o desapontasse, mas demonstrando empatia com o macho subserviente em que ele se transformara.

O quarto novo de Nieve sofreu várias mudanças de personalidade. No início, foi decorado com margaridas em rosa-choque, amarelo e alaranjado. As cortinas combinavam com o edredom, coordenado com os lençóis e com uma explosão de minúsculas almofadas. A aparência inocente do quarto contrastava com o odor almiscarado e maduro do perfume Rún, presente das Tias, que Nieve aplicava em borrifos generosos possibilitados pela remoção da ponta de aerossol.

Dentro de um ano, as cortinas — nunca acabadas, com as bainhas ainda presas por alfinetes porque Nieve, que as fizera ela mesma, ficara impaciente — foram substituídas por persianas novas, mais atuais, que abriam e fechavam girando-se um fino bastão. Eram de um vermelho tão forte que o sol, brilhando através delas, fazia o quarto parecer um braseiro. O edredom floral foi trocado por uma série de feias mantas mexicanas. Quando ela fez treze anos, tudo o que restava do antigo santuário era o tapete, tão sujo que mais parecia uma camuflagem do Exército. As estantes, antes decoradas com bichos de pelúcia e de porcelana, passaram a abrigar finos livros de música mantidos de pé por pesados cinzeiros de vidro que ela comprara numa série de dez em uma loja barata, e, mais tarde, em vez de esvaziá-los, os substituíra por mais dez. Ainda persistia o cheiro do perfume, tão leve que mais parecia uma lembrança e que fora subjugado pela fumaça de cigarro e pelo odor hipnótico das velas de especiarias que Nieve acendia constantemente. Esses vulcões de cera eram a única fonte de luz, já que ela nunca tocava no interruptor de seu abajur. Ficava no quarto o tempo todo, arranhando melodias tristes na rabeca que Malachy lhe dera, ou ouvindo os últimos discos dos Beatles na penumbra, e o som, do lado de fora do quarto, era como o de um êxodo antigo: batidas de tambores, argolas tilintantes e gemidos de um instrumento que Oisin não conseguia identificar.

A transformação do quarto que fora cenário de sua infância parecia coincidir com a separação e com a viagem de Nieve por caminhos cuja entrada Oisin nunca encontrou. Em suas lembranças, parecia que haviam pulado dos onze para os quinze anos num único final de semana. Mas, na época, tudo aconteceu tão lentamente que havia sido fácil para ele acreditar que puberdade e estranheza fossem condições temporárias.

Quando os gêmeos entraram na oitava série, já não eram inseparáveis. Nieve era, então, uma das garotas, e Oisin não a via mais sozinha, e sim como parte de uma fervilhante massa de cabelos alisados, sombra nos olhos e uniformes xadrezes das escolas católicas cheirando a umidade. Ele, que antes mal notava a metade feminina de sua escola, agora sufocava numa névoa de moças. Elas eram bem mais altas do que ele, seu raio de visão nivelava-se exatamente com bustos apertados em suéteres azul-marinhos. Esses uniformes, desenhados para ser impessoais e virginais, foram parte de seus sonhos eróticos durante anos. Por alguma razão, o fato de todas as moças usarem as mesmas roupas tornava mais fácil imaginá-las nuas. Ele se baseava em seus joelhos — pálidos e com pele arrepiada acima das meias azul-marinho, arredondados, compridos, bonitos ou cheios de cicatrizes — e as despia mentalmente daí para cima.

Nieve era a menina mais bonita da oitava série, o que deixava Oisin nervoso. Ele não queria pervertidos como ele próprio sonhando com os joelhos dela. Por sorte, Nieve, como as Tias, parecia mais interessada em falar sobre garotos do que com eles.

Não se podia confiar em meninas, como Oisin logo descobriu. Não era o efeito físico debilitante que exerciam que mais o preocupava, mas seu comportamento contraditório. Havia dias em que as meninas sorriam para ele, passavam-lhe enquetes nas quais ele devia responder se gostava mais desta ou daquela garota, e outras coisas assim. As amigas mais chegadas de Nieve, que, para seu espanto, tinham os joelhos mais promissores, às vezes chamavam seu nome na cantina, todas juntas, como se cantassem. Ele usava a bandeja do almoço para escudar-se do efeito daquelas vozes.

Entretanto, com mais freqüência, era desprezado, alvo de risos quando usava o calção de ginástica, empurrado nos corredores por braços femininos mais fortes do que pareciam ser. Ele se sentia como uma piada entre aquelas garotas. Elas nunca pediam para que ele as acompanhasse até em casa, nunca o convidavam para as festas sobre as quais os garotos mais populares costumavam contar vantagens no banheiro. Garotos populares eram suficientemente altos para beijar sem se sentir envergonhados, tinham cabelos assentados, orelhas que não eram de abano e pele saudável, de poros fechados. Oisin começava a suspeitar de que a beleza tivesse mais efeito sobre as pessoas do que qualquer outra característica. A beleza era aceita, por vezes adorada, instantaneamente. Qualquer outra coisa tinha de ser provada.

O pior de tudo era que Nieve, cuja mente ele um dia conhecera tão bem quanto a sua, era uma dessas pessoas belas. Embora ela ainda falasse com ele em casa, na escola às vezes fazia-o achar que não era suficientemente atraente para merecer sua atenção.

Os fins de semana eram solitários. Nieve passava todas as sextas-feiras e os sábados na casa de uma amiga. Arrumava uma pequena mala redonda com seu melhor pijama, sua escova de dentes e as roupas de baixo novas que Oisin vislumbrara na lavanderia — não mais algodão floral, mas insinuantes e escorregadias — e a levava para a escola às sextas-feiras. Oisin não a via até domingo, ao jantar, quando ela sempre parecia sonolenta e satisfeita, respondendo às perguntas dele com um aceno de cabeça, como se só fingisse ouvir.

Nas noites em que ela estava fora, Oisin esgueirava-se para seu antigo quarto, deitava-se nos cobertores de Nieve e olhava para o teto, inalando os cheiros do cômodo que não guardava lembrança dos doze anos que ele passara lá. Ficava deitado assim durante horas, imaginando por que sua irmã estava enfeitiçada por pessoas que ele achava falsas e irritantes, outras pessoas que não ele, seu gêmeo, seu melhor amigo para toda a vida.

Um sábado, estava fazendo seu dever de casa quando ouviu a porta da frente bater e um choro tão intenso e desumano que ele pensou ser outra *banshee*. Correu para a cozinha e encontrou a irmã no chão, agarrada ao colo da mãe e chorando, suas palavras ininteligíveis fungadas numa torrente de muco. Oisin, levado para fora pela mãe, tentou depois arrancar a história de Nieve. Suas amigas tinham-se voltado contra ela, mas a razão não estava clara. O que podiam ter feito para que sua irmã, que raramente chorava, uivasse daquela forma? Nieve chorou ainda mais alto quando ele perguntou, mandando-o sair. Oisin, num acesso de medo, perguntou-se no que sua irmã, mais corajosa e mais inteligente que ele, podia ter se metido. *Elas não são nada*, ele queria dizer, *você é a melhor de todas, Nieve*. Mas guardou esse pensamento para si mesmo, e secretamente esperou que chorar sem motivo fizesse parte do processo de se tornar mulher.

Na segunda-feira, tudo tinha passado. As meninas fungavam e trocavam bilhetinhos na escola. Oisin as viu no recreio, quatro garotas vestidas de modo idêntico, adoráveis, tocando em Nieve e sorrindo, como se ela tivesse voltado dos mortos. A expressão de seus olhos fez Oisin lembrar-se de si mesmo quando pequeno, de como passava os dias tocando quase constantemente o corpo de Nieve com o seu, como se com o simples contato pudesse transformar-se nela.

Mais velho, Oisin veria isso vezes sem conta, essa intensidade — traição seguida por reconciliação apaixonada — e saberia que o modo de os homens serem amigos era completamente diferente. Chegou à conclusão de que esse tipo de intimidade é o que os homens secretamente desejam, e mais tarde não haveria nada que o fizesse sentir-se tão sozinho quanto a visão de duas mulheres que se amavam.

Oisin pisou no mundo de Nieve por um breve momento, a convite de Maggie Doyle. Não gostava de Maggie — sua voz era tão alta que chegava a ser violenta —, mas ficou agradecido o bastante para imaginá-la como a garota de seus sonhos, quando ela o convidou para a festa. Estranhamente, ela nutria uma paixonite por ele, e até Nieve parecia excitada com o fato de Oisin estar conseguindo um lugar no grupo popular. Ela o levou para comprar roupas, ajudou-o a domar com *spray* os redemoinhos dos cabelos e lhe emprestou um tubo de pomada para espinhas.

A festa foi um total desapontamento. Meninos e meninas amontoavam-se, cada grupo em um lado da solene sala de estar, cheia de guloseimas, da casa de Maggie, esperando sua vez de formar um par e descer a escadaria escura para quinze minutos de tenso prazer no porão. Oisin ouvira falar dessas sessões no banheiro masculino. Era um teste de masculinidade, para ver aonde se chegava em tal limite de tempo.

Quando chegou a vez de Oisin, ele foi mandado para baixo primeiro, para esperar por Maggie. O porão estava frio, tinha o chão forrado por um carpete cor de cimento, e a única peça de mobília era um sofá de alvenaria com almofadas de plástico que grudavam em seus jeans. Oisin sentou-se e juntou os joelhos para parar de tremer, e tal movimento fez o sofá emitir um ruído obsceno. Quando os passos da menina começaram a descer a escada, ele teve certeza de que no instante em que ouvisse a voz de sargento de Maggie, vomitaria.

Não era Maggie, e sim Nieve. Por um instante, ele achou que ela fosse dizer: Isso é uma estupidez, vamos para casa. No entanto, ela sentou-se ao lado dele.

— Maggie está brava porque você não falou com ela a noite toda — disse.

Como as meninas tinham se juntado em um lado da sala, e os meninos no outro, Oisin imaginou como esperavam que ele pudesse ter feito aquilo, mas nada disse. Estava secretamente aliviado. Começara a se sentir, naquele sofá de plástico, como se estivesse aguardando uma injeção num consultório médico.

— Está certo — Oisin falou, erguendo-se.

Nieve o puxou para baixo.

— Mas Sharon Feeney disse que acha você bonitinho, portanto ela vai descer.

Oisin as imaginou lá em cima, passando-o de uma para outra, feito uma carta de baralho que ninguém quer.

Tendo terminado sua missão, Nieve levantou-se para sair. Oisin a pegou pelo pulso. De repente ele estava com medo, como se Nieve tivesse anunciado que um fantasma sem cabeça fosse chegar.

— Então, me diga o que fazer — pediu.

Nieve sorriu e pareceu olhar realmente para ele pela primeira vez em semanas.

— Beije-a — disse.

Oisin segurou-lhe o pulso com força.

— Como?

Nieve sentou-se de novo a seu lado, alisou os cabelos e então, com um movimento gracioso que Oisin mal registrou, inclinou-se e apertou os lábios contra os dele. Foi tão rápido que nem houve tempo para ele ficar surpreso.

— Assim — ela explicou.

Então, deixou-o lá, as grossas solas de seus sapatos batendo nos degraus, subindo para o andar de cima.

Oisin teve quinze minutos. Quinze minutos molhados e ligeiramente azedos que o deixaram com o queixo duro, e Sharon parecendo amassada e desapontada. Ele emergiu do porão aliviado por haver acabado com aquilo e sem nenhuma vontade de descer novamente.

Anos depois, quando evocava a lembrança de seu primeiro beijo, contava a história com humor, incapaz de se recordar do nome da menina, mas relembrando seu horror com o tamanho da língua dela.

Mesmo agora, naqueles imponderáveis e ainda apavorantes segundos antes de beijar uma mulher, o que vem à mente de Oisin é a maciez cálida e seca da boca de sua irmã, os olhos pretos que o olharam de um modo tristemente familiar, ainda que muito rapidamente, como se ele fosse o único garoto em todo o mundo.

TERCEIRA PARTE

Verão

Nós nascemos com os mortos:
Veja, eles voltam e nos trazem com eles.

T. S. ELIOT
Os Quatro Quartetos

14

Aisling está trazendo os mortos de volta para os ilhéus. Estranhas experiências estão sendo comentadas aos cochichos na loja local. Mira volta para casa e encontra as coisas de sua cozinha misteriosamente arrumadas de acordo com o gosto de sua falecida mãe. Katherine Darcy, depois de dar à luz um natimorto no outono, viu seu leite voltar, e pela manhã sente uma boquinha sugando calmamente de seu seio. Doreen Hogan, que enviuvou durante a primeira gravidez, pensou que sua filha de oito anos estava sendo seguida por um pervertido, quando a menina mencionou casualmente que um homem estranho costumava caminhar com ela na praia. Depois de um interrogatório, a garota descreveu o homem como seu falecido pai. Doreen agora se esconde atrás dos arbustos da praia e vê a figura familiar de seu marido, tão alto que precisa se curvar para ouvir a filha, enquanto passeiam pela linha da água. O tio John, de Deirdre, admitiu para ela, corando, que sua esposa, que morrera de câncer de pulmão dez anos antes, tem aparecido a seu lado à noite, os cabelos presos nos velhos bobes acolchoados.

— Ela ainda fuma na cama — John falou com voz agradavelmente irritada.

E Deirdre, quando vai observar se Gabe está dormindo, às vezes vê uma pálida imagem de sua mãe, cochilando sentada numa poltrona de braços ao lado da cabeceira.

Deirdre observa o que acontece quando as pessoas apertam a mão de Aisling, ou param para falar com ela no caminho. Percebe uma mudança na expressão delas, um ar suave, como se um peso fosse retirado de suas feições. E sabe que elas estão sentindo o cheiro, tocando ou ouvindo alguém que acreditavam ter partido para sempre.

— Eles estão mesmo aqui ou você só os está recriando? — Gabe perguntava a Aisling.

No princípio, ela dava de ombros, com uma expressão de tédio aborrecido que magoava o menino mais do que qualquer outra coisa. Mas quando ele a pressionava, ela ficava com os olhos turvos e dizia simplesmente:

— Não sei.

Ela está devolvendo os mortos aos vivos, distribuindo pedaços e imagens como pequenos presentes e nem sabe ao certo de onde eles vêm. No começo, Oisin não sabia dessas coisas, e quando Deirdre lhe contou, pareceu sentir-se traído, fazendo-a imaginar quem era que ele — conformado com sua própria companhia por tanto tempo — desejava ter de volta.

Deirdre já pode pedir Brian a Aisling, mesmo tentando não fazê-lo com freqüência. Ela só precisa estender a mão, e seus dedos, ao tocarem a pele da garota, trazem Brian de volta tão instantânea e violentamente vivo que ela tem de escolher entre suportar a dor da experiência ou desistir do prazer que isso lhe dá. Mesmo tendo passado anos lamentando o fim de sua vida juntos, ela agora sabe quanto realmente foi perdido. Esquecera como era senti-lo a seu lado, tê-lo dentro dela, das coisas mais sutis, cotidianas.

Foi só quando Brian morreu que Deirdre começou a se perguntar quem era ela na verdade. A ausência dele deixou um vazio maior do que devia ter deixado. Não que Deirdre se sentisse como se parte dela tivesse morrido, nem que pensasse que não poderia viver sem ele — os dois não eram desse tipo de amantes de contos de fadas. Apenas percebeu, quando Brian se foi, que ele era o último de uma longa série de moldes que ela usara para modelar a si mesma. No vácuo, sem ninguém a quem se comparar, sua personalidade parecia indistinta. Ela imaginava sua alma formada por pedaços de imagens e impressões de outras pessoas, colados a esmo. Se a sacudisse com bastante força, eles cairiam como escamas, sem deixar nada no centro.

Deirdre sempre fora mais observadora do que participante. Quando criança, sua mãe muitas vezes a mandava sair da sala porque ela deixava as visitas nervosas com seu olhar crítico. Nunca fora das mais falantes, mas, quando falava, o que dizia nunca era vago ou sem propósito — suas raras sentenças pareciam ter estado marinando em sua mente durante dias. A teoria sobre marinar veio de Brian, que notou isso depois que se conheceram na faculdade. A maioria das pessoas apenas julgava que ela fosse tímida. No momento em que ele disse aquilo, Deirdre soube que se apaixonaria por ele. Gostara do jeito com que ele fizera a observação.

Ela tendia a apaixonar-se por homens excêntricos, notáveis, que eram o centro das atenções. Como se sentia fadada a ser comum, alimentava-se do brilho dos outros. Acompanhava esses homens como sua sombra e acabava se ressentindo por eles a deixarem invisível. E os homens gostavam de Deirdre porque ela não competia com eles. Além disso, por ela ser tão reticente com os outros, achavam que eram os únicos a conhecer-lhe a alma. Deirdre era algo que podiam conservar só para si, seu segredo especial.

Ao conhecer Brian, ela abandonou toda esperança de se tornar a mulher excitante e gregária que sonhara ser. Àquela altura, estava muito atrasada para mudar sua personalidade. Saía-se melhor acompanhando a personalidade de outra pessoa. E Brian tinha a melhor das personalidades.

Ele era atraente, mas não bastante bonito para intimidar. Todos achavam que Brian era um gênio, porém Deirdre sabia que a originalidade não consistia em seus pensamentos, e sim em sua maneira de apresentá-los. Ele era o homem mais expressivo que ela já conhecera, sabia comunicar-se e impressionar a todos. Poderia ter sido um político bem-sucedido, mas preferira ser professor porque era um idealista desejoso de melhorar individualmente a vida de cada um. Provocava riso nas pessoas. E quando estavam sozinhos, longe de todos os olhares que se focalizavam nele, era Deirdre que o fazia rir. E ela gostava de admitir que isso a deixava orgulhosa.

Na primeira vez em que fizeram amor, numa confissão estimulada pelo escuro e pela intimidade, Deirdre contou a Brian que muitas vezes se sentia invisível. Quando acordou na manhã seguinte, ele já saíra para sua primeira aula, e havia um poema escrito com tinta vermelha em seu travesseiro.

Para mim,
você não
é
invisível.
Você é
como ar
e
carícias:
não vistos e docemente sentidos.

Ela se apaixonou imediatamente por essa imagem e, por algum tempo, esqueceu-se de ficar desapontada com a expressão *não vistos*.

Depois que Brian morreu, ela passou a colecionar impressões de outras pessoas sobre si mesma. Folheava-as como um fichário de documentos não divulgados, tentando encontrar uma que parecesse próxima à verdade. A viúva corajosa. A mãe que ri facilmente. Alguém que esquece de retornar um telefonema. Que dá a impressão de estar ouvindo uma conversa particular. Inteligente o bastante para deixar a maioria dos homens nervosos. Dançarina nata e leitora voraz. Insone. Alguém que cães desconhecidos imediatamente adoram e respeitam. Uma mulher que beija de forma magnífica.

Sentia dificuldade em separar o que era seu do que tomara emprestado de outros. Muitas vezes se surpreendia comportando-se como a personagem de um romance. Tentava falar sobre isso com amigos, mas eles achavam seus temores ridículos e diziam que ela sabia quem era. Mas quando ela exigia que se explicassem, sempre havia algo faltando ou incorreto em suas definições.

Por fim, caiu em séria depressão, em que o medo parecia engolir até mesmo suas ações mais simples. Não conseguia dirigir nem fazer compras no continente. Tirou todo um trimestre de licença do trabalho, alegando doença. Parou de ler porque sentia as palavras como críticas dirigidas a ela. Ficava sozinha em casa sempre que podia, pois o rosto dos outros a fazia lembrar que ela não sabia quem era. Gabe, que herdara a facilidade do pai para lidar com o mundo, encarregou-se de atender ao telefone e de encomendar mantimentos na loja.

A única noite com Oisin — depois de terem se conhecido num passeio no bosque e concordado silenciosamente em ir para a casa dele — foi o que a salvou. Não que ele tivesse lhe dado conselhos ou lhe apresentado uma nova imagem de si mesma. Ela pensara que seria igual ao que fora com outros homens, que a atração dele fosse defini-la de alguma forma. Mas tudo o que Oisin fez foi beijá-la, tocá-la e penetrá-la — suave, reverentemente, porém com um senso de distanciamento que, por alguma razão, lhe deu intenso prazer.

Com Brian, ela sempre ficara constrangida durante o sexo, sentindo tanto a responsabilidade de parecer arrebatada que raramente se soltava de fato. No correr dos anos, desenvolvera uma série de ruídos com propósitos específicos e, como acontece com uma mentira repetida vezes sem conta, acabara por esquecer que não eram autênticos.

Com Oisin, só houve o som da respiração dos dois. Ele conduziu a mão dela até sua surpreendente umidade e segurou-lhe os dedos levemente ali, para aprender como ela se tocava. Então, passou a imitá-la perfeitamente, como se lhe conhecesse o corpo havia anos. Deirdre ficou mais impressionada com seu próprio abandono do que com a habilidade dele. A experiência a fez sentir-se desimpedida, livre, e, estranhamente, ela mesma. Era a primeira vez que olhava o rosto de um homem durante o orgasmo dele, sem sentir-se sozinha.

Ela não tinha ilusões a respeito da reputação de Oisin. Depois daquela noite, não esperou que ele telefonasse, e, como ele não o fez, não ficou desapontada. Se a encontrava acidentalmente, ele era mais caloroso do que antes, mas nunca se demorava conversando. Pela primeira vez, o importante não era o que ele queria ou o que ela esperava, nem mesmo como eles estavam se relacionando.

O que aquela noite se tornou para Deirdre foi o momento em que ela saiu de todas as suas definições e entrou em si mesma. De repente, não importava mais quem ela era, mas apenas o fato de ela ser. Parou de censurar seus pensamentos e analisar suas ações. Quando se olhava no espelho, seus olhos castanhos podiam estar cansados ou zangados, às vezes divertidos, mas não mais vazios. Sob os temores e o fingimento, ela sempre estivera ali.

Em junho, depois que as aulas terminam e se iniciam as férias de verão, as três sobrinhas de Deirdre chegam de

Boston para sua visita anual. Colette, Mags e Jemma, de dezessete, quinze e treze anos, são exemplos perfeitos de adolescentes bem ajustadas. São tão felizes e confiantes que às vezes fazem Deirdre se sentir mais limitada do que habitualmente. Mas são filhas do irmão de Brian e têm tanto de seu falecido marido que ela as convida todos os verões. Nesse ano, apresenta-lhes Aisling como uma adolescente normal, ainda que solitária, na esperança de que se tornem amigas. Em questão de dias, Aisling acostuma-se a ser uma das garotas.

Adota e descarta maneirismos de todas as três sobrinhas. No dia em que uma mulher elogiou a postura de Colette, Aisling começou a manter-se ereta, enfatizando sua altura e seus seios. Ela consegue ser positivamente cortês como Colette e abominavelmente franca como Mags, no espaço de quinze minutos. Por algum tempo, depois de descobrir a sensibilidade de Jemma, Aisling desata em lágrimas à menor provocação.

Deirdre sabe que parte do processo de crescimento vem de exemplos, mas também conhece o perigo de perder-se na influência de outros. Ela não acha que Oisin reconheça ou mesmo compreenda isso. Meninos não passam exatamente pelo mesmo processo. O que eles precisam provar ela nunca saberá ao certo, mas sabe que meninas têm medo de escorregar para o esquecimento. Acham que não ser notadas é a pior coisa que pode lhes acontecer. Deirdre tem observado garotas de quinze anos há muito tempo, tentando ensiná-las a fazer uma redação, quando suas mentes flutuam um metro acima de seus corpos. Sabe a idade de Aisling pelo jeito que ela passa de solene a tola em questão de segundos. Há algo de transparente em adolescentes, como se suas almas estivessem cortadas ao meio: eles têm uma mistura de arrogância e vulnerabilidade que deixa os adultos alternadamente furiosos e protetores. "Por que tudo é um drama?", as mães sempre perguntam a Deirdre. Elas esqueceram ou bloquearam aqueles anos em que cada momento parecia estar envolto de importância.

Livre para correr pela ilha, Aisling não sabe bem o que fazer com ela mesma. Observa as sobrinhas de Deirdre, procurando pistas sobre quando sorrir, rir, responder, desprezar, reagir ou fingir ignorância. Sumiu aquela facilidade com que interagia com Gabe. Aisling é uma adolescente agora, com aquele olhar que insiste em dizer que nada é fácil. Gabe sente sua falta, e no princípio Deirdre tenta consolá-lo, mas só consegue deixá-lo pior. Ele é suficientemente inteligente para perceber que foi deixado para trás.

Quando Deirdre vai à loja, é com freqüência que vê Aisling hipnotizada pelos olhares de Danny McGorey, como se tudo que ele faz seja para ela uma confirmação ou uma rejeição. Deirdre quer levá-la para um canto e contar-lhe tudo o que ela levou 34 anos para aprender, que não importa tanto como os outros vêem uma pessoa, e sim como ela vê a si mesma, que um dia ela não se lembraria facilmente do nome de Danny. Mas sabe que conselhos diretos não surtem efeito. Precisa substituir sua sabedoria por exemplos, disfarçadamente, do mesmo jeito que trocava dentinhos por moedas sob o travesseiro de Gabe.

A mudança em Oisin é tão sutil que Deirdre imagina se alguém mais, além dela e de Gabe, a notou. Ele age da mesma antiga maneira com os ilhéus, mal tomando conhecimento deles, como se ainda estivesse perdido em seu mundo, mas Deirdre vê a diferença em seus olhos. Já não há aquela película vítrea sobre as pupilas, os olhos parecem vivos e curiosos. Agora, ele olha para as pessoas, como Aisling, parecendo colher impressões, que guarda e inspeciona depois. Esteve fora do mundo dos vivos por tanto tempo que precisa aprender de novo como fazer parte dele.

Exercita-se com Deirdre. Quando a encontra no bosque, faz perguntas educadas sobre Gabe e suas sobrinhas ou sobre o que ela está lendo. Comenta acerca do tempo. Ela tenta não rir de sua dolorosa expressão durante essas interações forçadas. Quando Aisling está perto, ele fica mais à vontade. Agora já ri, e com tanta freqüência que as rugas ao redor de seus olhos curvaram-se, mudando de sulcos de ansiedade para algo semelhante a linhas de riso.

As sobrinhas de Deirdre são loucas por Oisin. Transformam-se em bobas se ele aparece inesperadamente na casa, e tanto viram a cabeça que Deirdre se preocupa com a possibilidade de elas machucarem o pescoço. Oisin não pode evitar um flerte com elas — sua única habilidade social nata. Sua atração por Aisling é que preocupa Deirdre. A tensão entre eles é palpável, como tecido esticado a ponto de rasgar. Oisin é cuidadoso, mantém distância física da mocinha enquanto tenta não afastá-la, e esse esforço parece exauri-lo. Deirdre suspeita de que ele raramente tenha precisado negar seu desejo. Ela se lembra de suas antigas paixonites por homens mais velhos, amigos de seus pais, depois por seu professor de química na escola, e acha uma parte dela mesma esperando, juntamente com Aisling, que Oisin perca a compostura e a leve para o mundo adulto dos amantes. Sua consciência madura a repreende por isso, fazendo silenciosas preleções sobre a responsabilidade que os mais velhos precisam ter em relação aos impetuosos jovens.

Oisin deve ser aquele com a mente no futuro, enquanto Aisling se perde no presente. Mas os dois são um par tão estranho — uma menina crescendo depressa demais e um homem que parou de amadurecer cedo demais — que ela imagina se as regras normais são aplicáveis a eles.

Certa noite, esperando as meninas voltarem para casa, tomando o segundo copo de vinho, Oisin tenta beijar Deirdre. Seguem-se desculpas gaguejadas e apologéticas:

"Não, desculpe, não tem importância", e Deirdre o deixa no sofá, assustada ao perceber quanto sua boca deseja que aquilo aconteça. Lembra o primeiro beijo deles, como ficara surpresa com o frescor do hálito de Oisin, pois esperara que tivesse um gosto tão desastroso quanto sua aparência às vezes.

Quando Deirdre volta com café, vê Oisin com o rosto escondido nas mãos. Resiste ao desejo de confortá-lo, beijá-lo e engolir seu acanhamento.

— Sinto muito — Oisin murmura, brincando com seu pires e a xícara. — Não sei por que fiz aquilo.

Deirdre sabe por quê. Pela mesma razão que seu toque é tão refinado: sexo é o único meio que ele conhece de alcançar as pessoas.

— Já não sei mais quem sou — Oisin diz, forçando uma risada sarcástica para esconder a voz vacilante. — Como posso ajudá-la a saber quem ela é?

— Você a ama, Oisin? — Deirdre pergunta.

Ele desvia o olhar, e ela acrescenta mentalmente: *você ama alguém?*

Parece que ele não pode ou não quer responder, portanto ela continua:

— Isso é tudo de que Aisling realmente precisa. — Ouve o riso das garotas chegando. — Para o caso de não ter percebido, ela está descobrindo o resto sozinha.

Então, as meninas entram e batem a porta, e, enquanto elas tiram os sapatos e murmuram cumprimentos entremeados de risinhos, Deirdre vê Aisling e Oisin se olhando. Um único olhar que parece conter todo o medo e o desejo que Deirdre já sentiu em toda sua vida. É como se ambos fossem simultaneamente crianças, adolescentes e pessoas de meia-idade cheias de remorsos.

15

A primeira experiência sexual de Oisin MacDara não foi humana. Na faculdade de arte, conversando com amigos, o assunto da perda de virgindade veio à baila. A resposta de Oisin foi simples: quinze anos, zona sul de Boston, quarto da irmã. Na realidade, aquela fora a segunda experiência, mas era uma resposta mais fácil do que a verdade, que ele nunca mencionou. Tinha catorze anos, era verão na Irlanda, e aconteceu num cemitério.

A sedução começou em seus sonhos. Naqueles sonhos, era como se sua mente estivesse acordada, olhando seu corpo adormecido ao lado da figura curvada de Nieve. Havia uma brisa, depois uma suave mudança de luz na ponta do edredom, uma elevação que subia, mas que parecia não ter forma definida até que chegava a seu pescoço e se transformava num corpo. Não era um corpo que ele pudesse ver; pairava acima dele leve como o ar, depois se movia para baixo sobre ele, não todo de uma vez, mas aos pedaços. Um suave roçar de dedos em seu pescoço, uma barriga macia imprimindo calor à sua virilha. Seus pulsos estavam presos, de modo a não lhe permitir estender os braços, e uma boca se moveu como um sorriso sobre seu peito, ocasionalmente liberando a umidade surpreendente da língua. Ele arqueou os quadris quando o corpo desceu e, ao sentir seu pênis deslizar para dentro de um cálice de carne, soube, sem ver, que estava aninhado entre seios macios. Eles eram muito diferentes de qualquer parte de seu próprio corpo, fluidos e firmes ao mesmo tempo. Eram, ele pensou, da consistência das nuvens, pele lisa pontuada por mamilos arrepiados que faziam cócegas em seus quadris. Ele gozou violentamente ao toque daqueles seios, e a erupção pareceu infinita, repetitiva, nada parecido com o que ele conseguia manipulando-se sozinho, o que, comparado com aquilo, era um mero soluço de prazer. Oisin despertou totalmente vestido e melado de sêmen, envergonhado à visão de sua irmã dormindo inocentemente a seu lado.

Depois disso, passou a levantar-se cedo pela manhã e enxaguar a calça do pijama na pia do banheiro. Com receio de pendurá-la no varal, dobrava-a junto com o casaco do pijama e enterrava tudo sob o travesseiro. À noite, a umidade pegajosa do tecido era desconfortável, mas uma sugestão excitante de sonhos futuros.

Ele estava convencido de que era tudo fruto de sua imaginação até que, uma noite, insone pela expectativa, ouviu uma voz, uma voz com a entonação distante que ele sabia pertencer a um fantasma.

— Aqui não, Oisin — disse a voz, e foi conduzido por uma pequena mão feminina que ele não podia ver, mas cujos ossos delicados sentia apertando seus dedos.

A mão levou-o ao cemitério. Com pés descalços e frios, espetados por urtigas, ele passou silenciosamente pela lápide que registrava os anos de vida de seu avô e a minúscula inscrição com os nomes dos perdidos bebês MacDara. Perto do carvalho solitário, no canto do campo rodeado por um muro de pedra, o corpo invisível o fez retroceder até que ele se encostasse no tronco da árvore que lhe mordia a espinha, enquanto dentes mais suaves mordiscavam e puxavam suas orelhas.

— Por que não posso ver você? — ele sussurrou.

Etéreos lábios, mãos, cílios e seios o empurraram para baixo até que ele se deitasse sobre um emaranhado de raízes, olhando para os galhos grossos com folhas recortadas, seu corpo liberando minúsculas explosões a cada toque imprevisível.

Mas, noite após noite, ele não a via, não até depois que uma boca o sugasse até o limite para depois libertá-lo no último minuto. Não até que a dor em sua virilha se espalhasse por todo seu corpo com um desespero que ele lutava para não soltar, não até o cheiro de terra limpa, que vinha dos longos cabelos que roçavam seu corpo, deixasse o gosto em sua própria pele. Não até que carne estreita caísse lentamente sobre ele, afrouxando e apertando, levando seu pênis a um estado de calor e umidade que ele não sabia existir. Não antes que ele fosse cavalgado e afagado, puxado e engolido. Não até sentir o corpo dela apertar-se tão forte que arrastava todos os seus músculos em sua direção. Era só no instante antes de ela aliviar-se que ele a via.

Branco-azulada, as estrelas brilhando através de seus ombros, cabelos como um arbusto vermelho despedaçado, os galhos agarrados nos seios, olhos que prendiam os seus, repetindo a pulsação dentro dela com pequenos círculos prateados que saíam de suas pupilas e desapareciam no ar. Ele tentava, a cada vez, manter os olhos nela, mas, como acontecia quando espirrava, seus olhos se fechavam na hora do orgasmo e, no instante em que voltavam a se abrir, ela se fora, e só havia o ar fresco e vazio sobre seu corpo úmido.

Ele cambaleava de volta para casa sozinho, esgueirava-se entre os pais no colchão na sala da frente, subia a escada rangente e deslizava para o lado de Nieve. Só depois tinha tempo de sentir medo e, exausto e trêmulo, com as pernas dobradas de encontro ao peito, imaginava se a luxúria seria sempre tão forte a ponto de camuflar qualquer dúvida ou temor.

Muitas vezes, os sonhos que ele tinha ao alvorecer repetiam o encontro, mas, no lugar do fantasma de cabelos de fogo, Oisin via o rosto de Nieve pairando sobre o dele em êxtase. Então, passava dias corando e evitando os olhos da irmã.

O caso de Oisin com o fantasma durou três das semanas de julho, até que, desgastado pela falta de sono, lendo um livro sobre fantasmas irlandeses que seus avós lhe haviam dado, ele chegou a um capítulo intitulado *Leann Si* — Amantes do Outro Mundo. Continha histórias de mulheres angelicais, vestidas de branco, que conduziam homens a cemitérios, seduziam-nos e os deixavam frios e mortos entre as lápides. Isso apavorou o supersticioso Oisin, que começou a se preocupar com o momento da ejaculação, quando se sentia quase morrer, como se tudo dentro dele estivesse sendo empurrado através da pequena abertura de seu pênis. Naquela noite, ele se recusou a seguir a moça ao cemitério. Ela nunca mais voltou para buscá-lo, mas, pelo resto do verão, Oisin muitas vezes sentiu-lhe a presença na forma de uma dor que não era sua, que ele imaginou fossem os anseios do corpo invisível que esperava por ele nas sombras das lápides de pedra. Oisin a desenhou centenas de vezes, desapontado com os retratos que pareciam meramente belas moças.

Nunca mais sentiu seu toque, porém ela permaneceu com ele, dominando cada passo de sua vida íntima com mulheres. Ainda que continuasse a alcançar outros níveis de paixão, houvera naqueles primeiros encontros uma qualidade ligada à imponderabilidade que se transformava em prazer e crescia de novo, que ele nunca conseguiria experimentar com mulheres de carne e osso.

Aos dezenove anos, Oisin foi seduzido pela professora de escultura, de 32. Num momento de ausência e inebriamento, quando estavam nus em frente à lareira da casa dela, a mulher timidamente perguntou onde ele aprendera a se mover daquela forma. Oisin respondeu que fora em um cemitério.

A professora achou isso tão fascinante e *sexy* que ele abandonou as aulas logo depois, com medo de que ela sugerisse um encontro no vizinho cemitério jesuíta.

Oisin fecha os olhos com tanta força, quando faz amor, não tendo de abri-los para explorações que ele faz só pelo tato, que muitas mulheres têm a desagradável sensação de que ele sente aversão por elas, que talvez, por trás dos desenhos de veias azuis de suas pálpebras, ele esteja imaginando que está dentro de outra pessoa.

Em agosto, Rose, a mulher de Malachy, morreu dando à luz seu sexto bebê natimorto. Oisin, pairando num torpor libidinoso, conseqüência de seus encontros no cemitério, mal notara que Rose estava grávida de novo. Ela estivera grávida quase um verão sim, outro não, de todos os que eles passaram na Irlanda, e inchaço era normal nela. Depois da perda de cada bebê, só Oisin ouvia os gritos fantasmagóricos que se seguiam. Rose parecia encolher um pouco mais a cada vez, seus ombros afundando em seu tronco, os olhos empaçuçados com perpétuas manchas roxas de pesar.

Uma vez, Oisin ouviu uma conversa entre seu pai e Malachy. Eles se preparavam para abrir o bar, e Oisin varria as pontas de cigarro e sacos vazios de batatas fritas da noite anterior.

— Tentei manter-me longe dela, Declan — Malachy sussurrou, amargurado. — Os médicos dizem que outro filho pode matá-la. Mas Rose é tão teimosa, e eu não me contenho quando ela me beija.

Oisin teve uma embaraçosa visão de Rose (que se parecia tanto com a Virgem Maria que, quando pequeno, ele presumira que elas tivessem as mesmas virtudes) apertando o ventre sobre os quadris de tio Malachy, beijando-o com a mesma determinação selvagem da amante invisível de Oisin. A paixão de Malachy seria tão forte, Oisin pensou, que podia mesmo superar o medo da morte? Aparentemente, sim, pois Rose estava grávida de novo, acamada durante as últimas seis semanas por ordem médica.

Na noite em que Rose morreu e foi vê-lo, Oisin se sentia tão tonto de sono que no princípio pensou que ela só estivesse ali para acomodá-lo na cama. Rose sempre gostara de participar dos rituais cotidianos com as sobrinhas e o sobrinho. Estava sempre dando banhos, vestindo pijamas ou alimentando dez crianças em sua atulhada mesa de cozinha. Como Malachy, ela também tinha uma queda especial por Oisin e Nieve — seu primeiro bebê nascera no mesmo ano que os gêmeos — e não raro Oisin encontravase apertado em um de seus espontâneos abraços, ou abria os olhos durante a noite e via Rose olhando-o dormir. Enquanto Malachy dava aulas de rabeca a Nieve e incentivava Oisin a desenhar, Rose freqüentemente levava os dois para passar a noite em seu quarto extra que, preparado obsessivamente durante anos para os esperados filhos, era repleto de brinquedos e silenciosos móbiles musicais. Havia camas-beliche encostadas na parede em frente a um berço antigo de carvalho e um trocador pintado com desenhos da arca de Noé e vários pares de animaizinhos. Oisin odiava dormir ali. Ficava acordado a noite toda ouvindo gorgolejos e murmúrios fantasmagóricos, como se todos os bebês tivessem se esgueirado de volta para admirar os presentes que haviam recebido. Sua avó insistia que era muito importante para Rose, portanto Oisin nunca ficou um verão sem passar uma noite naquele diabólico quarto de bebê.

Ele mal se mexeu quando Rose subiu ao sótão. Ela se sentou na cama e alisou o edredom, fazendo vales em cada lado dos quadris de Oisin. Ele soltou um murmúrio agradecido e concentrou-se em voltar a dormir. Mas, mesmo de olhos fechados, podia sentir a energia que manipulava seu corpo até que percebeu estar respirando no ritmo de outra pessoa. Não era uma coisa que ele já tivesse sentido com uma pessoa viva. Só os mortos o faziam sentir tão vulnerável e nitidamente vivo.

Abriu os olhos. O rosto de Rose sorria acima dele. As manchas de pesar sob seus olhos haviam desaparecido, substituídas por um brilho particular que Oisin já vira em seu avô. Cada molécula de sua figura dançava, fazendo-a parecer desfocada, e ainda assim mais consistente do que fora em vida.

Aquele era o atributo que Oisin tentara, sem êxito, transmitir por meio de seus desenhos; o oposto da vida, tão distinto quanto a noite é do dia, mas tão diferente de tudo no mundo físico que ele não tinha idéia de como captá-lo.

Passou-se um momento até que Oisin notasse os bebês. O que ele pensara ser a barriga permanente inchada de Rose era na verdade um tecido grosso cruzado, amarrado atrás de sua cintura e de seus ombros, contendo uma porção de corpos em miniatura. Oisin contou seis cabecinhas dentro da tipóia, calvas ou com penugens escuras, cujos rostos tinham as feições manchadas, amassadas e exaustas dos recém-nascidos. Oisin viu, num misto de medo e alívio, que Rose não perdera nenhum segundo de suas vidas. Um bebê, o menor deles, a cabeça não chegando ao tamanho da palma da mão de Oisin, mamava com sons ritmados e satisfeitos no seio exposto de Rose. Por razões que ele não queria considerar, aquela visão provocou-lhe uma ereção. Ele sentou-se e arrumou as cobertas. Através da janela redonda do sótão, viu o brilho de luz artificial vindo da casa de Malachy e ouviu os sons abafados de uma reunião e o lamento entrecortado, ondulante, de Malachy em seu sofrimento. Oisin subitamente percebeu o silêncio no andar térreo abaixo dele:

todos tinham ido à casa de Malachy. Até Nieve sumira, e na pressa deixara seu lado da coberta dobrado para trás.

— Malachy está chorando — Oisin falou.

Rose assentiu solenemente, mas com a sombra de um sorriso.

— Ele sempre me amou — disse.

Oisin refreou uma resposta instintiva. Todos sabiam que Malachy adorava Rose. Por que ela dissera aquilo, como se estivesse em dúvida?

— Gostaria que eu caminhasse com você, tia?

Muitas vezes, isso era tudo o que os fantasmas benignos queriam dele: companhia humana por cerca de um quilômetro pelos caminhos esburacados, até que se sentissem prontos para prosseguir sozinhos. Oisin passara muitas noites caminhando na escuridão sem luar, seus pés batendo em uníssono com pés invisíveis.

— Seria maravilhoso — a tia respondeu com voz tão sedutoramente musical quanto a do fantasma que beijara cada centímetro da pele dele. — Quero lhe falar sobre sua mãe.

O que Rose podia ter para falar sobre Sara, Oisin não sabia. As duas mulheres mal tinham se falado em todos os verões que haviam passado como vizinhas. Mas ele estava acostumado aos estranhos pedidos de seus visitantes noturnos. Já jogara futebol num campo escuro, enrolara meadas de lã para tricoteiras frenéticas, cantara canções rebeldes até perder a voz, dera dinheiro a donos de loja para saldar dívidas de gente morta. Considerava-se bastante generoso e afável no que dizia respeito a pedidos do outro mundo. Assim, levantou-se da cama, calçou os sapatos, vestiu uma camiseta e uma capa encerada por cima do pijama e caminhou sob as estrelas com Rose e seus bebês chorosos, sem desconfiar de que estava prestes a conhecer o segredo mais importante da vida de sua mãe.

— Sua mãe se casou por amor — Rose começou. — Isto é, para ficar perto do homem a quem amava, ela se casou com o gêmeo dele.

Oisin parou de andar, a compreensão tomando conta dele como o medo. Rose tomou-lhe as mãos.

— Tudo bem, Oisin. Veja você mesmo.

A história de sua mãe chegou até ele através da mão leve de Rose. Ele já não ouvia, e sim via. Como se sonhasse com sua mãe, podendo vê-la e ver através de seus olhos ao mesmo tempo. Antes de abandonar-se totalmente, imaginou se Rose tinha o mundo todo ali, que talvez, como os intrincados caminhos cobrindo a palma de sua mão, ela fosse capaz de seguir qualquer vida, dependendo de onde ele tocasse.

Sara conhecera os irmãos MacDara em Boston, durante seu primeiro ano de faculdade. Em 1955, para muita gente, inclusive para a família de Sara, a faculdade era mais uma oportunidade de arranjar marido do que de receber instrução. Ela desprezava a maioria dos homens que tentavam cortejá-la: eram todos versões mais jovens de seu pai. De modo diferente de suas colegas, ela nunca fora uma filhinha de papai. William Linnet era um pai frio, distante, que deixara a educação de Sara, quando criança, aos cuidados da mãe, e, mais tarde, depois de internar a sra. Linnet, a uma série de babás. Ainda que para começar ele não fosse, de modo algum, um homem caloroso, foi só depois de descobrir a doença da esposa e sofrer a conseqüente desilusão que ele se tornou cruel. Sua mulher, Verônica, viera de uma árvore genealógica com inúmeros casos de instabilidade mental, de uma linhagem onde nenhuma esposa, mãe ou filha passara dos trinta sem uma crise. Durante gerações, todas as mulheres na família de Verônica tinham inventado as mesmas mentiras sobre sua genética, na esperança de ser diferente das demais. Quando William internou a esposa no Hospital Floating para insanos, encontrou o nome da supostamente falecida mãe de Verônica na lista de doentes do andar de paranóicos esquizofrênicos. O hospital abrigara uma ou mais parentes de Verônica por mais de um século.

A pouca ternura que William sentia pela filha, Sara, esvaiu-se com a partida da mãe dela. Ele investira na ilusão de uma família normal e acabara com uma esposa que tentara envenená-lo e que, ao falhar, lambuzara-se com seus próprios excrementos. Ele observava Sara discretamente, à medida que ela crescia, esperando pelos sinais de psicose maníaco-depressiva ou esquizofrenia. Casou-se de novo, e a segunda esposa, Marjory — não a mais brilhante das mulheres, diriam alguns, mas ao menos mentalmente sã — deu-lhe dois filhos, ambos meninos, que tiveram suas próprias babás e foram mantidos quase completamente separados de sua meia-irmã, reclusa no quarto andar. Sara aprendeu a atrair a atenção de seu pai fingindo planejar suicídio. Recolhia lâminas de barbear, pendurava cordas nas vigas do sótão, ateava fogo em seu quarto. Ele abrigava uma esperança envergonhada de que um dia ela tivesse êxito em matar-se.

William mandara Sara para a universidade em Boston para livrar-se dela, esperando que ela encontrasse outro homem que tomasse para si a responsabilidade de sua ancestralidade. Sara, ansiosa por ficar solta no mundo depois de dez anos de vigilância paranóica, estava mais do que disposta a fazer exatamente aquilo, mas o homem que ela esperava, algo entre o pai desprovido de emoção e a mãe psicótica, não era fácil de ser encontrado nos corredores de uma escola americana de elite.

Então, ela foi para outro lugar. Sua colega de quarto, Molly, era aluna bolsista, vinha da zona sul de Boston. Nos fins de semana, ela levava Sara a *pubs* de seu bairro, onde homens com camisas de trabalho, de flanela, tomavam cerveja escura e sapateavam ao som de bandas tradicionais irlandesas. Esses homens eram rudes, sem cultura, roucos e atenciosos. Aos olhos de Sara, estavam mais vivos do que qualquer um dos poucos homens que ela tivera permissão de ver socialmente em casa, que usavam ternos de verão e tomavam coquetéis enfeitados com hortelã.

Ela soube que Malachy era ele no primeiro momento em que o viu, tocando sua rabeca, os dedos movendo-se com tanta rapidez que pareciam borrados, os cachos castanhos dançando úmidos em sua testa, os olhos azuis deslumbrantes, mesmo a distância. Ele parecia o tipo de homem que poderia ensiná-la sobre êxtase. Lábios cheios, riso desinibido, covinhas esculpidas na barba malfeita. Ele notou o olhar de Sara e, com uma leve mistura de sorriso, piscadela e movimento de cabeça, cumprimentou-a. Naquele gesto, ela viu sua vida como um mapa aberto à sua frente: caminhos perpétuos de felicidade, rios de amor, uma cadeia de montanhas de paixão.

Duas horas depois, quando descobriu que ele tinha esposa em casa, na Irlanda, já era tarde demais. Ela ouvira-lhe a voz, sentira a mão forte em sua cintura, girara com ele pela sala enfumaçada, seu coração batendo com o ritmo do sapateado dele. Aquilo era o que ela queria, essa sensação que experimentava na presença de Malachy, como se flutuassem, caíssem, se erguessem, tudo ao mesmo tempo. Era forte demais para esquecer. Muito real para descartar e procurar outro homem que estivesse disponível. Sara, que como as mulheres antes dela estava convencida de que não era igual à mãe, tinha na verdade herdado a tendência de ser fatalista, o que, na melhor das hipóteses, era irracional, e na pior, psicótica. Se queria uma coisa, ela a obtinha ou morria, sem outras opções.

Quando voltou para casa naquela noite, com Malachy alojado permanentemente sob sua pele, Sara, dizendo a si mesma que uma esposa não era o bastante para impedir uma paixão verdadeira, traçou um plano. Ela sabia o que fazer para ser irresistível. E durante catorze anos, foi exatamente o que fez.

Três meses depois de conhecer Sara, Malachy, que fora para Boston apenas com a finalidade de ganhar dinheiro, tinha de voltar para casa. Sara cavara seu espaço na vida dele. Seus amigos a aceitavam, os músicos flertavam com ela, e seu irmão gêmeo tornara-se seu acompanhante oficial para os passeios noturnos. Declan MacDara era uma versão emudecida de seu irmão. Um Malachy frouxo. Cabelos escorridos, olhos opacos, voz acanhada, titubeante, que era sufocada pela animação do irmão. Ainda que parecessem duas versões da mesma pessoa, era impossível confundi-los. A energia que emanava de Malachy estava ausente em Declan. Ao lado do irmão, Declan era uma lâmpada queimada. Pairava ao lado de Sara, silencioso e discreto. Ela mal notava sua presença.

Sara acreditava que Malachy sentia o mesmo que ela, ainda que ele não tivesse passado de um perfeito cavalheiro durante todo o tempo em que o conheceu. Tudo o que ele lhe dizia estava impregnado de significado oculto. Assim, uma semana antes de ele voltar para a Irlanda, quando a olhou com aqueles olhos cor de crepúsculo e disse simplesmente que Declan gostava dela, Sara tomou aquilo como uma mensagem codificada. Ele era tradicional demais, antiquado demais para deixar a esposa, mas estava lhe dizendo qual era a única maneira de ficarem juntos.

— Eu sei — Sara murmurou, o coração afogando-lhe a voz.

— Ele quer pedir sua mão a seu pai — Malachy contou. Ele, que era tão confiante, corou ao dizer isso.

— Meu pai dirá "não" — Sara respondeu. Malachy ficou pálido, e ela completou: — Ele terá de pedir a mim.

Malachy sorriu, inclinou a cabeça e olhou-a com tão divertida admiração que ela teve certeza, pela centésima vez, de que a beijaria. Mas ele apenas ergueu o copo num brinde.

— À família — disse, engolindo meio copo de uma vez, como o homem mais sedento do mundo.

Nos anos seguintes, Sara lembraria aquele momento com carinho, transformando-o em sua mente numa proposta criativa e apaixonada de Malachy.

Sara casou-se com Declan tão rapidamente quanto a Igreja católica permitia. Mandou um telegrama a seu pai e recebeu de volta uma carta formal de desaprovação. Era o que ela esperava. Ainda que ele expressasse desgosto por sua escolha — um imigrante, católico, da classe trabalhadora —, ela sabia que o pai planejava deserdá-la havia anos. Sentiu-se tão aliviada em tirá-lo de sua vida que nem se importou por perder o acesso a seu dinheiro. O que era o dinheiro, quando tinha a segurança mais permanente do amor?

A cerimônia foi celebrada em Clifden, a pequena cidade de Connemara onde os MacDara moravam. Em sua noite de núpcias, Sara engasgou com gim e de susto ao conhecer a esposa de Malachy, e acordou brevemente de seu mundo de fantasia quando Declan a penetrou. Gritou de dor, ele cobriu-lhe a boca com a mão úmida e de gosto amargo, e, por alguns minutos, ela se contorceu, mordeu e chutou, enquanto ele lutava dentro dela. Quando tudo acabou, Declan foi tropegamente para o canto do quarto e vomitou várias vezes na pia minúscula. Voltou para a cama e viu que Sara estava chorando.

— Nunca mais faça isso comigo — ela sibilou.

Ele, que achava as mulheres misteriosas, e Sara, indecifrável, grunhiu, concordando.

Sara queria ficar na Irlanda, mas Declan ganhava mais como pescador baseado em Boston. Por achar que um homem devia tomar decisões sem consultar ninguém — uma reação rebelde às mulheres duras com quem crescera —, ele fechou os ouvidos às súplicas de Sara. Estabeleceram-se na zona sul de Boston, e Declan ficava no mar durante sete meses todo ano. Aquela primeira e violenta noite deixou Sara grávida dos gêmeos. A vida deles caiu numa rotina marcada pela separação: invernos em Boston, onde Declan raramente estava em casa, verões na Irlanda, onde Sara mal olhava para ele.

Sexo só os uniu algumas poucas vezes na década seguinte. Sara atribuía o que ela chamava de suas raras traições a Malachy a uma alergia a vinho tinto. *Merlot* demais fazia sua libido, normalmente enterrada num mundo de fantasia, transformar-se em ardente existência física. Seus sentidos transmudavam o rosto de Declan no de seu irmão gêmeo. Com os olhos fechados com força, ela beijava o marido e sentia o gosto da boca de Malachy. Saía do transe no momento em que Declan a penetrava, punha-se a lutar com ele como na primeira noite, e não terminavam o que ela havia começado. Por fim, Declan evitava esses raros convites que o deixavam com a revoltante impressão de estar violentando sua própria esposa.

A felicidade de Sara passou a depender dos gestos benevolentes de Malachy: cartões de Natal, presentes para os gêmeos, o sorriso contra sua orelha, quando dançavam em casamentos de família. Ela os registrava obsessivamente em anotações codificadas no caderno de sua mente, criando uma hierarquia das provas de seu amor. Se Malachy entrava numa sala sem olhar para ela antes de qualquer outra pessoa, Sara ficava de cama com o peito apertado e o pulso acelerado, mal conseguindo respirar, pensando que ele já não a queria. Por fim, seu mal-estar a fazia procurar por ele, e ela ficava bebendo no bar até quase não poder enxergar, esperando, durante sete horas de danças irlandesas ou escocesas, por uma piscadela de Malachy por cima da rabeca. Então, ficava instantaneamente curada e caminhava trôpega para casa, sentindo-se como se voasse, repetindo a história em sua mente, sabendo mais uma vez que nada mais importava, pois era desejada.

Sua determinação nunca fraquejava. Ela nunca o seduziu, nunca nem mesmo lhe roubou um beijo. Não queria um caso com Malachy, queria tudo. Esperava o milagre que o libertaria, que lhe permitiria cumprir a promessa que ele nunca fizera com palavras.

Sara estivera sempre à espera de que a esposa de Malachy morresse, Oisin pensou quando Rose soltou sua mão.

Oisin estava exausto, ensopado de suor e com calafrios como de febre. Uma coisa era ser visitado por fantasmas, outra bem diferente, ser imerso na vida de outra pessoa. Saber de tais fatos sobre seus pais era como vê-los nus. Ele teve uma nítida visão de interrompê-los na cama, seus rostos crispados e horrendos num ato de sexo sem amor.

— Cuide da sua família, Oisin — tia Rose pediu, os bebês choramingando em seu peito. — Não é só sua mãe que sofre quando não consegue o que quer.

Ele pensou que ela se referisse a seu pai, amargo e roubado no amor, ou a Malachy, que podia ser enfraquecido pelo pesar. Não lhe ocorreu que Nieve, que sempre parecera tão distante da mãe, seria aquela que herdaria sua dor. Era como um castigo carimbado em seus genes, juntamente com os cromossomos que a tinham feito linda e mulher.

16

— Este lugar fede a dor-de-cotovelo — Deirdre comenta.

Gabe e Oisin estão sentados no sofá de Oisin, com rostos tão afundados como as almofadas beges debaixo deles.

— Seu filho levou um fora — Oisin informa, evitando o olhar traído de Gabe.

Deirdre esconde um sorriso e dá um abraço encorajador no menino.

— Elas nem são nada de muito especial — Gabe resmunga.

Oisin tem sentido o mesmo desgosto há dias, e inveja Gabe por conseguir falar a respeito.

— Elas são medíocres, podiam ter saído de qualquer linha de montagem de garotas adolescentes — o garoto continua.

— O ciúme não lhe cai bem, Gabriel — diz Deirdre.

— Não estou com ciúme — ele protesta de cabeça baixa, deixando a mãe afagar-lhe os cabelos.

Gabe não é o único que se ressente com o comportamento das meninas. Para Oisin, as sobrinhas de Deirdre trazem lembranças de todas as meninas que ele temia na escola secundária. Elas são jovens e lindas e, pior, parecem saber disso, e ele se sente com catorze anos de novo, exposto a um provocante olhar coletivo de desaprovação.

Elas passam por sua casa durante o dia para se reabastecer — lanches, troca de *tops*, escovação furiosa de cabelos.

Tudo isso em meio a risos e conversas tão baixas e cheias de gíria que parece uma língua estrangeira. Deixam atrás de si uma nuvem de colônia feminina, um banheiro devastado e um sentimento de solidão que Oisin não experimentava desde a adolescência.

A mais velha, Colette, tem dezessete anos. É uma moça séria, composta de ângulos e planos. Uma massa de cabelos loiros, clavículas mais salientes que os minúsculos seios. Até a boca forma uma linha reta — nada de sorrisos ou contrações, mas uma expressão firme, distante.

A irmã do meio, Mags, é a moleca, mas não do tipo de moleca de que Oisin se lembra. Tem cabelos curtos, esculpidos como os de uma modelo, repartidos em ziguezague, afastados da testa lisa por fivelas de plástico em forma de insetos. Seus mocassins devem custar 150 dólares, e ele já viu pelo menos quatro pares diferentes. Ela é um anúncio saltitante de todas as grifes de moda. Shorts cortados de jeans e camisetas masculinas brancas parecem mais *sexy* nela do que um vestido de noite. Tem pernas de potro, musculosas, e Oisin tem de controlar-se para parar de segui-las com os olhos.

Mas é a caçula, Jemma, que o perturba mais. Mal completou treze anos e já é a criatura mais voluptuosa que ele viu ultimamente. Uma menina transbordante de sedução de mulher, sem saber bem o que fazer com ela. Tem lábios que quase pingam umidade, macios cachos castanhos que balançam provocantes, tocando seu rosto, e um hábito de tocar o próprio corpo — uma perna, o pescoço, a curva sob os seios — com descuidado prazer que faz Oisin quase se dobrar com culpada luxúria cada vez que ela entra em sua casa.

Ele teme transformar-se em um clichê — o pervertido de meia-idade — sexualmente desesperado, já longe de estar em forma, babando atrás das amigas adolescentes da filha. Incha com um sentimento de dever cumprido quando faz uma delas rir; e até já piscou para cada uma delas pelo menos uma vez, antes de poder conter-se. Não que ele não tenha cobiçado adolescentes antes — a maioria dos homens cobiça —, mas agora é diferente. Ele devia ser um tutor e age como um assanhado irmão mais velho.

Voltou a meditar ao entardecer, agora que, depois de oito meses sem privacidade, é deixado sozinho ao fim de cada dia. Determinou para Aisling a mesma hora de voltar para casa que Deirdre marcou para as sobrinhas, ainda que preferisse vê-la chegar antes de escurecer. Relembra seus quinze anos: havia uma sensação de invencibilidade que aumentava quando o sol se punha. A solidão, que antes era apreciada, agora é perigosa, pois depois de uma hora mortificando-se por sentir-se atraído por garotas adolescentes, seu medo real esgueira-se para o ar azul da noite: a atração por essas meninas só camufla um desejo que ele não pode justificar, porque quem ele realmente quer é a menininha que subia em sua cama depois de um pesadelo, poucos meses antes.

A fase desajeitada de Aisling foi difícil para ele. O desgosto da garota com as mudanças em seu corpo era óbvio, e ele sabia, por experiência própria, que para isso não havia consolo, então fingia não perceber o que ela fazia, só piorando as coisas. Ela se escondia sob suéteres volumosos, andava como se fosse corcunda, lavava-se e perfumava-se tão vigorosamente que Oisin desenvolveu uma alergia a perfume que o fazia espirrar sem parar. Ele encontrou vestígios conhecidos de cravos espremidos no espelho do banheiro. Sua empatia em relação à acne de Aisling era tão forte que ele quase a mencionou, mas acabou optando por ignorá-la quando recordou que na adolescência tivera a esperança de que suas espinhas não fossem notadas pelos outros. Para não olhá-la diretamente no rosto, acabava por baixar os olhos para um corpo que, mesmo escondido sob camadas de roupas, dificilmente seria o lugar mais adequado para ele olhar. Com tudo isso, seu comportamento passava rapidamente de cuidadoso a furioso, e ela se afastava, mortificada. Ele sentia-se grato a Gabe, que aos dez anos ainda era suficientemente criança para não se importar se Aisling era menina, menino ou um réptil, contanto que fosse companhia divertida.

Um dia, encontrou os dois estudando as entranhas de um cravo sob o microscópio de Gabe e pensou: *esse é um caminho que eu nunca considerei.*

Tudo acontecera no mês anterior, quando ela ainda se encontrava na armadilha da puberdade. Agora as espinhas já sumiram, e a pele não mostra nenhuma evidência de sua recente batalha.

Aisling integrou-se a seu novo corpo e o realça com minúsculos *tops*, sutiãs de meia-taça e shorts curtos. Já tem quase a altura de Oisin e fica mais alta que ele quando usa sandálias de plataforma. Depila as longas pernas até deixá-las tão macias quanto o resto do corpo. Colette furou-lhe as orelhas com minúsculas argolas de prata, e a cada poucos dias Aisling aplica uma nova tatuagem temporária no ponto lascivo logo abaixo do umbigo. Seus dentes permanentes são alinhados e brilhantes, o lábio superior tem curva perfeita, em forma de coração. Os olhos ainda são as mais deslumbrantes de seus feições — enormes e dourados, realçados agora por pó cintilante, revelam mais profundidade, como se ela guardasse vestígios de tudo pelo que passara nos últimos meses. Oisin se perde se olha para eles durante muito tempo. Aisling é tremendamente mais bonita do que as outras, mas ele percebe que ela não sabe disso, pois as olha com inveja. Com o rosto de um anjo e corpo impecável, é seguida pelo olhar dos ilhéus, a maioria dos quais a observa de modo reverente. Ainda assim, Oisin quase bateu em alguns turistas que a olhavam, quando ela tomava sol perto do cais da balsa. E a fez trocar o biquíni por um traje de corrida.

Ele sente tanto a falta dela que é atormentado por dores físicas de desejo. Ela já não é sua sombra. Agora se esgueira para dentro de casa muito depois do horário marcado, cheirando a fumaça de fogueira e cerveja barata, os lábios inchados e usados, repuxando-se em sorrisos secretos. Ela está beijando rapazes e sabe-se lá o que mais anda fazendo, e ele se debate entre o instinto de deixá-la de castigo e o desejo de lhe mostrar pessoalmente como é um beijo de verdade. Em seus sonhos, cada dia é editado e exibido de novo com uma série de seduções. Ele batiza cada manhã com uma ducha fria. Não precisava se autodisciplinar no tocante a sexo desde que era menino, e acredita que agora esteja vacilando, mas ainda relativamente controlado, e confia que um dia sairá desse estado embaraçoso de luxúria. Acha que Aisling está em segurança, até que ela começa a flertar com ele.

No começo, Oisin culpa sua imaginação. Quando ela esbarra em seu quadril na cozinha, ele se censura de propósito, para abafar o desejo. Sente com freqüência que está sendo observado e, quando se volta para olhá-la, ela desvia o olhar, com o rosto abrasado pelo que ele classifica de rubor. Aisling abandonou os pijamas de criança e passeia de um lado para outro numa camiseta curta demais para cobrir as calcinhas tipo biquíni. Ele precisa de muita autodisciplina para não olhar suas nádegas movendo-se sob a seda, e quase sempre consegue. Quando fala com ele, ela se encosta na coluna de sustentação da sala, os braços para trás do corpo, só um ombro tocando a madeira, o resto do corpo inclinado para a frente, movendo-se apenas o suficiente para imprimir um certo balanço aos seios.

Um dia, ela se oferece para cortar o cabelo dele. Oisin tenta recusar, mas desiste ao ver a expressão rejeitada que surge no lindo rosto. Não pode puni-la por sua própria fraqueza, seria injusto.

Mas, no instante em que ela começa a derramar água em sua cabeça, ele sabe que está sendo seduzido. Ela é novata nisso, e desajeitada, porém eficiente. Corre os dedos trêmulos por seu pescoço, aperta os seios contra as costas dele. Ao aparar os fios em volta das orelhas, olha-o nos olhos, e ele percebe em seu rosto as intenções lutando contra o medo.

— Deixe minhas orelhas em paz — ele grunhe.

E pensa, quando ela ri: *Opa, essa não é sua risada normal!* É o riso que as garotas reservam para os rapazes, aquele que significa que elas não estão realmente achando graça, mas que sabem que até seu riso é atraente. Quando ela respira no lóbulo de sua orelha, ele interrompe o corte de cabelo e, com a desculpa de uma súbita inspiração artística, corre para o estúdio com a toalha ainda nos ombros. Mais tarde, quando ela sai com as garotas, ele tem de aparar o resto sozinho, censurando seu reflexo no espelho. E, mesmo sentindo que há algo de pouco natural, ensaiado, no jeito de ela agir com ele agora, Oisin já espera por aquele seu toque intencional de novo.

Ele visita a loja da ilha duas ou três vezes por dia, esperando pela oportunidade de vislumbrar Aisling em um dos grupos de jovens que entram e saem, fortificando-se com picolés e Coca-Cola. Mais de uma vez, ele a vê montada no pneu da frente da bicicleta de Danny McGorey. Ele não gosta desse Danny, um boca-suja, muito atraente e com aquele ar de humor malicioso de mau rapaz que Oisin só aperfeiçoou na faculdade. Fica desapontado ao imaginar que táticas tão baratas funcionam com Aisling, mas é o que parece. Lembra que eram as meninas mais inteligentes que perdiam a cabeça mais depressa.

Lembra muitas coisas sobre rapazes que agora o perturbam. Aquela idéia fixa de penetrar uma garota. Nos últimos tempos, envergonhado, Oisin tem pensado em Peggy, uma virgem de dezesseis anos que ele seduziu quando estava no último ano do colegial. Ele costumava persuadi-la a entrar em seu quarto — a essa altura morava sozinho com o pai, que raramente ficava em casa e que, quando ficava, raramente estava sóbrio —, fingindo que só queria beijá-la. Peggy adorava beijar, não estava pronta para mais nada, mas no calor leve e fragrante de seu quarto, ele conseguiu convencê-la de que forças invisíveis os conduziam. Fingiu que não planejara tirar as roupas dela e manipular cada centímetro de seu corpo, que aquilo fora um acidente, não algo em que estivera pensando impacientemente durante todo o trabalho exploratório com a boca.

Ainda que nunca admitisse, ele sabia que a estava levando a acreditar que gostava dela. Em algum lugar do mundo, Peggy está se aproximando da meia-idade, e, em suas lembranças, Oisin permanece como o primeiro a partir seu coração.

Ele vê a mesma cega determinação nos olhos matreiros de Danny McGorey. Imagina o que o rapaz já terá persuadido Aisling a fazer. Claro que há a opção inversa, de que a ansiosa seja ela, de que seja Aisling quem provoca e aceita de bom grado fazer sexo, do mesmo modo que se maravilhava com seus dentes de leite caindo: como um sinal de vida. Essa idéia o perturba ainda mais. Ele diz a si mesmo que a paixão de Aisling por novas experiências seria desperdiçada com um rapazinho assanhado. Ou, talvez, esteja só enciumado por ele próprio não ser mais um rapazinho, por não ter mais aquela energia que explode sem pensar em conseqüências, por ter perdido aquilo que excita mais do que qualquer outra coisa: a juventude.

* * *

Uma noite, Aisling volta para casa bêbada. Sua expressão, quando ela entra pela porta, e o jeito cuidadoso, exagerado com que move braços e pernas, traz à mente de Oisin a nítida imagem de sua mãe tentando arrumar a mesa do jantar, tão embriagada que mal pára em pé.

— Seu namorado está saqueando de novo o estoque de uísque do pai? — Oisin rosna em resposta ao sorriso desajeitado que Aisling usa como saudação.

Ela parece confusa, começa a responder duas vezes, mas não consegue controlar a logística das inúmeras mentiras que tenta organizar.

— Ora, foda-se! — ela diz finalmente, caindo na poltrona ao lado da dele.

Uma nova voz tem jorrado de dentro de Aisling ultimamente: baixa, cínica, característica dos jovens que começam a imaginar-se cansados do mundo e velhos.

— Está interessada em trastes em geral ou se sente atraída por Davey em particular? — Oisin insiste, surpreso com as perguntas de pai que fazem fila em sua língua.

— *Danny* — Aisling corrige. — E você não poderia compreender.

Não consegue falar com clareza e parece arrependida e acuada em sua poltrona.

— Claro que não! — Oisin retruca. — Sou um velho. A profundidade do seu sentimento é insondável para mim.

— Certo. Vou para a cama — ela diz, erguendo-se, trêmula.

— Só me diga uma coisa, Aisling. Ele a trata bem?

Ela rola os olhos, impaciente.

— Claro — responde, mas parece confusa.

— Tão bem quanto Gabe a tratava?

— Gabe é uma criança — ela rosna.

— Você também era, um mês atrás. Gabe lhe dava alguma coisa. O que esse Donnie lhe dá?

— *Danny* — ela torna a corrigir, já com menos convicção.

Está tentando pensar, e Oisin imagina seu cérebro desidratado pelo álcool.

— Ele me acha *sexy* — ela diz por fim.

Oisin ri cruelmente.

— Que original! — exclama. — Suas expectativas são tremendamente elevadas. Todo homem que passa olha para você. Não precisa de um retardado para lhe dizer isso.

Aisling recua até a coluna, assumindo instintivamente sua postura sedutora, ainda que de cabeça baixa, como se estivesse subitamente acanhada. Murmura algo que Oisin não entende.

— O quê? — ele pergunta.

Ela o encara, os olhos dourados em fogo, a culpa do mundo no rosto.

— Você não acha isso — murmura.

— Não seja ridícula — ele ralha.

Não devia ter perguntado nada, está se aproximando de território perigoso.

— Nunca olha para mim do jeito que olha para elas — Aisling observa.

— Mas que diabo! Do que está falando?

— Não sou cega — ela responde, à beira das lágrimas. — Eu vejo como olha para Colette e Mags e Jemma. Até para Deirdre. É como Danny olha para mim. E, não importa o que você diga, isso significa alguma coisa. Significa mesmo!

— Não tanto quanto você imagina — Oisin retruca.

Vê imediatamente que ela levou aquilo para o lado errado. Está chorando agora, afastando, zangada, as lágrimas que escorrem por seu nariz.

— Sei que significa que você não me quer — ela fala baixinho.

— Querer você? — ele grita, furioso, ainda que o que sinta não seja raiva. — É isso o que você deseja saber? Se provoca em mim o mesmo que provoca naquele rapaz?

Mais tarde, diria a si mesmo que o fizera sem pensar, mas não era verdade. Ele está pensando, esperando, fingindo que ainda é o tipo de homem que era há um ano, de quem tal comportamento seria esperado e desculpado. Um homem que nada tem a perder.

Caminha depressa para ela e se debruça sobre seu corpo, apertando-a contra a coluna de madeira com uma urgência que nunca antes sentira em toda sua vida.

— O que acha disto? — indaga, apertando mais, deixando-se estremecer.

Põe a mão no rosto dela, ergue-o, esperando ver o medo que o faria parar. Mas os olhos dourados brilham, Aisling está maravilhada. Ele aperta a testa contra a dela, nivelando a ponta de seus narizes.

Então, ela o salva com uma pergunta:

— Vai me beijar?

Oisin afasta-se, corre porta afora, o ar do verão zombando do prazer que ele não tem direito de sentir. Aisling ainda é tão inocente... Ele a vê embrulhando beijos em papel de seda azul, guardando-os com tudo o mais que juntou até então.

Ao amanhecer, quando volta, encontra Aisling vomitando no banheiro, o vaso sanitário salpicado com o azul da mistura de Kool-Aid com a qual ela se embebedara. Ele segura-lhe os cabelos atrás do pescoço, esfrega-lhe as costas em círculos, até que as náuseas cessem e ela se sinta suficientemente estável para soltar a borda do vaso.

— Estou fazendo tudo errado — Aisling murmura, sem fôlego.

— Não, você fez tudo certo — Oisin afirma. — Bebeu demais, passou mal, jurou nunca mais beber tanto assim. Passou com nota máxima.

— Não foi o que eu quis dizer — ela declara, mas está rindo.

Ele lhe dá uma bala de hortelã e um copo de água, leva-a para o quarto e a aninha na cama. Por um momento, o constrangimento dos últimos meses desaparece, seus ciúmes e desejos são postos de lado, e eles sabem de novo, em seu silêncio, quem são um para o outro.

17

No verão em que estava com quinze anos, um ano depois da morte de tia Rose, Oisin esperava que sua mãe os traísse. Malachy, mesmo envolvido em sombras, encontrava-se finalmente livre, e Oisin, mais do que qualquer outra pessoa, confiava nos dons de persuasão de sua mãe.

Uma noite, quando seu medo o impedia de dormir, ele contou o segredo de sua mãe para Nieve.

— Todos nós sabemos que mamãe tem uma queda por Malachy — ela falou.

"Nós", aparentemente, se referia às mulheres.

— Sabia que a família de mamãe era louca? — Oisin murmurou.

Sentia-se um tolo. Guardara um segredo do qual fora o último a saber.

— Não fico surpresa — Nieve resmungou e adormeceu.

Deixou Oisin desperto e preocupado, imaginando se ela soubera de tudo primeiro porque era mulher. As Tias a conduziam ao centro de tudo, enquanto ele era deixado farejando os cantos. Podia ter uma segunda visão, mas fora mantido cego para os vivos.

As mulheres tomaram para si a tarefa de manter Sara longe de Malachy. Tia Emer se mudou para o quarto vazio na casa dele, rondando e tentando animar seu parco apetite. Nieve o seqüestrava para aulas de rabeca, quando ele não estava nos campos. E à noite, as Tias começaram a ir ao *pub* para beber, algo que antes só faziam no Natal.

Antes daquele verão, o *pub* MacDara era freqüentado quase exclusivamente pelos homens locais. Sara ia algumas vezes, e havia mulheres turistas que se sentavam juntas no canto do balcão — as únicas que tomavam coquetéis numa sala cheia de garrafas escuras. Depois que as Tias tomaram conta do lugar, entretanto, as mulheres da aldeia também começaram a aparecer. Levavam seus bebês, deixando-os nos carrinhos, embalados pelo riso, pela música e pela fumaça tão densa quanto neblina. Oisin, que olhava o lugar de trás do balcão desde os cinco anos, estava estupefato com a transformação. O *pub* costumava ter cheiro puramente de cerveja Guinness, palha, esterco, peixe salgado e fumo de cachimbo. Os homens se reuniam em bancos altos ao redor do balcão de três lados, mantendo os gorros de lã e os paletós, brincando em um idioma só deles, meio irlandês, meio inglês.

Com a entrada das mulheres, o *pub* mudou drasticamente. Mesclado aos odores masculinos, havia perfumes fortes, cheiro de talco e a complexidade azeda de mamadeiras de bebês. Os rapazes animaram-se, começaram a aparecer para beber, vestindo camisas engomadas. Declan desimpedira uma área para dançar, estocando as prateleiras com uma variedade de marcas de gim, vodca e rum, bebidas espumantes multicoloridas e barras de chocolate de tamanho pequeno, para crianças. Oisin foi posto para trabalhar, enchendo canecas e encarregado-se da arrumação complicada das garrafas de licores — uma roda giratória com dosadores de cabeça para baixo. Aprendeu a guardar na cabeça os pedidos de quinze pessoas ao mesmo tempo, enquanto preparava seus coquetéis. Às vezes pegava uma cerveja a mais, que distraidamente servia a um fantasma que aparecera para apreciar o movimento.

Nieve trabalhava como garçonete, equilibrando bandejas acima da cabeça, esgueirando-se entre os galanteios dos homens a quem servia.

As mulheres trouxeram nova energia ao lugar, risos mais fortes, possibilidades brilhando nos olhos dos mais jovens. Toda noite era como um baile de igreja, homens amontoando-se no balcão, pedindo avidamente limonadas com gim, casais caminhando para casa por estradas iluminadas pela aurora. Oisin ficava triste quando olhava para o canto do balcão onde os velhos agora se juntavam, parecendo perdidos e um pouco mais do que traídos. Pediam suas cervejas a Oisin com um movimento quase imperceptível de cabeça, pagavam o preço exato com moedas arrumadas em pilhas perfeitas. Em outros tempos, teriam flertado com Sara ou com alguma turista, mas agora havia mulheres demais para eles. Mantinham-se unidos, bebendo mais depressa, como se tivessem medo de que a bebida acabasse, resmungando e franzindo o cenho, sobrepondo um sorriso forçado a uma expressão horrorizada quando esposas ou filhas os chamavam do outro lado do vibrante salão.

A transformação causou o pretendido efeito. Sara mal podia ver Malachy, muito menos sentar a seu lado enquanto ele tocava, como fazia antes. Ele estava cercado por todos os lados pelas irmãs, assediado por mulheres mais jovens que o amavam secretamente desde que tinham onze anos. Malachy tocava com um sorriso, mas já não havia música em seus olhos. Só tarde da noite, quando diminuía o ritmo, tocando uma ou duas melodias lentas, ele revivia, extraindo das cordas plangentes a sua tristeza por Rose.

As Tias desenvolveram um sexto sentido com relação a Sara. Se ela saía de casa para dar uma volta, uma delas aparecia com um lanche para levar para Malachy nos campos. Ao jantar, elas o cercavam com seus filhos e estavam constantemente pedindo a Sara para buscar alguma coisa para pôr na mesa.

No *pub*, eram como um pequeno exército uniformizado com madeixas brilhantes e olhos azuis, as armas ocultas atrás de sorrisos.

Oisin quase sentia pena da mãe, que parecia não ser páreo para aquelas tias ferozmente protetoras.

Sara começara a beber de novo, e tanto que Oisin ou Nieve muitas vezes eram dispensados do trabalho mais cedo com a atribuição de acompanhá-la até em casa. Com Oisin, ela chorava do momento em que deixavam o *pub* até que ele a pusesse na cama, com soluços altos e destruidores que não lhe permitiam falar, suas pouquíssimas e indecifráveis palavras soando como pequenos gritos de dor.

Nessas ocasiões, ele tinha de ajudá-la a despir-se. Arrancava as roupas rápida e cegamente, tomando cuidado para não tocar nenhum pedaço de pele nua. Já na cama, a mãe o puxava para cima dela, apertando-o num abraço forte, erótico, os quadris arqueando-se contra o corpo rijo e apavorado de Oisin. Ele aprendeu a pular fora na primeira oportunidade, beijá-la na testa e desembaraçar-se de seus braços com o pretexto de cobri-la com o acolchoado.

— Você sempre vai cuidar de mim, Oisin — ela balbuciava através dos cabelos ensopados de lágrimas.

Como não era uma pergunta, ele nunca se deu ao trabalho de responder.

Muitas vezes, ele voltava ao *pub* para terminar o trabalho, o ar fresco da noite desfazendo sua insondável ereção. Já não tinha nenhum controle sobre seu corpo. O pênis, a pele, os folículos capilares e glândulas sudoríparas pareciam ter vontade própria e estavam se unindo contra ele, como as Tias se uniam contra Sara, empurrando-o para um lugar onde se sentia feio, deslocado e sozinho.

Quando Nieve levava a mãe para casa, voltava com marcas no corpo. O breve intervalo em que ela e Sara tinham parecido unidas para conspirar terminara com a morte de Rose. Nieve aparecia com um corte no lábio, com o pescoço arranhado ou com manchas roxas nos braços. Se Declan perguntava o que acontecera, ela o despistava com alguma história sobre a mãe caindo num buraco.

Quando Oisin a viu uma manhã, com um olho fechado de tão inchado, rodeado por uma mancha roxa e esverdeada, seguiu-a para o quintal, aonde ela fora pendurar roupas.

— Ela está batendo em você, Nieve?

Ele sabia que esse assunto pertencia à categoria dos segredos que requeria sussurros, negações e opiniões engolidas, da mesma forma que o assunto de Sara embriagar-se era evitado pelas Tias.

— Deixe disso, Oisin — Nieve respondeu, sacudindo as dobras de um lençol úmido.

— Vamos... — ele insistiu.

Ela virou-lhe as costas e prendeu o lençol no varal.

— Cuide da sua vida — ordenou. — A minha não é da sua conta.

Oisin ficou tão sem jeito e depois tão zangado que parou de perguntar sobre os machucados. Mas se oferecia para levar a mãe para casa pensando ser mais seguro para todos, ainda que depois se sentisse como se também tivesse manchas, mesmo que invisíveis.

Naquele verão, não foram as Tias que levaram Nieve, embora ela ainda pudesse ser encontrada na caverna enfumaçada delas. Os novos ladrões eram os rapazes. Metade dos jovens com menos de 25 anos preferia o *pub* MacDara a qualquer outro, por causa de Nieve. Estava claro que nada conseguiam sob a guarda de Declan e Malachy, portanto ela era persuadida a escapar entre uma rodada e outra para ouvir breves declarações de amor. Oisin, que às vezes conseguia captar alguma coisa, estava confuso com o comportamento pouco masculino que via. Em Boston, um rapaz preferia morrer a admitir sentimentos por uma garota — todos sabiam que o melhor meio de conquistar uma mulher era fingir que ela não existia. Na Irlanda, as regras pareciam diferentes. Os rapazes locais recitavam poesias para Nieve no estacionamento, propunham casamento por sobre uma tampa de garrafa, louvavam sua beleza com olhos sinceros, lacrimosos. Oisin sabia que eles estavam atrás da mesma coisa, uma única coisa. Mas não conseguia advertir Nieve sobre isso. Não queria admitir que conhecia a perversidade da mente de um jovem macho. Em vez disso, não a perdia de vista através das janelas embaçadas do *pub*, esperando não ser chamado a defender a honra da irmã contra um pescador com o dobro de seu tamanho.

Estava mais preocupado do que nunca com Nieve, naquele verão. Ela parecia tomada por mais do que sua dose habitual de energia. Tudo o que fazia, no trabalho ou em casa, fazia rapidamente. Num lugar onde as pessoas não tinham pressa, a correria de Nieve atrapalhava: ela começava a tirar a mesa antes que as pessoas acabassem de comer, arrancava Oisin da cama para que pudesse arrumá-la, organizava os armários da cozinha e lavava o chão enquanto todos ainda dormiam. Passava tudo a ferro — lençóis, toalhas, guardanapos, até a roupa de baixo de Oisin. A tábua de passar quase nunca era recolhida, a casa pequena estava sempre ligeiramente úmida de vapor. Nieve começou a cheirar a goma. Quando não estava limpando, estudava rabeca até seus dedos sangrarem, ou escrevia páginas e páginas no que Oisin presumia ser um diário, encolhida sozinha no forte onde costumavam brincar juntos. Até seus trejeitos pareciam ter ficado mais rápidos. Os olhos não se focalizavam, passavam pelos objetos para ver o que viria a seguir. Alisava o cabelos com as mãos com tanta freqüência que as cascatas loiras ficavam opacas e murchas na metade do dia. Ela falava com uma rapidez tão tensa que até seus pronunciamentos mais triviais pareciam sugerir que algo terrível estava para acontecer.

As Tias, que balançavam a cabeça compreensivamente e sussurravam a palavra *hormônios* quando ela passava, tentavam fazê-la parar, sentar, relaxar. Nada disseram quando ela começou a fumar, achando que os cigarros teriam o mesmo efeito calmante que tinham sobre elas. O que era fumar, senão uma desculpa para sentar-se quieto por dez minutos? Mas Nieve continuava apressada, só adicionando um rastro de fumaça à sua corrida. Era uma fumante tão exagerada, tragando barulhenta e rapidamente, a ponta de seu Benson & Hedges encompridando-se numa brasa raivosa, que Oisin muitas vezes pensou que os pulmões dela estourariam com a pressão.

Nieve não estava dormindo bem. Ia para a cama depois de Oisin e levantava-se antes. Quando agosto chegou, ela parou de subir para o sótão de uma vez. Ao desjejum, já se encontrava de olhos acesos, alerta, nunca cansada. Ele se preocupava, imaginado que ela estava saindo às escondidas para encontrar rapazes, mas sempre que verificava, encontrava-a encolhida em algum canto, com uma lanterna, escrevendo furiosamente em seu caderno. Ela escondia esse diário sob seu lado do colchão. Certa vez, quando Nieve estava podando arbustos com as Tias, Oisin puxou o caderno vermelho e o abriu onde havia um marcador. Era difícil decifrar, pois a caligrafia de Nieve havia acelerado, como tudo o mais nela, e as palavras eram inacabadas, as metades finais um rabisco impaciente. Ele só conseguiu ler algumas sentenças antes que um ruído lá embaixo o fizesse guardar o caderno, cheio de culpa.

Eu não preciso mais dormir. Acho que significa que não sou mais criança.

Ainda que não fizesse muito sentido para ele, Oisin ficou perturbado. Presumiu que a estranheza de Nieve fosse passageira, como a puberdade. Mas, e se essa nova pessoa, frenética e distante, fosse apenas a versão permanente de sua irmã? Como ele poderia acompanhá-la? Com certeza seria deixado para trás.

Oisin não tivera mais sexo depois de seu encontro etéreo. Houve uma série de sessões de beijos arrebatados e dedos feridos em incríveis batalhas com fechos de sutiãs das meninas da escola, que só pareciam interessadas nele por uma hora, e sempre no escuro.

Durante o dia, ele poderia servir de modelo para um pôster sobre a adolescência desajeitada — sua pele parecendo um diagrama de dermatologista retratando as várias fases da acne. Deixou os cabelos crescer na esperança de esconder as orelhas de abano e o rosto cheio de calombos, mas a oleosidade do cabelo parecia ter piorado o estado de sua pele. Ainda era atacado por infecções nos olhos. Feixes de cílios tinham caído, e isso, combinado à pele manchada, fazia seu rosto parecer cru e exposto como o de uma vítima de queimadura. Muitas meninas o olhavam com indisfarçável repulsa. Ele entendia, mas, ainda assim, se ressentia. Ressentia-se dos corpos viçosos, sem mácula — comparados ao dele, todos pareciam perfeitos — que nunca poderia ver despidos. Aos quinze anos, tudo o que ele desejava no mundo era ter acesso a um corpo nu de mulher.

Na Irlanda, toda garota que um dia o atormentara parecia acabar sendo sua prima. Sophie era filha de tia Maeve, que morava na Austrália, e fora mandada para a Irlanda como uma espécie de castigo. Não foi explicado a Oisin o que ela estava expurgando, mas ele imaginava. Dezessete anos, seios tão grandes que era quase impossível ver além deles, Sophie parecia espalhar sexo por onde quer que passasse, como a trilha brilhante deixada por uma lesma. Estava constantemente montada em coisas — cercas, encostos de cadeiras, galhos caídos de árvores — e mordia e chupava a boca ruidosamente, como se estivesse impaciente para devorar alguma coisa. Oisin passava os dias torturado por uma constante e dolorosa ereção. Às vezes não conseguia esperar até a noite para aliviar-se e se escondia no velho forte que tio Malachy construíra, masturbando-se freneticamente no chão úmido, mal respirando, quando ouvia passos se aproximando.

Sophie tinha um namorado, Enda, um rapaz do lugar, de pele saudável e branca e cabelos lisos, pretos, que brilhavam ao sol. Uma noite, caminhando pelo cemitério na esperança de encontrar sua amante fantasma, Oisin esbarrou em Sophie e Enda, meio despidos, arquejando à sombra de uma lápide. A mão de Enda se escondia sob a saia de Sophie, o braço esticava-se, obscenamente musculoso ao luar. Ele comprimia as virilhas nas de Sophie, acompanhando o ritmo de seu pulso, fazendo pequenos e penosos ruídos nas dobras do pescoço dela. A calcinha de Sophie, estampada com flores infantis, estava baixada até o meio das pernas, esquecida, deformada, esticada entre seus joelhos. Ela olhou diretamente para Oisin. Não deu sinal de se alarmar nem mesmo de reconhecê-lo, mas manteve os olhos nele, como se aquele fosse o lugar mais lógico para olhar. Parecia divertida e levemente entediada, prestes a dizer alguma coisa a Oisin, quando uma estocada de Enda mudou sua expressão. Seu pescoço se arqueou, os olhos fecharam-se, a boca se abriu, e os dedos finos apertaram a pele pálida das costas do rapaz. De alguma forma, Oisin entendeu que aquilo não era uma exibição para seu benefício, mas que Enda, com seu desesperado cutucar, finalmente encontrara um lugar importante nas profundezas secretas de Sophie. Ele os deixou ali, Enda gemendo, orgulhoso de si mesmo, e Sophie sussurrando compassadamente palavras que pareciam ser de encorajamento ou de instrução. Oisin voltou para sua cama vazia no sótão e passou o resto da noite se acariciando na cadência relembrada dos sussurros de Sophie, imaginando que sabia exatamente quando, onde e até que ponto tocá-la para levá-la às nuvens.

Em agosto, as Tias receberam uma carta apressada e mal escrita da mãe de Sophie. Ela se apaixonara por um turista alemão e estava viajando com ele, portanto mandaria buscar a filha quando se estabelecessem. Anexa havia uma foto de tia Maeve, com sua morena beleza MacDara, e um homem baixo, nada atraente, porém exultante. Aparentemente, paixão semelhante já ocorrera antes, mas Sophie, mesmo silenciosa, não parecia muito preocupada. As Tias ficaram furiosas. Reuniam-se em conferências enfumaçadas, resmungavam em seu idioma secreto, indecifrável de irmãs. Uma tia ocasionalmente perdia a compostura, e Oisin entendia uma frase, preenchendo o resto com suas próprias palavras.

— Começou na escola secundária com aquele Ryan Kennedy.

— Será bom demais se ela souber quem é o pai.

— Ela não é exatamente motivo de orgulho para nós.

Oisin ficou intrigado com a inveja que notava nelas. Via seus olhos se turvarem, introspectivos, insatisfeitos, e imaginava se elas já teriam sido tentadas a fugir com homens pouco apropriados. Talvez toda mulher (apesar de ridicularizar o sexo oposto) tivesse um lugar secreto em sua alma esperando por um homem que a levasse embora. Se isso era verdade, se era possível que um alemão de olhos saltados, desengonçado e calvo, induzisse tia Maeve a uma fuga delinqüente, por que Oisin não podia conseguir que as garotas olhassem para ele com algo mais do que forçada consideração?

Certa tarde, depois de uma hora de masturbação sob a cortina de samambaias pendentes, Oisin cambaleou para fora do forte e encontrou Sophie montada num tronco de árvore, encarando-o com a mesma desfaçatez que demonstrara quando estava com Enda. Ele, de joelhos bambos, tentou passar direto, mas ela barrou-lhe o caminho, estendendo uma longa perna à sua frente.

— Pensa em mim quando faz aquilo? — Sophie perguntou.

Oisin deu um passo para trás, fugindo da tentação.

— Não! — exclamou, percebendo em seu tom o exagerado e apavorado protesto.

Sophie franziu a testa.

— Por que não? — perguntou.

Ele se arrependeu imediatamente de sua resposta. Seria possível que ela quisesse que ele tecesse fantasias a seu respeito? Ele estava frustrado demais para retirar o que dissera e com vergonha de dizer "sim, todas as vezes, só em você", portanto ficou tolamente mudo, por tanto tempo, que ela se entediou e baixou a perna. Enquanto corria pelo caminho, ele ouviu-a rir.

Oisin sentia falta de Nieve. Em outros tempos, ela zombaria dele, depois lhe diria o que fazer, recomendaria produtos para a pele, contaria os segredos das meninas, traduziria os sinais que ele não conseguia decifrar. Ou talvez não. Talvez Nieve, como as outras, quisesse juntar tudo o que fosse exclusivamente feminino num lugar que ele pudesse ver, mas nunca alcançar realmente. Como um beijo que nunca ia mais longe, sempre sugerindo o que o resto do corpo dela poderia fazer.

* * *

Sara devia saber que a vigilância de Malachy pelas Tias seria relaxada mais cedo ou mais tarde, pois quando aconteceu, ela estava pronta. Numa noite de sexta-feira, Sara e a sogra ficaram em casa, resfriadas, e as Tias, livres da obrigação de vigiar o irmão, perderam a conta de seu limite de gim. À meia-noite, quando Sara se juntou à multidão, as Tias estavam embriagadas. Fiona chorava no balcão, entre dois homens que, sem jeito, a consolavam com batidinhas nas costas e a abasteciam de lenços e mais gim. Dervla estava refestelada no colo de um fazendeiro local, fingindo-se interessada em sua conversa sobre um novo trator, deslizando a coxa sobre sua oculta ereção. Emer cantava, hipnotizando metade do *pub* com sua voz angelical.

Oisin viu Sara entrar, aproximar-se de Malachy e sussurrar algo em seu ouvido. Depois, ela saiu novamente, sorrindo. Nieve não estava à vista, atraída para fora por um de seus admiradores. O pai de Oisin fora para os fundos, levando um barril vazio. Oisin viu, paralisado, Malachy sair pela porta como puxado por um cordão invisível. Podia ter corrido em busca do pai, podia ter chamado a atenção de suas tias embriagadas. Mas havia uma parte dele que queria ver sua mãe vencer, apenas o bastante para satisfazer o desejo que emanava dela como um cheiro, o desejo que às vezes a fazia confundi-lo com o homem que o satisfaria. Portanto, quando seu pai voltou com o novo barril e perguntou por Malachy, ele deu de ombros, ocupando-se em lavar os colarinhos de espuma nos copos de cerveja.

A primeira coisa que Oisin notou, quando sua mãe voltou, foi sangue. Sangue manchando sua blusa de lese branca, pingando como cera em suas pernas macias. Então, ele viu Nieve. Malachy estava com eles, segurando o braço de Nieve no ar, seu pulso enrolado num lenço encharcado e preto de sangue.

Num instante, eles foram cercados pelas Tias, instantaneamente sóbrias, e por Declan, acudindo com toalhas limpas. Enquanto Declan e Fiona cuidavam do ferimento de Nieve ao lado da pia, Dervla e Emer empurraram Malachy para o lado como uma criança que está atrapalhando numa emergência. Oisin viu Fiona desembrulhar o pulso de Nieve, viu rapidamente a ferida exposta, quase bonita, um corte que por pouco não atingira uma veia fina, azulada. Ele teve uma sensação de *déjà vu*, mas não conseguiu definir-lhe a origem. Nieve ria.

— Escorreguei, só isso. Raspei meu pulso nas pedras.

Malachy abanava a cabeça, censurando o zumbido reprovador de suas irmãs, repetindo-se na esperança de ser ouvido:

— Eu só estava tentando conversar com ela.

Fiona amarrou com força um pano em volta do pulso de Nieve, segurando-o para cima, enquanto Declan foi telefonar ao médico. O *pub* silenciara, os fregueses já satisfeitos murmuravam seus agradecimentos, outros acabavam apressadamente de tomar sua cerveja. Sara foi para trás do balcão e ficou ao lado de Oisin, os olhos brilhantes, quase negros perto do rubro em seu rosto.

— Ela não escorregou — falou alto.

Ninguém reagiu. Foi como se eles não a tivessem escutado, ainda que sua voz fosse bem clara. Só se agitaram mais. Declan ergueu a voz ao telefone, Fiona embrulhou de novo o ferimento de Nieve, as outras Tias conduziram Malachy para fora, ignorando seus protestos.

— Ela não escorregou — Sara disse novamente.

Oisin, que era agora o único que a escutava, não podia pensar em nada para dizer.

Nieve levou cinco pontos no braço, e depois o médico sussurrou para Declan que o ferimento parecia "deliberadamente reto".

— Não seja tolo — Declan replicou.

As Tias estavam bravas com Sara (se por causa de Malachy ou pelo incidente com Nieve, não ficou claro) e houve insultos murmurados e olhares feios de ambos os lados. Malachy, após uma conversa em voz baixa mas agitada com a mãe, partiu para um festival de música em Donegal.

O médico deu comprimidos a Nieve, para ajudá-la a dormir. Seguro entre as cobertas, finalmente a sós com a irmã, Oisin murmurou por sobre o barulho da chuva no telhado:

— Nieve? Mamãe machucou o seu braço?

Ela virou-se para encará-lo, e seus olhos estavam sedados, a respiração era pesada, drogada. Mas Oisin pôde sentir o movimento nervoso de seus pés. Ela os esfregava um no outro sob as cobertas. Costumava fazer isso quando era pequena, sempre que estava nervosa demais para adormecer.

— Eu os interrompi — ela contou. — Eles estavam prestes a fazer aquilo. Eu impedi.

Sua voz parecia sem emoção, porém Oisin detectou outra voz sob a dela, sorrateira e maldosa.

— Mas, Nieve, o que aconteceu com o seu pulso? — ele insistiu, movendo os pés para imobilizar os dela, porque aquela esfregação o estava pondo louco.

— Ah, isso... — ela começou, soltando o latido que ultimamente substituíra seu riso. — Foi um acidente.

Pôs-se a esfregar os pés de novo, chutando os dele para longe.

— Você devia ter visto a cara de Malachy! — Nieve falou. — Estava irreconhecível! É sexo, Oisin. Faz coisas horríveis com as pessoas.

Ela tremeu e, por um momento, ele se sentiu como quando Rose lhe mostrara a vida de Sara: podia ver através dos olhos de Nieve, e o mundo realmente pareceu horrendo. Tão horrendo quanto as criaturas que o haviam deixado cego uma vez.

— Nunca, nunca vamos fazer aquilo — Nieve decidiu. — Com ninguém! Prometa!

E Oisin, com medo de responder e deixar escapar uma confissão, com medo de que ela o achasse a mais revoltante de todas as pessoas, fingiu ter adormecido.

18

É a primeira vez em meses que Aisling entra no quarto de Gabe. Encontra-o dissecando um cachorro morto.

Engole em seco, e ele ergue os olhos, o rosto semi-oculto por uma máscara azul. A carcaça do bicho está rija, as pernas finas espichadas para cima, e o cheiro de cadáver de um dia, tão familiar, a faz engasgar.

— De quem... é... esse cão? — ela pergunta quando sua garganta se abre novamente.

Os braços de Gabe estão lambuzados até os cotovelos, fazendo com que suas luvas de látex pareçam uma proteção inútil.

— É um coiote — ele responde.

Acima da máscara, seus olhos hesitam entre a alegria por ela procurá-lo e o ressentimento pelas últimas semanas de abandono.

— Encontrei no mato — Gabe explica. — Estou tentando determinar a causa da morte antes que minha mãe volte para casa e faça me livrar dele. — Ajeita os óculos com o ombro. — O que você quer? — pergunta, e o aborrecimento em sua voz revela que ele se sente traído.

— Gabe... isso é... horrendo! — Aisling exclama.

Ele aperta os olhos.

— Já me viu fazer isso antes — diz. — Não achava horrendo até se tornar mulher.

Sente uma pontada de vergonha ao ver o rosto dela tornar-se cinzento de medo.

— Vá embora, se tem tanto horror — sugere.

Apesar de a raiva ter desaparecido de sua voz, ele bate a porta atrás dela.

Por um instante pensa em ir procurá-la, mas lembra-se das vezes em que a viu na loja, agarrada a Danny McGorey. Ela sempre finge nem conhecê-lo.

Então, ele volta ao trabalho.

* * *

— Você vai comer! — Darragh impôs, e seu rosto passou de pálido e desolado a rubro de frustração.

Aisling, impossibilitada de falar, só chorava e abanava a cabeça.

— Só vou lhe dizer mais uma vez — ele avisou, ajoelhando-se ao lado dela, afastando-lhe as mãos da boca e do nariz, que ela tapava, temendo o fedor que lhe causava náuseas. — Eles têm médicos para nos examinar. Se estivermos doentes, não seremos admitidos no navio. Teremos de andar por três dias, e, se não comermos, não conseguiremos chegar, ou então seremos rejeitados quando chegarmos. Feche os olhos, pense em coelhos e mastigue!

Ela olhou para a carcaça sem cabeça, pendurada pelas pernas finas sobre o fogo. Só o cheiro a fazia querer vomitar, não podia nem pensar em comer aquilo!

Darragh planejara matar o cão e assá-lo antes que Aisling soubesse o que era, mas ela o encontrara no campo, ajoelhado numa poça de sangue, preparando-se para esfolar o animal, cujo pescoço de pelagem branca fora cortado tão fundo que a cabeça estava quase decepada. Um cão pastor, na verdade um bem gordo, o que significava que pertencia a um dos donos de terras. Todos os cães de inquilinos haviam morrido de fome muito antes.

Cães sempre gostaram de Darragh. Aquele devia ter se aproximado dele abanando a cauda. Aisling fechou os olhos, tentando não imaginá-lo vivo. O pior de tudo era que, apesar das náuseas, ela continuava com fome, tanta fome que parecia que algo a devorava por dentro.

Darragh estendeu-lhe um pedaço de carne cinzenta e fibrosa, e ela voltou a cobrir a boca, recuando.

— Aisling — ele chamou suavemente. — Por favor.

Quando ele chegou mais perto, ela bateu-lhe na mão, e a carne caiu no chão com um ruído suculento.

Darragh nunca se mostrara zangado com ela. Muitas vezes ela o vira engolir a raiva, afastar a impaciência, respirar fundo antes de falar. Mas naquele momento ele correu atrás dela, agarrou-a e sacudiu seu braço com tanta força que Aisling gritou de dor.

— Quer morrer? — Darragh gritou, e a fúria em sua voz a paralisou.

Arrastou-a para o perto do fogo, arrancou outro naco de carne, queimando os dedos.

— Coma — ordenou.

Ela cerrou os dentes com tanta força que suas têmporas latejaram. Desejou ficar invisível, mas Darragh sempre a pudera ver.

A mão aberta ardeu no rosto de Aisling. Ela fora agredida antes, pelo pai, por suas irmãs e, claro, por sua mãe, que tinha a mão mais forte e poderosa de todas. Mas a mão de Darragh, que sempre fora tão suave, doeu mais. Foi como ser atingida pelo próprio amor, e ardeu mais do que o ódio já ardera.

Darragh olhou-a por um momento, parecendo horrorizado, depois correu para longe da casa. Chorando e engasgando, ela se ajoelhou e comeu, mal mastigando, até que seu estômago não agüentasse mais.

Darragh comeu o resto quando voltou para casa e, silenciosamente, os dois se deitaram para dormir, preparando-se para a viagem.

— Quer ir sem mim? — Aisling sussurrou no escuro.

— Não seja boba — Darragh respondeu.

Abraçou-a com força, como se quisesse acalmá-la, mas era ele quem tremia.

* * *

Aisling fora ver Gabe na vaga esperança de que ele a fizesse sentir-se melhor. Gabe é esquisito, mas real, e ultimamente — mesmo vivendo entre pessoas que podem vê-la — ela tem se sentido tão irreal e invisível como quando era criança ou fantasma. Só que agora ela é invisível para si mesma. Não inteiramente, mas aos pedaços, como se sua imagem estivesse rasgada, com grandes buracos abertos. Ela tenta preencher as lacunas com outras pessoas. Se souber o que eles vêem ao olhá-la, talvez consiga ver a si mesma.

Mas Gabe já não a reconhece. Ela o magoa, tratando-o como criança, enquanto dá toda a sua atenção a Danny e às meninas. Gabe não sabe que Danny está começando a entediá-la, não sabe que ela muda de idéia tão depressa que chega a se perder. Gabe sabe quem é. Aisling, porém, é uma pessoa diferente a cada dez minutos.

Mesmo tendo começado como simples experiência, para praticar para o que imagina fazer com Oisin, ela ainda gosta de beijar Danny. Tudo o que aprecia está envolvido em detalhes físicos. O gosto da boca de Danny, o gosto de sua própria boca na dele, o ardor da barba incipiente que deixa seu queixo esfolado e dando-lhe vontade de beijar mais. Gosta de como pode manipular a boca de Danny com a cuidadosa pressão de dentes, com uma inclinação do pescoço ou com provocações seguidas do mergulho de sua língua. Beijar, diferente de outras explorações em que haviam se engajado, nunca fora esquisito para eles. Danny tem experiência, ela é espontânea. Ela sorri muito. Ele faz caretas e suspira. Conseguem se beijar durante horas; é um processo, uma história que contam um ao outro a noite inteira, à luz de uma fogueira que se extingue, cheia de fagulhas.

Suas conversas não correm tão bem. Desde que se conheceram, flertando no estacionamento do armazém, eles mais olharam para a boca um do outro do que ouviram o que elas diziam. Danny não é muito falante, e a princípio ela gostou disso. Os olhos e a postura dele lhe diziam mais do que palavras. Ele parecia ter, naquele rosto felino, preguiçoso, um medo alarmante e uma tristeza profundamente arraigada que coloria sua visão do mundo. Danny a lembrava Oisin, a parte de Oisin que primeiro a havia feito lembrar-se de si mesma. Como se ele esperasse, sombrio e um tanto desconfiado, pela volta de alguém.

Danny perdera o irmão. Jake tinha cinco anos quando se matou acidentalmente com um tiro do revólver de seu pai. Danny, que na época tinha doze anos, tirara o revólver de sua caixa trancada para mostrar aos amigos, esquecendo-se de guardá-lo de novo. Um ano depois, sua mãe os deixara, e ele agora morava com o pai desleixado e bêbado. Aisling sabe de tudo isso, não porque Danny tenha lhe contado, mas por causa do menininho, de olhos enormes e escuros e o mesmo rosto fino de Danny, que às vezes os olha beijando-se na areia. Quando Danny fica tão embriagado que adormece, Aisling troca o rosto desfigurado e ensangüentado dos sonhos dele pelo risonho fantasma de seu irmão, enchendo o silêncio com o riso contagiante que nunca deixara de fazer toda a família sorrir.

Às vezes, depois de beijar Danny por tanto tempo que seus olhos se tornavam preguiçosos, quando o perfume dos pinheiros, do oceano e de madeira de carvalho queimada passava a fazer parte do gosto em suas bocas, ela queria imobilizar o momento: imprimir a curva do maxilar de Danny, brilhando alaranjado à luz do fogo, gravar o olhar de espanto que de vez em quando aparece em seu rosto. Entretanto, ela sempre lembra, com um misto de culpa e ressentimento, que Danny é apenas um garoto, um menino que ela está usando como substituto para o homem que realmente deseja, um rapaz que ela está deixando para trás enquanto cresce mais do que ele.

Ela gostaria de parar de crescer, de saborear uma idade por mais tempo do que apenas algumas semanas, ficar parada tempo suficiente para dar um passo atrás e ver quem ela é, captar a mais verdadeira entre as múltiplas meninas em que se tornou.

* * *

Os pés descalços de Aisling ficaram com bolhas no primeiro dia, e, quando eles pararam de andar, à noite, as bolhas tinham estourado e começado a sangrar. Darragh lavou-lhe os pés, grossos de terra e sangue seco, num riacho à beira da estrada, depois rasgou uma manga de sua camisa e a usou como bandagem.

— Você precisa de sapatos — murmurou, amarrando as tiras de pano em volta dos pés dela. — Talvez encontremos um par no caminho.

Pela manhã, ela lhe disse que estava melhor e tentou não se encolher a cada passo. Preferia estraçalhar os pés a usar sapatos roubados de um dos corpos enrijecidos que forravam a estrada.

Com o mar à sua direita e uma dúzia de montanhas roxas e marrons distanciando-se à sua esquerda, eles continuaram, passando por vilas que haviam morrido ou sido abandonadas, pulando sobre os rostos inchados e enegrecidos de cadáveres dos que não tinham conseguido completar a viagem. Uma manhã nevou, apenas o suficiente para aliviar os pés ardentes de Aisling. Em cada cruzamento, eles encontravam outros viajantes a caminho de Galway.

Certa vez, Aisling andou uma hora numa carroça puxada por um burro, cheia de emaciadas mulheres velhas. Logo preferiu caminhar novamente, pois o cheiro de morte na palha e nos cobertores a estava deixando enjoada.

Darragh caminhava com os homens. Os que não estavam ardendo em febre mantinham-se otimistas. Seus senhorios tinham lhes comprados passagens e prometido terras cultiváveis no Canadá. Eles falavam do Novo Mundo como se fosse um lugar sem doenças, sem pobreza nem fome. Aisling queria acreditar neles, mas via ceticismo na expressão de Darragh.

— Há mesmo terra gratuita no Canadá? — ela perguntou naquela noite, enquanto ele lhe embrulhava os pés com a outra manga de sua camisa.

— Não — Darragh respondeu, áspero, mas forçou um sorriso ao ver-lhe o rosto. — Mas há comida.

Chegaram a Galway no quarto dia. Aisling nunca estivera numa cidade grande, nunca vira tantas construções, cavalos e gente num mesmo lugar. Camponeses andavam por lá em farrapos, implorando comida ou dinheiro para uma passagem de barco. Mas havia pessoas ricas também, homens atraentes em roupas complicadas e bem passadas, bigodes perfeitamente aparados, vendo as horas em relógios presos na ponta de brilhantes correntes e falando inglês. Havia mulheres de sombrinhas e vestidos enormes que pareciam ter sido feitos de imensos campos de escuras flores silvestres. E havia carroças puxadas por cavalos saudáveis, carroças cheias, abarrotadas de barris de trigo, caixotes de verduras e de galinhas abatidas, e porcos vivos, berrando, amarrados nos sarrafos laterais.

— Darragh — Aisling chamou, enquanto ele tentava abrir caminho entre pessoas e carroças. — Há comida aqui.

Ele apertou a mão dela com mais força.

— É para exportação — falou, olhando faminto para uma carroça que passava. — Não é para nós.

Então, Aisling viu homens cavalgando ao lado das carroças cheias de barris, carregando armas nos ombros e vigiando a multidão.

— Não compreendo — ela queixou-se.

Darragh pôs a mão em seus cabelos.

— Nem espero que você compreenda — disse, continuando a caminhar pelas ruas, dirigindo-se, com a multidão, para o mar.

*　*　*

É o fim de semana do Dia do Trabalho, e as sobrinhas de Deirdre arrumam as malas para voltar para casa.

Quando chegaram, Aisling era ligeiramente mais baixa do que Jemma. Agora, é dois centímetros mais alta do que Colette. Todas invejam o que julgam ser uma espichada normal de crescimento. Aisling as vê arrumar as malas e aceita seus presentes solenemente, como se elas fossem morrer, não voltar para a escola em Boston. Colette a presenteia com o suéter da sorte — o azul de chenile, que foi tirado de cada uma delas por vários rapazes, ao redor de fogueiras, durante o verão. Mags lhe dá sua presilha favorita, uma aranha vermelha que agarra seu cabelo com finas pernas de strass. Jemma se separa, com óbvia hesitação, do batom pelo qual as quatro brigaram o tempo todo, um bastão de madeira apontado até o último toco, de uma cor que saíra de linha. Fica melhor em Jemma do que nas outras, devido a seus lábios carnudos e escuros, mas Aisling o aceita mesmo assim. Ela se sente confortada pela idéia de ficar com coisas que foram tocadas pelas meninas, como se as qualidades que admira nelas fossem deixadas em tecido, plástico e madeira, para que ela as junte.

No início ela quisera ser Colette, de seios pequenos, delgada e segura de si, sorriso preguiçoso e confiante que dizia que era a mais velha, que ultrapassara os estágios que as irmãs agora atravessavam. Aisling tentara endireitar a coluna, mantendo uma expressão de tédio, fingindo achar-se equilibrada. Mas continuara a andar com os ombros curvados, rindo com Jemma, corando sob os olhares de rapazes que Colette achava imaturos.

Passou, então, a gostar mais de Mags — de seu jeito travesso, sua pele brilhante e sardenta que ela nunca empoava, propensa a dizer coisas tão chocantes que os outros adolescentes a admiravam ou temiam. Tinha uma voz forte, *sexy*, que abafava todas as demais. Ria com um cacarejo desafiador.

Aisling logo falhou na imitação de Mags. Seu próprio andar fluido — ela caminhava como se flutuasse, ainda que não soubesse — não podia transformar-se num trote. Pulava e tropeçava sempre que tentava um andar com aquele jeito de moleque. Era ainda muito tímida para dizer algo chocante. O velho instinto que a levava a ouvir pelos cantos a deixava calada durante uma conversa. Quando sua mente chegava a formular um comentário à maneira de Mags, era tarde demais para pronunciá-lo. Muitas vezes lhe perguntavam por que estava de boca aberta.

Jemma, Aisling pensava, era impossível de imitar, porque seus maneirismos eram inconscientes. Ela era *sexy* sem o saber, apreciava tanto estar em sua própria pele que fazia outros desejarem se juntar a ela. A atenção que despertava nos rapazes era para ela uma surpresa agradável, mas não muito importante. Jemma era extremamente sensível. Parecia inalar a dor do mundo cada vez que respirava, e ainda não conseguira entender que nem todos sentiam essa dor tão intensamente. Quando Aisling tentou preocupar-se com o mundo, ele pareceu-lhe grande e estranho demais para lhe despertar empatia. Preocupava-se consigo mesma, com Oisin, e ocasionalmente com vizinhos de luto por entes queridos que ela pode devolver-lhes com um toque. As meninas Molloy nunca chamaram os mortos, pois não conheceram bem o pai de Gabe e ainda não tinham perdido nenhum ente querido. Exceto pelos fantasmas, Aisling não conseguia chorar por ninguém que não pudesse tocar. Jemma podia chorar por qualquer um.

Olhando-as arrumar as malas — Colette dobrando as roupas em quadrados geometricamente perfeitos, Mags sentada na mala cheia demais para fechar, e Jemma, sempre tão distraída que mal começara —, ela percebe, não pela primeira vez, que não pode fazer-lhes a pergunta que a atormenta: *Vocês nunca se perguntam quem são?*

Ela creditara originalmente que suas incertezas fossem parte da juventude, mas agora acha que uma confusão como a sua — fundamentada na alma — não existe nessas garotas. Elas mudam de modos, apaixonam-se e desapaixonam-se por rapazes e por idéias, mas sabem quem são. Têm seus papéis, suas definições, vidas inteiras nas quais basear sua personalidade. Colette é a mais velha e sua missão é a ordem. Mags precisa agitar as coisas. Jemma é guiada pelos sentidos. Como Gabe ou Darragh, elas muitas vezes se perguntam o que devem fazer, mas raramente questionam quem são. Aisling acha que há duas espécies diferentes de pessoas no mundo: as que se conhecem e as que vagueiam numa floresta de definições e sonhos marginalizados. Isso não termina com a infância. Oisin, ela percebe, apesar de quase grisalho, ainda é assombrado por quem ele foi outrora, quem queria ser, quem se tornou.

Mas Oisin não fala com ela sobre isso. Não a toca e, não importa o que diga, ela sabe que é uma rejeição. Não sabe que ela nunca será real, a menos que ele a deseje?

As meninas Molloy sabem de seu desejo por Oisin. Acham que ela é filha de um amigo dele e são suficientemente românticas para ignorar a ética. Então, lhe dão conselhos sobre como parecer *sexy*, apesar de cada uma ter uma teoria diferente. Colette acha que ela deve provocar e fazer-se de difícil. Jemma vota a favor de uma confissão à luz de velas. Foi Mags quem lhe deu a idéia de usar Danny para deixar Oisin com ciúme, e, enquanto isso, praticar o básico. Ela tentou tudo, nada funcionou. Suspeita de que Deirdre teria sido melhor conselheira, mas não a procura, com medo de ser repreendida, em vez de encorajada.

Cansadas da arrumação, as meninas se juntam na cama de Colette para discutir o que fazer em sua última noite juntas. Não há nada a fazer, além de ir à loja e reunir-se junto a uma fogueira, mas elas sempre conversam a respeito, como se houvesse várias opções. Aisling se rói de inveja delas, silenciosamente. As férias terminaram, elas estão voltando para uma vida que tem um passado e um futuro, repleta de referências reconhecíveis. O passado de Aisling é outro mundo, seu presente, um fluxo intangível, e talvez ela não tenha futuro. Logo terá de partir. Está sendo lentamente chamada pelos mortos, e é por isso, ela acredita, que está se tornando mais fácil vê-los. Eles a interrompem com freqüência agora, pedindo-lhe para levá-los até aqueles que deixaram para trás.

Ela odeia essa garotas sobretudo porque elas continuarão a viver, e ainda que esses meses tenham sido uma dádiva, ainda que ela tenha tido a oportunidade de provar a vida que perdeu há tanto tempo, não foi o bastante. Nunca será o bastante.

* * *

O médico, um homem desagradável de cabelos grisalhos, pôs a mão na testa de Aisling, enfiou os dedos sob seu queixo, abriu-lhe a boca e olhou lá dentro. Resmungou, depois fez o mesmo exame em Darragh. Parada a distância, Aisling notou a aparência horrível do irmão. Seu rosto estava esquelético e amarelo, os olhos haviam-se tornado imensos e tristes, afundados em covas sob os malares salientes. Ela imaginou se também parecia tão perto da morte.

Em seguida o médico encaminhou-os para um marinheiro sentado a uma mesa onde havia uma pena, papéis e uma sacola de dinheiro. Darragh deu-lhe moedas que tirou de uma pequena bolsa amarrada à cintura, sob a camisa esfarrapada. Aisling abriu a boca para perguntar onde ele arranjara o dinheiro, mas pensou no cachorro e tornou a fechá-la. Não queria saber o que Darragh tivera de fazer para levá-los até ali.

O homem contou as moedas, jogou-as em sua sacola, e então, em inglês, perguntou a Darragh quais eram os nomes dos dois. Aisling o viu escrevê-los numa lista dividida em colunas:

Quinn, Darragh, idade: 19, agricultor/trabalhador
Quinn, Aisling, idade: 7, órfã

— Suas rações são três litros de água e meio quilo de comida por dia — o homem disse a Darragh, sem erguer os olhos do papel. — A menina recebe um terço disso. A água é para beber, cozinhar e lavar, portanto poupem.

— Muito obrigado — Darragh agradeceu por entre os dentes e arrastou Aisling.

Subiram a bordo por uma ponte frágil, Aisling espiando, por entre as pranchas, a água abaixo, coberta de detritos. Estava quase alegre, ainda que tão faminta que até sorrir a deixava cansada.

— *Tír na nÓg* — ela sussurrou para Darragh, apontando para o nome na proa do navio. — A Terra da Eterna Juventude.

Darragh contara-lhe a história: um cavalo branco nas ondas, uma moça com cabelos de ouro, um guerreiro bonito deixando o mundo da morte para trás.

— Não se deixe enganar — ele avisou friamente. — Mudaram o nome. Muito provavelmente, este era um navio de escravos. Teremos sorte se sobrevivermos à travessia.

Aisling ficou no convés, olhando a baía e o oceano aberto além dela. O sol brilhava, o ar do mar batia frio em seu rosto, e ela soube que estavam salvos. Tentou se lembrar de quando Darragh perdera seu otimismo, tornando-se o velho sombrio e mórbido que estava a seu lado. Alguns dias no mar o trariam de volta, Aisling pensou. Até lá, ela teria de ser a esperançosa.

* * *

Na última noite das meninas, Aisling veste o suéter que todas tinham usado para se divertir com rapazes. Chegam à fogueira tarde, quando os jovens ali reunidos já estão cheios de cerveja, lânguidos, mas fingindo animação. Danny não se aproxima de imediato. Vai levar uns vinte minutos antes que ele, com fingida despretensão, se junte ao grupo formado por elas. Aisling costumava achar aquilo interessante e ligeiramente ousado. Agora, considera tudo tolo e infantil. Todos sabem que eles formam um par, então, qual é a razão de se ignorarem, se dentro de uma hora estarão deitados juntos na caminhonete de alguém?

Ela realmente gostaria de passar a noite com as garotas e ser absorvida para dentro daquela célula de perfumes, pernas bronzeadas e risadas, longe dos olhos ciumentos de rapazes que as olham e aguardam, esperançosos. Mas Colette e Jemma afastam-se com seus próprios pares, e Mags aproxima-se de um novo rapaz com quem ela anda flertando desde a semana anterior, ignorando o olhar traído de Jimmy Noonan, que tecera grandes planos para sua última noite juntos. Aisling deixa-se conduzir para as sombras pela mão fina e suada de Danny.

Uma hora depois, quando ele pergunta se pode tirar seu suéter, ela consente, não porque quer, mas porque está cansada de protestar. Até então, só permitiu que ele lhe erguesse a blusa até o queixo e a apalpasse sob o sutiã, que ele parece não saber desabotoar. Mas alguém deve ter lhe dado aulas recentemente, pois dessa vez ele consegue despi-la até a cintura. E ainda que o ar em suas costas nuas seja frio e o peito magro mas macio de Danny de encontro aos seus seios seja agradável de certo modo — como se ela se libertasse do chão e pudesse voar —, Aisling não consegue deixar de aborrecer-se. A respiração de Danny é apavorada e forte, e suas mãos se movem depressa demais. Ela sente um desesperado desejo de empurrá-lo e mandá-lo acalmar-se. Não pode perder-se naquilo. Nem tem certeza de que gosta desse rapaz. E o fato de ele não saber disso, de ignorar sua ambivalência, absorto em seu desejo, a faz desprezá-lo. Dentro de um minuto, ela vai parar, vestir o sutiã e o suéter de novo, e deixar que ele apenas segure sua mão na volta para casa.

Mas, por enquanto, fecha os olhos e tenta imaginar que as mãos trêmulas de Danny são as mãos calejadas e quentes de Oisin — mãos que já enfaixaram seus pezinhos que sangravam. Assim como ela conhece todas as linhas das mãos de Oisin, ele sabe exatamente como ela precisa ser tocada. Porque ele é o único que se lembra de como ela era quando criança.

19

Em agosto, as Tias decidiram que Sophie devia ir para Boston com a família de Declan. Passara-se um mês sem uma palavra de sua mãe, e elas se preocupavam com a garota, que parecia poder se tornar uma daquelas mulheres desvairadas de cidade pequena — embriagadamente promíscuas e sem ambição. As Tias eram a favor de romance, desde que não interferisse com a auto-suficiência. A América seria uma sacudidela firme — despertaria Sophie, mostrando-lhe que havia outras opções no mundo.

Assim, depois que seu pai voltou para o mar, as noites de Oisin já não eram preenchidas por fantasmas. Eles ainda estavam lá, escondendo-se como sombras nos cantos da casa, mas Oisin não tinha tempo para eles. Suas horas escuras eram governadas por mulheres.

Sophie começou a ir a seu quarto. O sofá-cama era cheio de calombos, ela sentia frio, não estava acostumada a dormir sozinha... Será que podia ajeitar-se ao lado dele por alguns instantes? Ela se curvava, colada às costas dele, os seios tocando-lhe os ombros, enquanto Oisin ficava acordado, desejando que sua ereção sumisse, tentando tanto não tremer que pela manhã estava exausto, com os músculos repuxando, doloridos. Sophie murmurava e estremecia encostada nele. Se fosse bem cuidadoso, poderia virar-se e ficar de frente para ela que, não intencionalmente, esfregava-se nele até levá-lo a um alívio silencioso, seguido por horas de culpa. Ele recomeçou a lavar sua calça de pijama de madrugada.

Nieve quase nunca saía do quarto, mas ele sabia que ela não estava dormindo. Em suas idas ao banheiro, Oisin via o brilho da vela pela fresta sob a porta e ouvia a irmã murmurando. Às vezes a voz dela se elevava. "Estou bem!", ela dizia e depois se calava, como se lembrando do adiantado da hora. Oisin presumia que ela estava ao telefone com um de seus amigos, não mais pessoas bonitas, mas desajustados que fumavam e bebiam nos cantos escondidos da escola. Uma noite, ele ergueu delicadamente o telefone da extensão no corredor, mas só ouviu o ruído de linha. Correu de volta ao seu quarto, envergonhado e ligeiramente amedrontado. Com quem ela estava falando?

Na cama, com Sophie respirando em sua nuca arrepiada, Oisin ouvia a irmã mexendo em coisas na cozinha. Ruído de gavetas deslizando nos trilhos, o zumbido morno da torradeira, o baque suave da porta da geladeira se fechando. Ele sabia que era Nieve porque a mãe quase não comia mais, bebia tão continuamente que não podia preocupar-se com sólidos. Mas Sara ainda fazia compras uma vez por semana, embora ela e Nieve houvessem parado de cozinhar. Só adquiria alimentos que dispensavam preparo: cereais matinais, sorvete, espaguete em lata, frios, salsichas. Oisin e Sophie comiam em surtos, de pé ao lado da pia da cozinha, enrolando fatias de mortadela e engolindo latas de Coca-Cola. Nieve comia à noite, quando ninguém estava olhando. Sempre um só tipo de comida, em grandes quantidades. Pela manhã, uma caixa inteira de cereal tinha sumido, ou todo o sorvete, ou um bloco de queijo. Se lhe ofereciam comida, ela recusava com um olhar ofendido, fingindo que comer não lhe interessava.

Sara bebia a noite toda e estava sempre desacordada no momento em que eles saíam para a escola. À tarde, quando o ônibus os trazia de volta para casa, ela estava embriagada novamente. Oisin a ignorava. Os anos em que suportara suas mãos suadas, exploratórias, seu desespero por amor, haviam terminado. Ele tinha uma nova vida, agora. Sophie, no último ano da escola secundária, criara uma nova reputação para Oisin. A atenção que ela lhe dava nos corredores fez com que as garotas passassem a olhá-lo com cauteloso interesse. Não raro, ele era o único rapaz a uma mesa de piquenique cheia de meninas mascando chicletes, escovando os cabelos, que o tocavam, provocavam e lhe davam conselhos grátis sobre como beijar e como saber se uma moça queria fazer sexo. Ele era um bichinho de estimação, uma mascote, e mesmo suspeitando de que deveria sentir-se humilhado, adorava aquilo. Pela primeira vez em sua vida, as mulheres prestavam-lhe atenção.

E quando Sophie começou a tocá-lo, quando suas noites transformaram-se num jogo de convite e avanço, protesto e retirada, quando cada sessão no quarto escuro revelava um pedaço novo, macio ou úmido do corpo dela, as preocupações remanescentes de Oisin com sua mãe e sua irmã desapareceram como fantasmas fugitivos.

Foi com Sophie que Oisin aprendeu os passos que levam ao sexo. Mais velho, quando as mulheres com quem saía já não se davam ao trabalho de deixá-lo esperando, ele se esquecia de que anteriormente sexo exigira uma dança elaborada, com estágios que eram pré-requisitos. Que beijar já fora uma paródia do que ele não podia fazer, bocas ficando mais abertas, mais molhadas, sua língua mergulhando da forma que ele desejava fazer com seu pênis. Como adulto, todos os momentos fundiam-se em sexo; quando menino, cada segundo sugeria sexo.

Sophie era virgem. Oisin ficou surpreso e desapontado. Imaginara uma penetração imediata, mas o que encontrou foi um caminho obstruído, com limites mutantes. Por uma semana, ele e Sophie deitaram-se sem as blusas, até que beijos e carícias terminassem em frustração, as frentes suadas de suas calças de pijama se encontrando em breves momentos de abafado êxtase. Então, chegou a noite em que Sophie permitiu que ele insinuasse a mão por baixo do cós de sua calcinha, e ele sondou o terreno por uma eternidade, a paisagem tornando-se mais escorregadia, seu pulso ficando dormente com o aperto do elástico da calça que ela não o deixava remover. No começo, escondeu suas reações na boca de Oisin, beijando-o sem parar. Mais tarde, deixou-o ver sua expressão, quando lhe conduziu os dedos para dentro e para fora dela. Oisin aprendeu as regras depressa. Era seu o trabalho de aventurar-se a ir mais adiante, e dela, o de deixar acontecer ou fazê-lo parar. Ele não gostou desse arranjo, mas prosseguiu. Não sabia o que estava fazendo e deixava isso óbvio quando se movia depressa demais ou com muita força ou no caminho errado, e ela o empurrava com pequenos ruídos de desconforto ou protesto. A cada tentativa havia algo novo — menos roupa, corpos mais próximos, bocas se movendo para beijar novos territórios. A cada noite, os estágios eram repassados, até o momento em que Sophie decidia se deviam passar a uma próxima etapa. A sessão inevitavelmente terminava com Sophie afastando-se, e ambos se deixavam ficar na cama, esparramados e suados, conscientes da respiração um do outro, sem se tocar, até que o turbilhão de sensações se acalmasse. Depois de um cochilo, começavam outra vez, desde o início.

Uma manhã, depois de uma noite insone, quando Sophie o deixara gozar em sua boca pela primeira vez, Oisin, agradecido, foi à cozinha buscar um copo de água para ela e encontrou Nieve. Ela tirava picles de um vidro, usando um garfo estreito. Por um instante, ele esqueceu o recente distanciamento entre eles e sorriu para a irmã, sua expressão revelando tudo, como se fosse de novo um garotinho, quando nada era real até que ele compartilhasse com ela.

Nieve encarou-o até que seu rubor de felicidade se transformasse em tom escarlate de humilhação.

— Você me dá nojo — ela murmurou.

Oisin primeiro ficou magoado, depois furioso, e finalmente sentiu uma coisa maior que isso.

Durante toda sua vida, vira os pais trocar golpes baixos, suas primas e tias alfinetarem-se, escolhendo as palavras que sabiam que magoariam mais. Entes queridos pareciam muito hábeis em acertar na mosca, no ponto mais vulnerável. Ele e Nieve tinham sido uma exceção. Agora, Oisin, normalmente mudo quando preocupado, sentiu por sua irmã um ódio súbito, assustador, quase erótico.

— Não sou eu o nojento — sibilou, afastando-se.

O vidro de picles despedaçou-se no batente da porta de seu quarto, e ele ouviu um gemido alto e fantasmagórico, mas àquela altura, nauseado com o que havia feito, já fechara a porta.

O pai de Oisin ficou em casa por uma semana, em novembro, e tudo brilhou com vida nova. Sara ficou suficientemente sóbria para preparar um jantar de verdade e tratou Declan como um antigo namorado, não como o marido que desprezara durante anos. Até Nieve parecia melhor. Saía mais do quarto, seus cabelos estavam limpos, e ela abandonou a camiseta exageradamente grande de Oisin que havia se tornado seu uniforme, com mangas corroídas, em farrapos, e um cheiro doce e incerto que sempre fizera Oisin pensar em terra remexida. Ela até sorriu, um tanto forçadamente, quando viu o pai. Declan não conseguiu esconder sua alegria. Oisin não teve coragem de dizer-lhe que aquela não era sua família normal, que sua mãe e irmã tinham passado por uma limpeza temporária, como pacientes de hospício que vão receber visitas pela primeira vez em anos.

Na noite de sábado, Declan levou Sara a uma festa. Ela vestiu-se de seda. Seus cabelos haviam sido tingidos recentemente, e a maquilagem quase disfarçava o envelhecimento precoce devido ao gim. Oisin a viu olhar-se no espelho do corredor e, por um instante, sentiu-se com cinco anos de novo. Ele e Nieve estavam de pijama, esperando pela babá, observando a mãe passar batom no sorriso. Viu-se de volta a um tempo quando achavam normal que seus pais, que não pareciam se amar, pudessem estar casados. Quando Oisin e Nieve se imaginavam especiais porque eram gêmeos, as duas únicas pessoas no mundo verdadeiramente leais uma à outra.

Oisin se virou e quase tropeçou em Nieve.

— Vendo fantasmas? — ela sussurrou.

Antes de ela se afastar, Oisin viu, sob os cabelos limpos e as roupas novas, que algo continuava errado. Ele voltou a pensar na família de sua mãe — a longa fila de angústia destrutiva que Rose lhe mostrara. Apesar de que Nieve, claro, era mais forte que sua mãe. Ainda assim, talvez ele devesse contar ao pai, no dia seguinte, depois que a ressaca passasse, que Nieve não parecia estar normal. Mas se ele próprio não podia ajudar, o que Declan poderia fazer?

Oisin voltou a seu quarto para esperar ouvir o som dos sapatos de seus pais dentro da noite, e Nieve fechar-se em seu quarto. Naquele instante, Oisin queria que todos desaparecessem, porque aquela era a noite pela qual ele esperava. Sophie estava tomando pílulas anticoncepcionais e eles iriam finalmente parar de refrear-se e fazer sexo de verdade.

— Diga que me ama — Sophie sussurrou.

Os dois tinham despido suas últimas peças de roupa, as fronteiras voláteis haviam desaparecido, ele não seria obrigado a parar, e ela o estava convidando a entrar. Só havia algumas palavras interpondo-se entre ele e o apertado êxtase que conhecera antes num cemitério. As palavras eram fáceis, ele as disse, de novo e de novo.

— Eu amo você — murmurou junto aos lábios dela, depois beijando levemente todo seu rosto e pescoço. — Amo, amo, amo — repetiu suavemente, grosseiramente, lindamente.

Soava tão convincente que estremeceu junto com ela.

E lá estava ele, enfrentando uma barreira que era sua missão romper. Iria doer, poderia haver sangue — ele lera tudo num livro que Sophie tomara emprestado de uma amiga. Ela parecia aterrorizada — toda sua devassidão desaparecera — e agarrava-se firmemente aos lençóis, como se esperasse um bisturi, e não o pênis de Oisin. Ele fechou os olhos e preparou-se para mergulhar. Então, o ar do quarto mudou, e ele soube que não estavam sozinhos. Havia um fantasma ali, espiando-os.

— O que houve? — Sophie murmurou, quando Oisin saiu de cima dela e se sentou, tenso, na beirada da cama.

— Quieta! — Oisin calou-a pondo a mão em sua coxa num gesto distraído de desculpa.

Alguém chorava.

— O que é agora? — Oisin grunhiu para o ar.

Sophie, que sabia do dom que ele tinha, mas que nunca o vira olhar para algo invisível, puxou o lençol até o pescoço e encostou-se na parede.

— Cristo! — ele continuou falando com o vazio. — Vocês têm toda a eternidade, não podiam esperar mais quinze minutos?

O ar no quarto brilhava, vibrando com um atributo que, em comparação, faz tudo na vida, até sexo, parecer morto. A voz era tão baixa e triste que provocou calafrios nas costas de Oisin. Coisa assim nunca acontecera antes. Esse fantasma não chorava por si próprio. Chorava por ele.

— Está bem, Oisin — Sophie falou. — Agora fiquei com medo. Faça-o ir embora.

— Só preciso averiguar uma coisa — ele balbuciou.

Vestiu o jeans e, ao abrir a porta do quarto, disse a Sophie para ficar ali.

A cozinha estava escura, exceto pelos raios de luz na neve, cruzados pela sombra da grade da janela. Ele não percebera que nevava, mas uma olhada pela janela mostrou-lhe os arbustos já pesados com seis centímetros de neve. Seus pais ainda não haviam voltado para casa, a porta do quarto deles se encontrava aberta, a cama ainda cheia das roupas rejeitadas por Sara. O choro estava mais fraco agora, diminuindo, o quê, estranhamente, o fez entrar em pânico. Não havia luz de vela sob a porta de Nieve, mas uma luz amarela caía no corredor, vinda das frestas na moldura da porta do banheiro.

Nunca perturbe uma mulher que está no banheiro, sua mãe sempre dissera. Ele se lembrou das vezes em que ficara ali no corredor, segurando as virilhas, pulando num pé só, esforçando-se para suportar a pressão, esperando Nieve abrir a porta. Aproximou-se e bateu de leve no painel descascado.

— Ni, vai demorar? — perguntou com voz trêmula.

Depois de um intervalo decente, bateu mais forte e tentou a maçaneta. A porta não estava trancada. Ele entrou devagar, desviando o olhar por pudor. Pensou ouvir uma respiração profunda, que só bem depois imaginou de quem podia ter vindo.

Havia tanto sangue que no princípio ele não viu mais nada. Então, notou uma cabeça pousada numa almofada atoalhada na banheira, um braço estendido sobre a borda, com um corte longo e perfeito, o sangue pingando numa poça. Um corpo na banheira, o braço sem vida, paralisado num último gesto. Ele fechou os olhos por um instante. Mas pensou — e esse pensamento se repetiria durante toda a sua vida — que ele ainda estava vivo e precisava tornar a abri-los!

Ajoelhando-se na poça escarlate, olhou para a irmã que ainda trajava o pijama de flanela branca, agora róseo e flutuando afastado de seu corpo, o tecido borbulhando em direção à superfície. Antes de sair de casa e, com as rubras pernas do jeans coladas às canelas, correr para onde seus pais dançavam bêbados com os vizinhos, antes de começar a gritar feito uma *banshee*, tão alto que seu pai teve de estapeá-lo, antes de ser sedado por insistir que Nieve não estava morta, porque ele não vira seu fantasma, antes de fazer sexo com Sophie, apesar de não ter sentido nada e de ela ter gritado o tempo todo, antes de tudo isso, os pensamentos de Oisin foram calmos e muito simples.

Lembrou-se de quando era um garotinho, tão pequeno que sua irmã era a única pessoa que ele podia ver sem inclinar a cabeça toda para trás. Estavam no parque, na caixa de areia, e Nieve sangrava. Arranhara o braço num caco de vidro enterrado e, por um instante, antes de irem contar à mãe, ficaram os dois lá sentados, olhando-a sangrar. Não sentiam medo. Era algo quase belo, as lentas gotas formando granulosas bolas de cor grená na areia. Nieve olhou para Oisin, e ele soube o que ela estava pensando, antes de ouvi-la dizer:

— Por que você também não está sangrando?

QUARTA PARTE

Outono

Na Estrada Raglan, num dia de outono,
eu a vi pela primeira vez e soube

Que seus cabelos escuros teceriam um laço
que um dia eu poderia lastimar;

Eu vi o perigo, ainda assim andei pelo caminho encantado,

E disse: deixe a dor ser uma folha caída na aurora do dia.

PATRICK KAVANAGH
Estrada Raglan

20

Não vai funcionar, ela pensa, mas afasta as cobertas para o lado mesmo assim. Oisin dorme, de costas para ela, os joelhos dobrados como os de uma criança curvada num pesadelo. O colchão range quando ela se deita, mas ele não se mexe. Ela se aconchega a ele, lenta, cuidadosamente, dobrando os joelhos no ângulo atrás dos dele, a barriga pressionando-lhe as costas, o nariz no ponto em que os cabelos dele caem sobre o pescoço. Ela inspira, e na camiseta de Oisin há o cheiro que ela adora: de fogo, cera, tinta, e o odor frio, doce, de folhas mortas. Sua mão desliza pelo quadril dele, para acariciar-lhe a barriga. Ele é tão quente, tão sólido, tão real, e ela gostaria de apertá-lo até que a pele se abrisse para engoli-la inteira.

Não fora assim que ela imaginara — ludibriá-lo para que a tocasse. Mas não tem muito tempo, e isso é tudo o que deseja.

O contato de seu braço o faz mexer-se. Ele resmunga, suspira, arqueia os quadris de modo que suas nádegas apertam com força a barriga de Aisling. Ela desliza a mão para baixo. Por um instante, ele a ajuda, conduzindo-lhe a mão até o lugar mais quente, onde ele a quer, a parte que lateja contra a palma uma única vez, antes de ele afastar-se.

Então, Oisin agarra-lhe a mão com outro tipo de urgência, e ela sabe que ele já está completamente desperto.

Ele a solta, joga as cobertas longe e pula para fora da cama, tudo num espaço de tempo meramente suficiente para ela tomar fôlego.

— Aisling! — ele grita. — Que droga...

Ela pensou que ele estivesse zangado, mas nota que mais parece assustado. Puxa as cobertas sobre a cabeça e fecha os olhos com força. Péssima idéia, péssima idéia, entoa para si mesma, e a cada sílaba bate a cabeça no travesseiro.

— Volte para a sua cama, Aisling! — Oisin ordena, recuperando o tom de repreensão.

— Não posso — ela diz, espiando de sob o lençol.

Ele está de pé, de cueca, curvado para a frente, com a mão entre as pernas, como se precisasse desesperadamente urinar.

— Não estou vestindo nada — ela completa.

— Oh, Deus! — Oisin exclama e sai correndo, seus pés descalços batendo no assoalho, e liga o ventilador de teto do banheiro antes de se fechar lá dentro.

Aisling ouve o gemido do encanamento e os primeiros jatos da ducha. Ele se limpa do contato dela. Ela sai da cama e vai para seu canto do quarto, vestindo a primeira coisa que agarra: uma camisola comprida de flanela que Oisin lhe deu, com enfeites infantis no decote e nos punhos. Odeia essa camisola que se enrola em seu corpo, transformando-se numa camisa de força quando ela dorme.

Oisin fica embaixo do chuveiro por muito tempo. Quando sai, ela finge dormir e ouve quando ele pára no meio do quarto. Sabe que ele a está olhando dormir, como faz todas as noites, desde que ela chegou. Nos últimos tempos, tem esperado que ele a olhe com desejo, mas agora sabe que isso é estupidez. Ele a olha com cuidado, com apreensão e algum ressentimento, mas ainda está olhando uma menininha. Ele não a deseja mais agora do que a desejou no princípio.

Ela sai de casa quando a aurora espia através da geada fina nas janelas.

* * *

Na primeira semana, o navio *Tír na nÓg* foi um paraíso de ordem e descobertas. Antes de o cheiro humano tomar conta, o porão onde dormiam tinha aroma de madeira nova — lembrança da floresta que viajara do Canadá para a Inglaterra. Aisling, que nunca vira mais do que algumas árvores juntas, imaginava Quebec como uma terra de fadas. Lá, eles seriam protegidos por árvores, estariam a salvo sob os braços protetores de uma floresta.

Toda manhã, ela acordava ao lado de Darragh num catre duro e estreito, e juntos subiam até o ar limpo e úmido, até a vasta liberdade do mar aberto. Havia comida, bolos horríveis, queimados e com consistência de pedra, mas ainda assim era comida suficiente para diminuir sua fome, tornando-a suportável. Uma vez, uma mulher deu a Darragh um pouco de sua porção secreta de toucinho, dizendo que ele era a cara de seu filho morto. Darragh deu o toucinho a Aisling, que engoliu tudo antes de pensar em deixar metade para ele.

Muitos estavam mareados. Em seus passeios pelo navio, Aisling sempre via passageiros vomitando por cima da amurada. Ela era um marinheiro nato, sabendo instintivamente como se equilibrar num mundo sacudido por ondas. Darragh ofereceu-se para trabalhar no convés, e ela teve permissão para acompanhá-lo, então praticava os nós de marinheiro que ele lhe ensinava, usando pedaços de corda velhos e desfiados.

À noite o porão ficava cheio, mas alegre. O brilho das lanternas criava longas sombras entre os altos beliches e as roupas penduradas. Diversas conversas mesclavam-se num zumbido que mudava como música quando Aisling andava de um lado para outro. Nunca conversava com ninguém, mas às vezes uma mulher sorria para ela, um homem piscava ou a cumprimentava com um gesto de cabeça. Um garoto com uma gaita sempre tocava melodias antes da hora de dormir, e os passageiros mais saudáveis dançavam, os mais cansados batiam palmas e cantavam, se conseguiam. Aisling freqüentemente surpreendia Darragh sorrindo à sua velha maneira, e isso, mais do que qualquer outra coisa, a convencia de que o pior já passara.

Então, veio a primeira tempestade.

A tripulação trancou os passageiros no porão, enquanto o navio gritava e se debatia de encontro às ondas. Nenhuma luz era permitida, e a escuridão tornou-se espessa e palpável como o cheiro. Medo, suor e hálito rançoso logo foram sobrepujados por vômito escuro e pelo odor quente e nauseante de urinóis virados. Pertences voavam de um lado para outro como balas de canhão, espatifando-se nas paredes ou batendo em carne, provocando gritos de agonia. Bebês choravam até parecer que se afogavam, sufocando em suas próprias lágrimas. Quando não estavam sendo derrubadas, as pessoas pediam médico, comida, ar, até que suas vozes ficassem roucas demais para ser ouvidas acima do rugido do mar. Um grupo de homens tentou forçar passagem pela porta para o convés, até que se ouviram tiros e vozes de marinheiros, que ameaçavam atirar em qualquer um que saísse.

Darragh usou a corda de Aisling para amarrar a ambos nas tábuas verticais de seu catre, na parte de baixo do beliche. Ela, atada ao colo dele, entrava e saía de um sono ansioso e cheio de cãimbras, era acordada subitamente pelo mar que gemia e uivava, e uma vez por um objeto duro que a atingiu na testa. Sentindo um líquido quente escorrer por seu rosto, pensou ter sido atingida por um urinol, até perceber que sangrava. Darragh apertou-lhe o ferimento com a mão para que o sangue estancasse. Quando precisou urinar, incapaz de segurar por mais tempo, pediu a Darragh para desamarrá-la.

Ele se recusou.

— Não posso deixar você ir — argumentou, a voz profundamente abafada na tempestuosa escuridão.

Então, ela deixou a urina fluir, ensopando sua saia e o colo do irmão, estimulando nele uma reação semelhante. Aisling chorava em silêncio quando eles se sujavam e molhavam mutuamente, de novo e de novo, por dez dias indistinguíveis, até que o mar se acalmou com um suspiro, e ambos puderam sair de seu mundo sujo e cego.

* * *

Aisling está sentada num caleidoscópio de folhas fortemente coloridas. Acende um fósforo e o leva à ponta do cigarro em seus lábios. O fumo e o papel pegam fogo com um ruído confortante. Ela traga, um gesto que lhe lembra como é beijar. Inspira, prende e expira, seguindo um ritmo que temporariamente afoga os gritos em sua mente.

É por isso que as pessoas fumam, ela pensa. Fumar transforma o insuportável em suportável por cinco minutos. Acende outro cigarro no toco do último.

Agora, ela dorme o dia todo no forte de Oisin, um entrelaçado de ramos esticado entre duas árvores, onde acordara para o mundo pela primeira vez. Dorme o dia todo, caindo numa inconsciência pesada, abafada, da qual não conseguiria escapar, mesmo que quisesse. Ela não quer. Ficar acordada tornou-se difícil demais.

Durante os pequenos períodos do dia nos quais realmente se senta, sentindo a cabeça latejar com o sangue represado, Aisling fuma e pensa na fome. Não tem comido. Passar fome de propósito é bem diferente da fome de que ela se lembra. Seu vazio agora tem um teor de alívio, a tranqüiliza, a faz adormecer, sem nenhum vestígio da ansiedade sobre onde pilhar sua próxima refeição. Comida é desnecessária. Disso ela se lembra: uma pessoa fica cansada e faminta logo antes de morrer.

Oisin ainda não foi buscá-la — ele está trabalhando novamente, trancado no estúdio. À noite, quando o frio a obriga a voltar para casa, ela espia pela janela e o vê desenhando ou gravando o metal com energia maníaca. Ele dorme num catre no estúdio e normalmente já está trabalhando quando ela vai para o forte pela manhã. Seus passos não o fazem erguer o olhar. Agora, Aisling sabe que, apesar do vazio que sempre sentiu nele, Oisin não precisa dela. Tem suas gravuras, como Gabe tem suas experiências, e Darragh tinha livros. Todos têm alguma coisa, um pedaço de vida ao qual se agarram e que é só deles. Todos, menos ela.

Aisling fez tudo errado. Embrulhou sua nova vida em esperança nos outros, quando devia ter tentado brilhar por si mesma. As pessoas são sozinhas na vida, assim como na morte, e que perda de tempo é tentar mudar isso! Ela deveria ter construído sua própria cabana na floresta, adotado um cão cujas necessidades são fáceis de satisfazer, escrito sua própria história em papel grosso, cor de creme. Deveria ter desistido do sonho infantil de ser querida.

Claro que desde que decidiu ficar sozinha, é constantemente interrompida. Gabe vai vê-la depois da escola, sua mochila de cor vibrante absurdamente moderna em seu pequeno mundo primitivo. Ele lhe traz petiscos em sua lancheira Leonardo da Vinci — maçãs lustrosas, biscoitos em forma de búfalos, pacotinhos de bolachas e queijos. Cigarros são tudo o que ela quer, mas Gabe não tem permissão para comprá-los. Aisling recorreu a roubar fumo de Oisin, pois lhe faltam forças para ir até a loja. Os cigarros que ele enrola são tortos e ocos, e o papel desenrola antes que ela fume a coisa toda. Gabe lhe dá uma foto de pulmões cancerosos tirada de seu livro de medicina.

— Já estou morta — ela diz, e ele põe a folha lustrosa de volta na mochila.

Gabe muitas vezes passa a tarde toda sentado ao lado dela, ignorando seus olhares que têm por objetivo mandá-lo embora. Se Aisling ainda tivesse a idade dele, trocaria privacidade por crueldade, mas agora que a cabeça do menino só chega a seus ombros, ela experimenta um ressentido senso de proteção. Não pode simplesmente mandá-lo embora, o rosto dele é suave demais, jovem demais. Darragh deve ter se sentido assim. Oisin também. Portanto ela deixa Gabe apoiado na árvore e entra no forte, encolhendo-se para caber, refugiando-se no sono.

— Minha mãe fazia isso — ele diz uma tarde, quando ela se aninha em sua cama de folhas.

Aisling finge não ouvi-lo, mas ele continua:

— Dormia o tempo todo, depois que meu pai morreu. É um sintoma de depressão, ainda que não tão comum quanto a insônia. — Usa sua voz científica, paródia em timbre agudo do tom do médico adulto que ele vai ser. — Terá de se levantar, mais cedo ou mais tarde. Todos se levantam.

Você está muito enganado, Aisling pensa, enquanto o ouve afastar-se, seus pés fazendo as folhas ranger.

* * *

Foi em algum momento durante a primeira tempestade que a febre infectou o navio. Depois que a sujeira e o entulho foram tirados do porão e as roupas lavadas com água do mar, secadas até transformarem-se em pranchas duras em suas costas, Aisling sentiu o cheiro. Pútrido e negro, cheiro de comida apodrecendo no solo, de corpos se decompondo de dentro para fora. Darragh ajudou a arrastar os cadáveres para o convés. Vinte tinham morrido durante a tempestade, alguns de ossos quebrados e sangramentos, outros inchados e enrijecidos, como bonecas desbotadas, marcados de preto e roxo por uma doença que eles pensavam ter deixado para trás. Os corpos eram enrolados em sacos vazios de alimentos e jogados por sobre a amurada. Aisling, que esperava súplicas e preces, estava apavorada com o silêncio e a expressão vazia daqueles que haviam sido poupados. Uma mulher rolou por cima da amurada e caiu no mar, segurando o cadáver embrulhado do filho, tão naturalmente quanto se mudasse de posição no sono. Tubarões começaram a seguir o navio, corpos escuros e lisos, belos e ameaçadores em sua velocidade.

O sorriso recém-ressuscitado de Darragh desaparecera. Ele voltara a planejar, seus olhos perscrutando ao redor em busca de fuga. Sua voz era monótona e fria quando ele dava ordens a Aisling: o dia todo, todos os dias, se possível, deviam permanecer no convés, ao ar livre. À noite, trancados no porão, Darragh amarrava um pedaço de tecido de vela, embebido em água do mar, sobre o nariz e a boca de Aisling. E ela, ou estava tesa e com muito frio, andando miseravelmente ao lado de Darragh no piso oscilante do convés, ou inchada no calor lá de baixo, respirando com dificuldade através da máscara grossa e úmida. Todas as manhãs, mais corpos eram engolidos pelo mar. Um dia foi a vez de o médico de bordo ser embrulhado numa vela rasgada e jogado em seu túmulo. Darragh tomou para si a tarefa de mostrar às crianças cujos pais estavam doentes como limpar seus rostos e derramar água nas bocas inchadas e sangrentas.

O mar era cinzento e infinito, e o horizonte, tão vazio que Aisling muitas vezes imaginava que estavam atolados em água. Debruçava-se na amurada para ver a esteira de espuma, assegurando-se de que ainda se moviam. Quatro semanas se passaram. Deviam ter chegado ao Canadá, mas nem terra nem pássaros apareceram. As rações de comida e de água foram cortadas pela metade, e o estômago de Aisling começou a doer de fome outra vez.

— Quanto tempo ainda falta? — As crianças perguntavam a Darragh diariamente.

Ele era quem mais sabia inglês e não tinha medo de perguntar à tripulação. Mas sacudia a cabeça repetidamente: ninguém sabia.

Durante a tempestade, na escura caverna de gritos humanos e do mar, Darragh falara sem cessar no ouvido de Aisling. Contara sobre as estações do ano na América: terra verde só metade do ano; depois, folhas cor de sangue e árvores que pingavam açúcar, neve transformando o solo num céu coberto de nuvens. Ela poderia ir à escola, ele seria pago para trabalhar. Eles teriam uma casa feita de madeira, de dois andares, com janelas grandes como portas, seu próprio espaço para um jardim. Haveria uma biblioteca, onde poderiam ler todos os livros já escritos, em vez dos poucos e esfarrapados que ele decorara naqueles anos. Quando o mar inclinava tanto o navio que eles eram espremidos contra as cordas ou esmagados por objetos ou corpos que caíam, Darragh a abraçava forte e cantava para espantar seu medo.

— Você está bem, eu seguro você, você está bem, não vou soltá-la.

Aisling se sentia estranhamente calma no meio do caos. Durante toda sua vida, a voz dele fora a única coisa em que ela se permitira acreditar. Assim, quando foram soltos de novo no convés e ela viu o rubor no rosto do irmão, sentiu o calor vindo dele, mesmo no vento gelado, captou o cheiro de algo recém-apodrecido em sua pele, concentrou-se em sua voz, como se, ouvindo com bastante atenção, pudesse mantê-lo falando para sempre.

21

Deirdre não acredita na existência de criança despreocupada. Acha que todas as crianças, por mais estáveis que sejam suas vidas, temem e se preocupam com uma intensidade que esquecem quando adultos. Costumava pensar que sua própria infância tinha sido feliz, até ter Gabe e se lembrar, em dolorosos lampejos, da ansiedade sem forma que outrora invadira sua mente infantil. Apesar de não ter tido contato com a morte até seus vinte anos, quando menina a ansiedade muitas vezes a impedira de dormir.

Depois de pedir que a acomodassem na cama com as cobertas tão apertadas que a impediam de se mexer, ela ficava acordada a noite toda, incapaz de afastar pensamentos mórbidos sobre seus pais morrendo em incêndios ou em acidentes de automóvel que não a matavam, mas a deixavam sozinha. Quando entrou no jardim-de-infância, seus pais ficaram perplexos com seus acessos. A criança calma e cordata que ela era transformou-se numa *banshee* que carregava uma lancheira. E que nunca lhes contou que temia que eles morressem enquanto ela estava na escola.

Por algum tempo depois do acidente de Brian, Deirdre dizia a si mesma que, a longo prazo, as coisas ficariam mais fáceis para Gabe. Conhecendo o pior, ele nunca mais teria que temê-lo. Ela estava ao mesmo tempo certa e errada em sua previsão. O filho é duas vezes mais ansioso e mórbido do que a mãe era na idade dele, porém mais corajoso. Canaliza seus temores para a ciência, ainda acreditando, por ser criança, que existe um segredo não descoberto para se vencer a morte.

Às vezes Deirdre tem visões surpreendentes e vívidas do homem que ele será: delicadamente belo, com olhos sombreados por olheiras de insônia, um médico que porá seus pacientes à vontade, pois sua empatia com os outros é palpável. As mulheres o acharão confiável, mas misterioso. Ele será teimoso sobre suas opiniões e afável com os filhos. Quando vê esse homem sob a pele de criança de seu filho, ela imagina se o resultado teria sido outro se Brian não tivesse morrido. Talvez Gabe tivesse rido mais, ou tivesse atravessado a fase rebelde e pouco confiável pela qual os meninos passam quando não se sentem tão responsáveis por seus pais. Deirdre sabe e lamenta que muito da seriedade de Gabe seja proveniente de sua preocupação com ela. Essa é a parte mais difícil de ser mãe — todos os dias, na personalidade de seu filho, ela é confrontada com a evidência de seus erros, olhando para ela, ao lado de suas boas intenções.

O outono é a estação favorita de Deirdre porque ela tende a ser mais sentimental com os finais do que com os princípios. Adora tudo o que tem a ver com o início das aulas no outono, gosta de tirar suéteres de enormes sacolas com zíper, deseja um perfume inspirado na fragrância de folhas secas. A única coisa que estraga o frescor perfeito dessa estação é a apreensão pelo aniversário do filho.

Gabe nasceu em 2 de novembro,[1] Dia de Finados, o dia em que, segundo a Igreja católica, as almas do purgatório passam pela Terra a caminho do paraíso. Durante toda a vida de Gabe, alguém, ou alguma coisa, morreu em seu aniversário. Os anos bons são aqueles em que morre apenas

---

1 Outono no hemisfério norte. (N. do E.)

um gato ou um peixinho de aquário. Os pais de Deirdre morreram com um ano de diferença, quando Gabe fez três e quatro anos, e Brian, em seu sexto aniversário. Os ilhéus mais idosos, incapazes de enfrentar mais um inverno no Maine, costumam ir para outro lugar no mesmo dia em que Gabe celebra a vida. Deirdre e Gabe sempre visitam o cemitério da ilha antes de o menino abrir seus presentes, uma tradição que ele se recusa a quebrar. Uma vez, quando o filho fez oito anos, Deirdre tentou dar-lhe uma festa infantil normal, num complexo esportivo em Portland. Ao chegar com uma van cheia de crianças, encontrou o prédio fechado pela polícia — um menino quebrara o pescoço na cama elástica. Gabe, que estivera preocupado com a festa desde o começo, nunca mais deixou que a mãe planejasse outra.

Desde então, Deirdre tenta confortá-lo — e a ela mesma, admite — com presentes caros que debita no cartão de crédito e que passa o resto do ano pagando. Apesar de ainda ser outubro, já existe um microscópio de alta precisão, de 2 mil dólares, escondido no armário de seu quarto. Ela ainda finge aguardar novembro com entusiasmo, sem querer entregar-se à morbidez natural que Gabe confere à ocasião.

— Como vamos celebrar os onze anos? — pergunta casualmente uma tarde, quando o garoto chega da escola com horas de atraso.

Apesar de sua jovialidade, sabe que ambos estão imaginando: *quem vai morrer este ano?*

Gabe dá de ombros, lançando-lhe um olhar de censura por falar do que não deve ser mencionado.

Eles sentam-se para jantar — frango e três tipos de abrinha, pois Deirdre também aprecia os legumes de outono. Ela ignora a advertência no olhar de Gabe e prossegue:

— Poderíamos convidar Aisling e Oisin para uma fatia de bolo e um cinema — ela diz. — O que acha?

— Aisling vai embora — Gabe diz, movimentando garfo e faca com determinação.

Sempre parece estar dissecando a comida, e não simplesmente cortando-a.

— Aonde ela vai?

Por um momento, aquilo faz sentido. Em um ano, Aisling alcançou a idade de sair de casa e há de querer ir para a universidade ou mudar para a cidade, começar uma vida independente.

— De volta aos mortos — Gabe responde, espiando a incisão em seu pedaço de frango.

— Ah — Deirdre diz apenas. — Ela lhe disse isso?

— Não... — Gabe responde. — Eu sei.

— Merda! — Deirdre explode, antes de se lembrar de tratar o assunto com suavidade.

Ergue-se e começa a tirar a mesa. Precisa de algo para bater de um lado para outro.

É incrível como há certas coisas que são vistas como favas contadas, ela pensa, abrindo a torneira da pia da cozinha com água suficientemente quente para escaldar-lhe a mão. Apesar do crescimento arrepiante e nada natural de Aisling, Deirdre parara de se espantar com esse fato bizarro meses antes, e ultimamente aceitara a mocinha como parte permanente de suas vidas.

O que ela estava pensando? Que em alguma idade Aisling atingiria um patamar e continuaria a crescer normalmente? Ou que seria uma velha senhora, antes de Gabe chegar à puberdade? A verdade é que parara de pensar, acostumara-se à presença de Aisling como se acostumara a ter um bebê em casa quando Gabe nasceu.

— Merda! — exclama de novo, quebrando um copo na pia de metal.

Gabe se aproxima dela por trás, dá-lhe palmadinhas nas costas, imitando um consolo paternal.

— Está tudo bem, mãe. Ela teve o que queria. Conseguiu crescer.

Deirdre se vira para abraçar o filho, alisando seus cabelos rebeldes e sentindo seu cheiro infantil — tão intrincado como se ele houvesse estado em mil lugares diferentes no mesmo dia. Finge ser confortada por ele. Não pode pôr em palavras aquilo que Gabe ainda não sabe, que crescer não é algo que tenha uma linha de chegada, que ninguém recebe diploma ao atingir a altura definitiva. Há momentos de clareza de visão ao longo do caminho, quando a pessoa pode ver a si mesma num ponto de mudança, mas sempre há mais crescimento aguardando no futuro.

Ela pensa com método e dolorosamente, como faz em funerais, em todas as coisas que Aisling vai perder. A garota nunca terá um primeiro apartamento, onde arrumaria coisas rebeldemente opostas à casa de Oisin, para depois reorganizá-las ao perceber que o jeito dele a faz sentir-se mais à vontade. Seu primeiro carro... Será que Aisling sabe dirigir? Sem falar da primeira vez em que faria sexo — o que é isso, comparado à primeira manhã quando, ao acordar ao lado de alguém, sabe-se que basta tocá-lo para que algo comece? Ela não viajou, pelo menos não por prazer, não sabe das sensações que se tem em países estrangeiros, que há dúzias de vidas possíveis sob sua superfície e que podem ser postas em movimento pelo som de um idioma novo ou pela visão de arquitetura antiga. Aisling não se sentiria velha aos vinte anos, para depois, quando chegar aos trinta, saber como era jovem. O marido de Deirdre tinha 29 anos quando morreu, e ultimamente, em suas lembranças, ela acha difícil levá-lo a sério, como se tivesse se casado com um menino. Aisling nunca saberá como é olhar-se no espelho e comparar-se, não à menina que já foi, mas à jovem mulher que pensou que seria para sempre.

— Você está bem? — Deirdre murmura para seu filho.

Ele responde que sim, movendo a cabeça encostada em seu peito, incapaz de falar. Ela sabe que Gabe não vai dormir naquela noite. Vão fazer chocolate quente e jogar o quebra-cabeça de palavras cruzadas às três da madrugada. Quando o filho era pequeno e chorava à noite, Deirdre podia consolá-lo embrulhado-o num cobertor, tão apertado que ele mal conseguia mover-se. Ela acha tão injusto que antes bastasse um cobertor para isolá-lo do mundo!

— Sei que vai sentir saudade dela — Deirdre diz. — Também vou.

O que ela está pensando, mas não diz, é como tem saudade de si mesma quando menina, de seu marido de olhos grandes aos 21 anos, de seu menininho em todas as idades que ele deixou para trás. E que um dia, quando Gabe se lembrar de Aisling, vai sentir saudade não só da garota que era sua amiga, mas também do menino que ele foi ao lado dela.

Na tarde seguinte, enquanto Gabe está no bosque com Aisling, Deirdre caminha entre as folhas não rasteladas que demarcam o terreno da casa de Oisin. Ele não está, e o chalé de um quarto parece empoeirado e abandonado. Ela toma a trilha para o estúdio.

Bate na porta de vidro, e Oisin, debruçado sobre o trabalho, olha-a assustado. Ele a encara por um momento, como se tentasse se lembrar de seu rosto. Depois vai até a porta, limpando as mãos cheias de tinta nas pernas do jeans, onde já existem camadas de uma história de impressões digitais coloridas que parecem, sob determinada luz, marcas de garras.

— Olá, Deirdre — ele cumprimenta.

Nessa recém-encontrada sociabilidade, Oisin começou a chamar as pessoas pelo nome. Deirdre notara a surpresa no rosto dos ilhéus, que achavam que ele nem os conhecia.

Essa cortesia a faz lembrar a Irlanda — passou lá sua lua-de-mel com Brian —, onde até mesmo proprietários de pousadas usavam seus nomes quando conversavam com eles no desjejum. Ela e Brian tiveram de decorar o nome de todos para evitar o constrangimento de saudá-los com o que seria considerado um seco cumprimento americano.

— Aisling vai embora — anunciou abruptamente, fazendo Oisin se encolher.

É assim que Oisin parece de manhã, quando ela tenta começar qualquer espécie de conversa: despreparado e um tanto assustado com sua energia.

— Hã, hã — Oisin murmura, dando um passo atrás. — Quer café?

Fecha a porta atrás de si e segue os passos determinados de Deirdre de volta à casa.

Em sua cozinha suja, Oisin faz café com pó que cheira a queimado. Deirdre põe açúcar em sua caneca vazia, quando ele não está olhando — gosta de café com gosto de leite açucarado, e isso a deixa constrangida na presença de apreciadores de café preto, como Oisin.

— Até meus quinze anos — ele começa, despejando o líquido negro em sua caneca —, eu podia ver fantasmas. Eles sempre estavam lá, tão reais quanto os vivos, mais reais em alguns aspectos. Foi minha avó quem me contou as histórias do que eu estava vendo. Antes de morrer, ela me falou de uma coisa que eu nunca havia vivenciado. Alguns fantasmas, ela disse, vão além de uma simples visita, realmente voltam à vida na carne. Estão tão perturbados com aspectos mal resolvidos de suas vidas que se forçam a voltar para a dor do mundo. Renascem no dia de todas as almas, o Dia de Finados. Morrem novamente um ano depois, quer queiram, quer não. Suponho que haja limites para tudo. Portanto, sim, eu sei que Aisling vai embora. Acho que sempre soube, apesar de não admitir. Como vê, minha avó nunca me disse o que aconteceria se uma criança voltasse. Eu nunca esperei que Aisling crescesse.

Pára de falar ao perceber o jeito de Deirdre olhar para ele.

— O que foi? — pergunta.

— Desculpe — ela murmura. — Isso parece tolo, mas eu nunca imaginei você como parte de uma família.

Oisin sorri.

— Ah, eu fui parte de uma multidão enorme, barulhenta, católico-irlandesa, como todos nesta ilha. Ainda sou, suponho, apesar de não manter contato com eles, e de as principais personagens já terem morrido.

As perguntas de Deirdre estão nos olhos dela, e Oisin lhe conta o resto com voz desprovida de emoção, como se o homem que nunca contara nada a respeito de si mesmo estivesse ensaiando um discurso sobre sua história.

— Minha irmã gêmea, Nieve, se matou quando tínhamos quinze anos. Depois disso, minha mãe se divorciou de meu pai e fugiu com o irmão dele. Papai bebeu até morrer, na época em que entrei na escola de arte. Mamãe e tio Malachy morreram num desastre de automóvel na Itália, quando eu tinha vinte anos. Nunca conheci a família de minha mãe, porém herdei um pouco do dinheiro. Dinheiro de culpa. O pai a havia deserdado, mas depois da morte dela, procurou por mim e me colocou no seu testamento. Ainda tenho tias, tios e primos na Irlanda, mas parei de falar com eles. Não queria ser parte de uma família em que tais coisas haviam acontecido.

A voz de Oisin muda e, por um momento, Deirdre ouve tristeza junto com fatos:

— Não quis ser parte de nada por tempo demais.

Ele olha para ela e tenta sorrir.

— O que acha dessa minha família desajustada?

— Conheci piores — Deirdre afirma, e a verdade dessa afirmação atinge-a tanto com humor como com desesperança.

Então, pergunta: — Se sabe que Aisling vai embora, por que ela está enfurnada no bosque, e você trancado no estúdio?

— Preciso terminar uma coisa — Oisin diz, evitando o olhar dela enquanto lava as xícaras.

— Isso não pode esperar? — Deirdre insiste, empurrando a cadeira para trás.

Ela sempre se levanta quando quer erguer a voz.

— Olhe, isso é mais complicado do que você pensa — Oisin diz, pousando ruidosamente as xícaras na pia.

— Essa menina depositou todas as esperanças em você, e você não quer essa responsabilidade. Esse tanto eu sei!

Deirdre está gritando e contente por perceber que o deixa zangado. Gostaria de atirá-lo para fora da casa, fazê-lo andar pelo bosque até Oisin enfrentar o que tentou evitar. Ele não sabe que cada minuto conta? Que esperar é muitas vezes o mesmo que perder uma vida inteira?

Quando tinha 22 anos, um mês antes de se casar com Brian, ela teve uma experiência que recorda como uma encruzilhada na estrada de sua vida. Passando por um edifício em Portland, viu um homem equilibrando-se na janela do primeiro andar. Ele vestia calça de carpinteiro e pintava a moldura com um pincel fino e lambuzado. Parou de pintar, olhou para ela e sorriu.

Ainda que Deirdre já houvesse recebido sua justa cota de olhares masculinos, por alguma razão foi atraída de corpo e alma por aquele sorriso e por todas as possibilidades que ele continha. Mas caminhava tão depressa que ficou fora de vista antes que o sorriso e a sensação que ele provocara nela fossem registrados. Não teve tempo de tomar conhecimento dele. Parou meio quarteirão adiante, depois prosseguiu, repreendendo-se por levar tão a sério uma migalha de lisonja.

Mais tarde, porém, e repetidamente durante doze anos, pensou naquele homem, fantasiando sobre o que teria sido de sua vida se ela tivesse lhe dado atenção. Não se arrepende de haver se casado com Brian e não concebe uma vida sem Gabe. Mas passou a pensar naquele momento como uma oportunidade de amor, uma dessas chances que só aparecem poucas vezes na vida, se alguém tiver sorte. Só sentiu aquilo com Brian e, mesmo odiando admitir, brevemente com Oisin. Imagina com freqüência quem ela seria se tivesse parado perto daquela janela aberta e sorrido de volta para um futuro alternativo.

Quer contar essa história para Oisin, contar-lhe que estava errada quando lhe disse para ter cuidado com Aisling, quer implorar-lhe que dê à menina tudo o que for possível em seu último mês, sem se importar com o que parece certo ou errado. Quer dizer-lhe que possibilidades morrem mais freqüente e completamente do que pessoas. Mas Oisin fala primeiro.

— As coisas sempre acontecem do jeito que você quer? — ele pergunta. — Do jeito que acha que deve ser?

— Claro que não — Deirdre responde. — Mas a minha opinião...

— Apenas confie em mim — ele a interrompe. Então ri da expressão no rosto dela. — Certo, isso é pedir demais — continua. — Finja que confia em mim.

E ainda que seja o pedido mais estranho que ele já lhe tenha feito, ela concorda com um gesto de cabeça e deixa-o sozinho com sua vida.

22

Gabe corre para ela, carregando um saco de dormir azul brilhante. Aisling revira os olhos, escondendo sua felicidade. A solidão começou a ficar monótona — ela o esperou o dia todo.

Ele ainda trouxe uma garrafa térmica com chá e seu quebra-cabeça de palavras cruzadas, de bolso, um pequeno estojo que, aberto, revela pequenos nichos individuais de plástico para as letras.

Aisling aceita a caneca cor de pedregulho sem agradecer, recusa o leite e o açúcar e bebe o líquido até sua garganta ficar quente e amarga. Jogam três partidas sem falar.

— Acha que Oisin vem buscá-la logo? — Gabe pergunta.

À chegada do crepúsculo, ele guarda o jogo.

As lembranças de Aisling vêm e vão: Oisin lavando seus pés, servindo-lhe o jantar, dando-lhe aspirina infantil e refrigerante. Quando foi que ele se afastou?

— Minha mãe diz que, se esperar que leiam seus pensamentos, a maioria das pessoas só vai ouvir seu silêncio.

Gabe fala como Deirdre.

O carrossel de lembranças gira de novo: Aisling, pequena e suja, numa casa cheia de mulheres zangadas, tentando ficar invisível enquanto aguarda o momento certo de reaparecer.

— É por isso que tenho de lhe dizer uma coisa — Gabe diz.

Suas faces estão mais vermelhas do que o frio as poderia deixar. Ele enfia a garrafa térmica vazia e o jogo em sua mochila.

— Quando eu tiver idade suficiente para ter meu primeiro amor, vou me lembrar de você — ele continua. — Posso?

— Claro — Aisling concede e sorri.

Pensa rapidamente em beijá-lo, do modo suave, demorado e inocente que costumava imaginar Oisin beijando-a, mas muda de idéia ao olhar a boca infantil. Os lábios dele são pequenos demais para caber sob os dela.

— Até amanhã — Gabe despede-se, passando os braços pelas alças da mochila.

Aisling o vê afastar-se com seus passos saltitantes e incansáveis. Ele deixa para ela o saco de dormir.

Quando Aisling adormece de novo, sonha com Darragh, mas ele não é o irmão de quem ela se lembra. Esse Darragh é um garoto, um menino com o rosto redondo e liso de Gabe e os ombros arredondados que ele ainda não tem. Um menino que nunca foi beijado. No sonho, ela é mais alta do que ele, que ergue para ela olhos que giram, carentes. Ele tem fome.

* * *

Os pés de Darragh incham primeiro, ficam grandes demais para caber em sapatos, estão grotescamente manchados de roxo.

— Falta de exercício — ele diz a Aisling, mancando pelo convés, escondendo a dor.

Ela já viu suficiente inchaço causado por doença para reconhecê-lo, mas finge acreditar nele. Quando Darragh tosse, há um som chacoalhante que parece rasgá-lo por dentro. À noite, Aisling finge dormir, enquanto ele vomita ou esvai-se em diarréia no urinol. A cada manhã, ele se parece mais com um velho — seus olhos brilhantes de febre afundados no rosto ossudo, de pele enrugada.

Ela começa a rezar. Nunca tivera esse hábito — ao contrário de Darragh, que se ajoelha de mãos postas todas as noites. Sempre achou que, se começasse a pedir socorro a Deus, pediria coisas demais. Sua vida é cheia de desejos. Assim, ela se contivera, guardando suas preces como moedas preciosas para quando as necessitasse mais.

Não leve Darragh, ela ora silenciosamente no escuro, enquanto o irmão vomita a seu lado. *Pode levar qualquer outro, mas permita-me ficar com ele.*

Quando dorme, flutua no ritmo de sua prece, que muitas vezes toma a forma de uma expressão repetida muitas e muitas vezes: *por favor.*

Mas Darragh piora. O inchaço sobe por suas pernas, e ele passa a ficar no porão o dia todo.

— Um pouco de descanso vai me curar, Aisling.

Aisling, porém, sabe que ele já não pode andar. Ela mesma cozinha seus bolos de cereais, leva-lhe a pequena porção de água que lhes cabe.

Darragh a faz comer sua porção.

— Não tenho mais fome — diz alegremente, como se aquele fosse um bom sinal.

Pela primeira vez em sua vida, Aisling olha além de Darragh em busca de ajuda, mas vê que os outros passageiros estão magros, vazios e inúteis. Cada qual cuida de um doente. As poucas mulheres parecem tão ranzinzas quanto ela se lembra de sua mãe ter sido. Os homens têm olhares assustados, vagos. A maioria dos que estão de pé são crianças, parecendo tão desesperadas quanto ela.

Aisling sai à procura de James, um jovem marinheiro inglês na companhia do qual Darragh às vezes fuma. Sobe ao convés e se infiltra silenciosamente num grupo de ho-

270

mens grandes e malcheirosos. Um olha para ela, cospe e, rabugento, ordena-lhe que volte para seu lugar.

— Estou procurando James — Aisling diz na voz meramente audível que ela usa para falar com todos, menos Darragh.

Os outros homens parecem sem jeito, e o que fala, cora.

— Ele morreu — o homem diz, sua voz perdendo um pouco da rabugice.

Aisling pede remédio, mas tudo o que lhe dão é uma porção extra de água. Ela a guarda para Darragh. Ele tem sede o tempo todo, agora.

Outra tempestade atinge o navio, e Aisling cuida de seu irmão no escuro. Enxuga-o cegamente com uma camisa seca, esfarrapada, guardando a água para derramar em sua boca. O calor vindo dele é tão forte que ela imagina estar assando uma concha dura e preta, como seus bolos de cereais. Quando não está tossindo ou vomitando, ele recita planos roucamente, mas eles já não o incluem: são instruções só para Aisling.

— Será inverno lá — ele diz, e Aisling chora silenciosamente, as lágrimas pingando frias em seu braço ardente. — Neve e gelo... Você precisa ter sapatos e uma capa de lã. Tente evitar o orfanato. Encontre uma família que tenha perdido os filhos. Se eles ainda tiverem os seus, não vão tratar uma órfã tão bem. Alguém do navio ou uma família irlandesa no Canadá. Diga que você tem cinco anos, não sete. Se não conseguir encontrar ninguém, peça esmolas nas ruas, roube comida, se for preciso. Nunca, não importa o que lhe ofereçam, saia com um homem que esteja sozinho. Aceite ajuda de mulheres, mas nunca de um homem. Prometa.

Aisling promete, mesmo estando certa de que Darragh está confuso. Ele não se lembra de como mulheres podem ser cruéis?

— Talvez você deva levar aquele menino com você — Darragh diz.

Aisling não sabe de quem ele está falando

— Que menino? — pergunta, tocando-o.

O rosto dele inchou durante a tempestade. Ela não pode vê-lo, mas sente a diferença apalpando-o no escuro.

— O menino negro — Darragh fala, sua voz desencarnada no vácuo. — Lá, acorrentado à parede.

— Não há luz aqui, não pode estar vendo um menino — Aisling observa. — E não acorrentaram mais ninguém desde aquele homem que foi pego roubando uísque.

— Ele está bem ali — Darragh diz, debatendo-se no catre. — Um escravo que foi deixado para trás. Está tentando me dizer algo, mas não sabe a nossa língua. Ouça.

Aisling só ouve os gemidos das paredes do navio e os gritos das centenas de pessoas amontoadas ali com eles. Acalma o irmão, dá-lhe as últimas gotas de água, murmura que sim, que vai cuidar do menino negro. Quando ele, finalmente, adormece, ela se deita tremendo a seu lado. O que mais a apavora, mais do que a doença, a escuridão, até mais do que a morte de Darragh, é o fato de a mente dele, da qual ela depende há tanto tempo, já estar focalizada num mundo que ela não pode ver.

Darragh morreu quatro dias antes de a tempestade morrer, e, quando o porão foi liberado, seu rosto estava preto e inchado, monstruoso, não havia mais traço de seu cheiro natural, só de decomposição. Aisling viu os homens arrastarem os corpos para o convés, enrolando-os em sacos e velas velhas. Enquanto os cadáveres passavam de mão em mão, na fila de marinheiros, ela perdeu a noção de qual embrulho continha seu irmão. Olhou cada pacote ser atirado por sobre a amurada e ser tragado pelas águas. Seria tão fácil, ela pensou, estar com Darragh novamente. Dois pequenos e graciosos movimentos: para cima e por cima.

Mas, de alguma forma, antes que percebesse, o dia terminara, e Aisling continuava no convés. Estrelas apareceram, brilhando no crepúsculo, e ela foi sozinha para seu catre, imaginando por que ainda estava viva.

* * *

Por fim, Aisling vai até ele. Insone, ficara deitada durante horas com olhos que se recusavam a fechar, os membros repuxando, gritando por movimento. Uma parte de si mesma está zangada por ela não ser a espécie de pessoa que consegue desistir.

Encontra Oisin na cozinha, preparando o jantar. Ele assobia, colocando fatias de berinjela na grelha. Ela nota o que o recente trabalho fez a ele — parece mais magro, cansado, vazio. Mas ele sorri quando a vê, seus olhos se enrugando do jeito que ultimamente tem feito sua respiração ficar presa na garganta.

— Olá, Aisling — diz, limpando as mãos oleosas e manchadas de tinta na camiseta. — Com fome?

— Eu... sim, estou — ela murmura, tentando não encará-lo.

Ele teria pelo menos notado sua ausência durante toda a semana? Não parece. Mas a vontade de fugir dali e puni-lo desaparece diante de seu apetite subitamente enorme.

Comem em silêncio, traços de óleo de oliva e de salmão brilhando em seus lábios à luz escassa da cozinha. Oisin serve-lhe um copo de vinho. Ela saboreia a acidez aveludada que se prende à sua língua. Cruza as pernas, lembrando-se de quando se sentou ali pela primeira vez, balançando os pés centímetros acima do linóleo. Oisin está tendo dificuldade para olhar para ela.

— Sinto muito sobre aquela noite — Aisling fala de repente. — Sei que me vê como uma menininha.

Oisin está sorrindo, mas tenta esconder isso por trás do guardanapo. Ela se lembra de seu primeiro dia, quando falou com ele com a mesma pressa, esperando fisgá-lo antes que ele tivesse tempo de se afastar.

— Não sou cego — Oisin diz. — Sei que não é mais uma menininha.

Fica em pé e começa a tirar da mesa os restos da refeição. Despeja na pia uma pilha de pratos cheios de espinhas e ossos.

— Venha cá — convida. — Tenho uma coisa para lhe mostrar.

Ela o segue crepúsculo adentro (ar azul, pintado com os braços negros das árvores), descendo pela trilha até o estúdio.

Oisin aciona o interruptor, e o teto espoca e se ilumina, barra por barra. Na parede comprida onde ele normalmente prende desenhos e gravuras em processo, está pendurada a maior obra que Aisling já viu. Mais alta do que ela, cobrindo quase toda a parede, é uma colagem de mulheres. Mulheres e meninas, rostos e pedaços de corpo, tão misturados que em alguns pontos parecem estar saindo uns dos outros, mulheres emergindo de casulos de meninas. A gravura é em cores, e as bordas, onde ele deve ter usado chapas separadas, são imperceptíveis.

É a peça mais bela e intrincada que Oisin já fez, e ela a odeia. Mulheres demais com quem ficar frente a frente. Não é de admirar que ele nunca a tenha procurado!

— O que acha? — ele pergunta.

Aisling finge sorrir.

— É lindo — responde, mas já nem está mais olhando. Tudo se dilui atrás de um véu de lágrimas.

— É você — diz Oisin.

Ela pestaneja, surpresa, e se aproxima do quadro. A princípio acha que ele a incluiu na colagem. Procura uma menina pequena e a encontra perto da margem, cabelos embaraçados, olhos como pires de ouro, um arranhão no rosto. Depois vê outras elas. Pés sangrando numa bacia. Um corpo alto demais para o macacão que pega no gancho. Um meio sorriso entre dentes novos, serrilhados, parecendo enormes e indelicados ao lado das pérolas perfeitamente formadas. Impressões de mãos em azul compacto, três linhas pálidas dissecando a carne.

Ela está em toda parte, cobrindo a parede com mil rostos diferentes. Terá sido todas aquelas meninas? Rindo com todos os músculos do rosto, escondendo imperfeições atrás de mechas de cabelos, olhando para cima com a boca suplicando um beijo. Misturados, há tipos de humor que ela sentiu, mas nunca viu: Aisling fazendo bico, com raiva, tentando esconder um sorriso provocante. A melhor — tão inesperada — mostra-a como uma moça madura, sensual, uma mulher que ninguém imaginaria ter sido uma garotinha que passou fome.

Isso é o que Oisin pode lhe dar, ela pensa. O que ele sabe fazer. Ele não foi procurá-la, não a quer tanto quanto deseja a segurança de seu próprio eu. Mas com metal, tinta e papel, pôde torná-la visível, esculpiu-a na realidade, tornou-a imortal. A parede sussurra: *eu vi você o tempo todo.*

Aisling volta o rosto para Oisin. Ele está apoiado na beirada da mesa, esfregando as mãos, tirando a tinta em pequenos rolinhos de pele descolorida. Ela se aproxima lentamente, toma-lhe a mão, esperando que ele se encolha. Mas ele permanece quieto, enquanto ela percorre a palma danificada de sua mão — marcas de queimadura e cicatrizes e uma linha da vida dividida em três partes irreconciliáveis. Aisling alisa essas linhas como se pudesse confortar a própria vida, e sente Nieve atrás dela, espreitando.

Nieve, que sempre estivera ali, mesmo que Aisling se tenha recusado a deixá-la sair. Se ela devolver a irmã a Oisin, ele não precisará de mais nada dela.

— Quando Nieve morreu... — Oisin começa e faz uma pausa.

Aisling sente a dor de ambos os gêmeos, percorrendo-a como se ela fosse um túnel ligando um ao outro.

— Eu não queria deixar que a enterrassem — ele prossegue. — Não acreditava que ela estivesse morta. Não só porque não tinha visto o seu fantasma, ainda que essa fosse parte da razão. Eu não compreendia como Nieve podia morrer, deixando-me vivo, já que...

A voz de Oisin some, e Aisling termina por ele:

— Já que ela era a mais forte.

Então, ele a está abraçando. Desenhados em traços grossos e tristes entre eles, há os corpos de dois fantasmas.

23

Essa será a sedução mais importante da vida de Oisin. Talvez a única importante, e ele não sabe por onde começar.

Depois de planejar o momento durante tanto tempo, sente-se paralisado por uma indecisa ansiedade. Nos últimos dias, rememorou centenas de primeiros beijos, olhos de mulheres passando por ele como um filme interminável, brilhando em claros convites, alguns à primeira vista, outros que ele tivera de incentivar. Não houvera nada que ele apreciasse mais do que uma mulher olhando furtivamente para sua boca. Lia naqueles olhares o que era esperado dele: sondagem suave ou ataque passional.

Havia mulheres que queriam ser beijadas sem hesitação, outras que achavam a pausa antes do toque dos lábios mais excitante do que o próprio beijo. Mesmo tendo desapontado mulheres sem conta, seu primeiro beijo nunca deixava a desejar.

Aisling olha sua boca há meses, implorando silenciosamente por beijos: inocentes e de boca fechada, ou profundos e lacerantes. O desejo muda cada vez que ela olha para ele. Às vezes Aisling parece estar pedindo por todos os beijos que ele já deu, todos de uma vez, e isso o confunde, lançando-o na insegurança do desespero de querer agradar, algo que não sentia desde menino.

Isso nunca lhe aconteceu antes, essa sensação de que cada momento carrega em si a possibilidade de tocá-la, misturada ao medo de nunca fazê-lo. Ele vive sob uma camada de eletricidade, imagina que solta fumaça perniciosa. Sorri demais para si mesmo, sobressalta-se ao despertar de uma louca mistura de terror e alegria. Tem 42 anos e teme que essa doença seja sua primeira paixonite.

Oisin está dormindo quando acontece.

Cochilou ao desenhar na cama, cercado por papéis jogados a esmo, desenhos de Aisling adormecida, com uma perna encolhida, os braços aninhando a cabeça. Ao sentir a pressão dos lábios dela, ele se ergue sem sonolência. Não se lembra de estar tão completamente desperto em toda sua vida.

Senta-se e a beija também, com cuidado, todo o movimento de sua boca tão reverente como se aquele fosse o último beijo. Segura-lhe o queixo suavemente, de modo a sentir seu tremor. O primeiro pensamento é inseguro, Aisling tem um sabor tão novo que o faz pensar que sua própria língua pode ter gosto de podridão. Mas ao se inclinar para trás a fim de olhá-la, ela passa a língua rapidamente pelos lábios, como se saboreasse o gosto dele.

— Está acordado? — Aisling pergunta, preocupada.

— Completamente.

Oisin sorri. Puxa-a para si, erguendo-a e posicionando-a ao lado dele, empurrando e amassando páginas de esboços, imagens da boca, dos olhos, pernas e braços dela, que espelham a carne que se aperta contra seu corpo. Ele a livra da camiseta, permitindo-se olhar para o corpo que tentou evitar olhar por tanto tempo. Ela é tão perfeita que ele chega a imaginar, quando se inclina para tocá-la, que a atravessará como a uma miragem.

— Fale-me dela — Aisling pede, o sussurro fazendo seus seios moverem-se sob os lábios de Oisin.

Ele ergue os olhos para fitá-la no rosto.

— Não, não pare — ela murmura. — Mas conte-me sobre Nieve.

Ele faz uma pausa, considerando o pedido.

Oisin sempre foi conhecido por sua silenciosa concentração na cama, tão silenciosa que as mulheres fazem perguntas, com necessidade de ouvir-lhe a voz como prova de que ele está ali de corpo e mente. Oisin nunca respondeu a nenhuma, antes.

— Ela era linda — diz, parando quando Aisling se curva para a sua boca. — Do jeito perfeito que fantasmas muitas vezes são, como você é, como se cada uma das suas moléculas brilhasse.

Aisling o empurra de costas, começa a beijá-lo para baixo, concentrada, novas partes do corpo dele surgindo para ela pela primeira vez.

— Nós não parecíamos gêmeos — Oisin continua, tomando fôlego quando ela descobre um ponto logo abaixo de suas costelas. — Tudo o que era atraente nela era desajeitado em mim. Eu tinha pele horrível e olhos cronicamente vermelhos. Era infectado com feiúra.

Ergue os quadris, e Aisling tira-lhe o short. Ela beija o interior de suas coxas e sorri para ele como se houvesse descoberto o que procurava.

— Ah! — Oisin suspira, arqueando o pescoço e afundando mais na cama.

Mesmo sabendo que devia parecer estranho, considera mais do que natural, quase necessário, contar o resto da história, enquanto Aisling o puxa para dentro e para fora de sua boca.

— Na manhã em que ela morreu, meu rosto aparecia diferente no espelho. Minha pele estava limpa, sem cicatrizes. Meus olhos completamente abertos pela primeira vez, azuis e limpos. Eu nunca vira nada tão horrível; estava olhando para mim mesmo, morto, como se eu fosse o fantasma. Gritei até meu pai arrombar a porta do banheiro e me bater.

A boca de Aisling cresce para acomodá-lo. Quanto mais ele incha, mais molhada e longa ela se torna. Oisin começa a imaginar que ela poderia acomodá-lo inteiro, de corpo e alma.

— Voltei ao cemitério depois do enterro — Oisin fala com respiração entrecortada. — Cavei até minhas unhas ficarem destroçadas e sangrando, e quando o vigia me arrastou de lá, arranhei meu novo rosto até sentir que o havia desfigurado. Mas nunca ficou marcado. Queria minha irmã de volta, esperava seu fantasma, mas ela só deixou a sua beleza. Cada vez que eu olhava no espelho, era lembrado de que a tinha deixado morrer.

Ele, que sempre engolira a voz de seu prazer, está gritando o nome de Aisling quando chega ao clímax, incapaz de conter qualquer coisa dentro de si. Pela primeira vez, não sente como se estivesse desaparecendo, ou à beira da morte, ao esvair-se dentro dela, mas sim que está se tornando visível, inteiro, sob a pressão de seus lábios e mãos.

Por um momento, Aisling não o solta, balançando para diante e para trás, acompanhando as ondas retrocedentes de seu orgasmo. Então, sobe, cobrindo-o com seu peso, o queixo descansando nas mãos, bem no lugar onde o coração de Oisin ainda está disparado. Ele vê que ela está chorando. Estende a mão para aparar uma lágrima, então a prova, tão salgada e quente, como se ele estivesse engolindo a si mesmo.

— Acha que deixei Darragh morrer? — Aisling pergunta.

— Claro que não! — Oisin exclama e a puxa para cima, de modo que seus rostos fiquem no mesmo nível. — Pelo amor de Deus, você tinha sete anos!

— E você era apenas um menino — Aisling fala, beijando-o docemente.

— O que isso quer dizer? — Oisin pergunta.

Ele ouve as frases dela na voz de todas as mulheres que o desprezaram como homem.

— Não, Oisin — Ailsing diz, como se houvesse decifrado o medo que o enrijeceu. — Você era uma criança.

Ele toma-lhe o rosto e a beija profundamente, provocando, faminto, com suavidade, todos os beijos que ela deseja ao mesmo tempo. É possível, afinal. Nunca beijou dessa maneira. É como se sua boca tivesse olhos, como se ele, finalmente, pudesse enxergar, depois de uma vida de prazer cego e distraído. Isso, Oisin percebe, era o que todas aquelas mulheres queriam e que ele nunca fora capaz de dar. Um beijo de sua alma.

— Vai me dizer quem a ensinou a fazer isso? — indaga, mordendo-a suavemente no lábio inferior.

— Você — Aisling sussurra, e ele sente sua voz mover-se como uma corrente elétrica por seu corpo.

— Eu estava planejando seduzir você — ele explica.

Ela cora.

— Vá em frente — murmura.

— Parece que ainda sou um menino. Ao menos recuperei a libido de um.

— O que isso quer dizer?

— Quer dizer que não preciso de um cochilo antes de fazer isto — ele fala, movendo-se para baixo e entreabrindo-lhe as coxas com beijos pequeninos.

— Finalmente, algo de bom em ser jovem — Aisling suspira.

Durante uma semana eles não fazem nada sem suas bocas se moverem juntas, como ímãs molhados. A casa e o estúdio estão cheios de esboços semi-acabados de nus de Aisling, abandonados, porque ele não suporta ficar sem tocá-la. Refeições são preparadas e deixadas intocadas, enquanto eles caem de volta na cama. Oisin não fuma um cigarro há dias, tudo que ele precisa em sua boca é da boca de Aisling. Eles continuam conversando enquanto fazem amor, palavras acompanhando as estocadas de dedos, línguas e quadris, histórias amargas ouvidas entre gritos de prazer. Trocam de posição, um de cada vez ficando sobre o outro, Oisin querendo tanto quanto Aisling sentir o peso que parece centrá-los no mundo. Quando, finalmente, adormecem, ele não a solta. Segura-a com mais força, em vez de encolher-se, como sempre fizera. Não adormecia agarrado a outra pessoa desde que ele e Nieve eram crianças. Deixou de lado a idéia de conduzir Aisling. Agora, ele é o jovem.

Uma dia, depois de se alimentarem um do outro no desjejum, quando seus corpos já tinham adquirido o cheiro conjunto dos dois misturados, quando já mal distinguiam onde terminava um e começava o outro, Aisling suspira e diz:

— Eu sabia que seria assim.

Oisin, sentindo-se como se fosse estourar, chorar e gritar tudo o que contivera durante toda sua vida, esconde o pesar em seus olhos e a beija profundamente.

— Eu não — sussurra. — Eu nunca soube.

E, mesmo já tendo batizado cada milímetro da pele dela com a boca, mesmo tendo sugado e sondado tudo com a língua, até deixá-la tremendo e com os braços estendidos, tentando agarrar seu clímax, mesmo tendo sentido novamente a carícia de sua garganta, quando ela o engole inteiro, ele não tivera coragem de penetrá-la. Teme aquilo que mais deseja. Adia o inevitável, pois acredita que quando, finalmente, estiver dentro dela, ela vai desaparecer — como o fantasma no cemitério, quando ele tinha catorze anos. Em seu momento de maior intimidade, Oisin vai estender a mão, e Aisling não estará mais ali.

24

Aisling já não é uma adolescente. Quando olha no espelho depois de uma noite insone com Oisin, encontra pequenas rugas sob os olhos, desenhadas na forma de um sorriso. Depois que dorme, as rugas desaparecem, mas ela sabe que, se ficasse ali, elas se tornariam mais profundas, permanentes, esculpidas em seu rosto, como a vida de Oisin deixara evidência em sua pele.

Seus olhos perderam o aspecto frenético. O dourado da íris mudou de cor — está ligeiramente mais profundo, escurecido, espelhando a calma que cresceu dentro dela. A carência em seus olhos foi suavizada pela satisfação. Oisin não percebeu, ou se recusa a tomar conhecimento disso, porque está subitamente tentando dar-lhe o mundo todo.

Ele termina a gravura, trabalhando nos pequenos intervalos em que ela dorme. Acrescentou novas imagens de sua história — uma menina amarrada ao convés tempestuoso de um navio, um pequeno rosto dormindo confiante ao lado da forma do irmão. E, no centro, há um retrato que ao mesmo tempo a envergonha e fascina. É como ela fica durante o orgasmo, estendendo os braços para o alto, os seios subindo das sombras da noite que a cercam, os olhos brilhantes, mostrando que, finalmente, conseguiu o que estava fora de seu alcance. Vida, talvez. Amor.

Oisin é o frenético agora, obcecado com o que Aisling está perdendo. Ele passa uma tarde inteira na biblioteca, imprimindo guias de viagem da Internet. Num minuto, quer levá-la a Paris; no próximo, a Roma ou Nova York, África, Índia, ou de regresso à Irlanda. Há inúmeros lugares para escolher. Aisling apenas sorri e o beija, levando-o de volta para a cama. Ela não quer ir a lugar algum, não voltou para ver o mundo, mas Oisin recusa-se a entender isso. Ele a leva ao cinema em Portland, onde assistem a três filmes seguidos, até seus olhos doerem de tanto seguir imagens gigantes. Compra uma pilha de livros, e passam dias folheando a história da arte. Ela presta a devida atenção, até que cores e texturas tenham-se fundido em insignificâncias em sua mente.

Uma manhã, em vez de despertá-la com beijos, Oisin lhe atira roupas e a faz apressar-se. Tomam a balsa das seis da manhã e vão com o carro de Oisin até Boston. Aisling é sacudida de sua sonolência cada vez que Oisin anuncia seu progresso, mostrando as placas da rodovia. Entram na cidade por uma ponte enorme, verde, enferrujada, carros deslizando pelas faixas como descuidados patinadores no gelo.

Oisin se perde e, durante uma hora, andam entre edifícios e canteiros de obras enquanto ele pragueja entre os dentes.

— Por que não pede informações a alguém?— Aisling sugere.

— Não estou perdido — Oisin responde. — São essas estúpidas placas de desvio.

Ela finge dormir, enquanto ele, buzinando, abre caminho à direita e à esquerda. Não suporta olhar para seu rosto desesperado e tolamente zangado.

Quando, finalmente, encontram um museu, Aisling está tão enjoada que as pinturas parecem borradas. Há uma exposição especial de Van Gogh, "Os Primeiros Anos", e Oisin segura-a pela mão, impedindo-a de caminhar muito depressa pelas salas acarpetadas.

— Van Gogh... — ela sussurra. — Foi o que cortou a própria orelha?

— Isso — Oisin aprova. — Você se lembra do livro!

— Hummmm — Aisling murmura, assentindo.

Seus olhos estão num homem de barba ruiva com uma faixa suja cruzando-lhe o perfil, que tenta tocar um quadro com um pincel que passa através da tela. "Os primeiros anos", o fantasma sussurra para Aisling quando ela passa. "Por que não mostram meus desenhos de bebê, para completar a humilhação?"

Outra sala exibe peças de cerâmica e cestaria, parecidas com os que a mãe dela usava, e a múmia de uma criança que morreu há mil anos, enrolada em tecido marrom. Aisling se imagina como um artefato — eternamente com sete anos, colocada sob uma redoma de vidro. Imagina se, depois que ela se for, Oisin guardará suas roupas, arrumando-as no recluso museu de seu armário.

Depois da exposição de arte moderna, Aisling está tão faminta que tem dor de cabeça. Oisin sugere que tomem o metrô — ela sabe que ele teme perder-se de novo com o carro —, portanto amontoam-se num vagão verde cheio de pessoas que se encaram boquiabertas, mas fingem não fazê-lo. Emergem de uma estação abafada, cheirando a pipoca, por escadarias de cimento grandes como um campo, que conduzem a um mercado. Ali, a rua é repleta de carroças que, em lugar de legumes ou carcaças de carne, exibem bugigangas coloridas e roupas estampadas com frases e fotos de cidades. Oisin aponta freneticamente para o que acha ser novo para ela, sem saber que a televisão na casa de Gabe já lhe mostrou muito desse mundo. Se ela pára a fim de olhar alguma coisa, Oisin compra, então ela tenta manter os olhos no chão.

Fica mais calada com o passar do dia, começa a detestar as multidões empunhando câmaras, fica perturbada com a quantidade de cemitérios que vê quando fazem o *tour* da Trilha da Liberdade. Por fim, manter-se em silêncio é tudo o que ela consegue fazer para não gritar, cada vez que Oisin lhe mostra alguma coisa.

Depois do almoço — lanches gordurosos embalados em caixas de papelão, comprados de um ambulante —, eles caminham à beira da água até o aquário. A mulher na bilheteria pergunta se estão interessados em se tornarem sócios.

— Não, obrigada — Aisling responde. — Estou morrendo, e meu último desejo é ver peixes no cativeiro.

Depois de uma pausa, a mulher resolve que ela está brincando e sorri mecanicamente, carimbando-lhes as mãos com golfinhos fluorescentes.

— Muito engraçado — Oisin diz. — Olhe, uma exposição de águas-vivas! — ele exclama, decidido a continuar alegre.

Circundam um tanque enorme, seus sapatos batendo no cimento úmido, as partes brancas de suas roupas brilhando como fragmentos de lua sob luzes azuis. Tubarões preguiçosos deslizam no vidro abaixo deles, e sempre que Aisling olha para alguma coisa, Oisin acha que ela está se divertindo. Quando chegam ao topo, Aisling olha para baixo, para a espiral de peixes e pedras cobertas de plantas, sentindo um breve desejo de se jogar lá dentro. Mas se agarra à balaustrada, sabendo que Oisin com certeza pularia atrás dela.

Aisling sente a luta aumentando durante o jantar. Quando, por fim, se sentam, Oisin já não consegue evitar o silêncio amuado que ela ostentou o dia todo. Comem furiosamente, encarando as lagostas como se elas fossem a causa da tensão entre eles. Sua janela dá para uma baía de água marrom e barcos deslizantes.

— Pensei em ficarmos aqui esta noite e seguirmos para Nova York pela manhã.

Aisling pede licença e fica desaparecida por cinco minutos no banheiro suntuoso.

Depois do jantar, caminham pelas docas. Oisin também parou de falar. O silêncio, sem seu discurso de guia turístico, é tão perturbador quanto um grito.

— Qual é o seu problema? — ele pergunta finalmente, sem preâmbulos, como se continuasse um assunto iniciado em sua mente.

— Não tenho problema algum — Aisling responde, beliscando com as unhas as cordas trançadas.

— Você esteve taciturna o dia todo — ele observa, posicionando-se à frente dela, forçando-a a encará-lo. — Estou fazendo isso por você, sabe? Estou tentando com todas as minhas forças...

— Sei o que está tentando fazer — ela diz. — Sei o que quer de mim.

— O que eu quero? — Oisin grita. — Desde quando isso é a meu respeito? É o que você quer, o que tem implorado todo o tempo com esses olhos grandes: aceite-me, me dê uma vida! E agora que estou tentando, você já não quer. Cristo! Estou tão cansado de tentar ler seus pensamentos!

Oisin anda de lá para cá nas tábuas do cais, e Aisling subitamente se lembra de Darragh, conduzindo-a com falsa coragem ao convés do navio que seria seu esquife.

— Você não pode comprimir o mundo em duas semanas — ela diz, erguendo a voz para equipará-la à dele. — Isso nunca foi o que eu quis! Está tentando me compensar por este último ano, mostrando-me pinturas e peixes e comprando camisetas para mim. Eu não pedi para você me compensar por nada. E Nieve também não!

— Agora que chegou aos vinte anos, acha que sabe de tudo? — Oisin censura-a, ríspido. — Isso não tem nada a ver com Nieve.

— Está mentindo — Aisling acusa, e sua voz se suaviza de novo. — Tem tudo a ver com Nieve, e eu sempre soube disso.

Oisin parece tão rejeitado quanto Gabe e Darragh, que tentaram salvá-la e falharam, e ela sente-se subitamente envergonhada por brigar com ele. Aproxima-se e o abraça, e eles se apertam com força, como para proteger um ao outro das palavras cruéis proferidas por outras pessoas.

— Ainda falta tanto... — Oisin murmura. — Você não tem idéia de quanto. Pensa que é adulta, porém mal começou. Não suporto pensar no que vai perder.

— O que você perdeu? — ela pergunta num sussurro, agarrando-se à bóia salva-vida que é o peito dele, coberto pelo suéter vermelho.

Ou Oisin não ouve, ou não pode responder. Limita-se a abraçá-la com mais força.

Aisling quer dizer-lhe que todas as coisas que desejou foram postas de lado pelo que agora possui: o hálito dele perto dela na escuridão, uma imagem da mulher que ela poderia ter sido, e Darragh esperando por ela nas sombras. Tudo o que restou é o que ela pode dar a Oisin.

Mas ele está implorando.

— Por favor — pede. — Diga-me o que posso fazer por você. Qualquer coisa!

— Está bem — Aisling o acalma. — Leve-me para lá.

Ele segue os olhos dela até onde o céu claro encontra as águas escuras, onde navios grandes e pequenos fazem soar suas sirenes, saudando-se ao passar um pelo outro, a caminho de destinos diferentes.

25

Oisin queria alugar um iate, mas o que navega pela baía de Boston é um veleiro de dez metros, robusto, de aparência decrépita. Foi o nome que fez Aisling decidir — *Tír na nÓg* — grafado na proa com letras gaélicas descascadas. O proprietário é um irlandês de terceira geração, da zona sul, um homem grande, vestindo calça de pesca que lhe chegam ao peito e que, apesar de seu sorriso fácil, faz Oisin lembrar-se do pai. No fim da vida, Declan absorveu um toque do sotaque daquele homem da zona sul de Boston, áspero e cantado, a voz que os marujos usam para chamar uns aos outros num convés tempestuoso.

— Eu falo daquele jeito? — Oisin cochichou para Aisling, quando o homem desapareceu numa cabana para preencher a papelada.

— O que quer dizer com isso? — ela perguntou.

Seu rosto estava vermelho ao precoce vento de inverno, mas ele se inclinou para tocá-la, pensando que estivesse quente.

— Tenho sotaque? — ele indagou.

Ela sorriu.

— Tem. Sotaque americano.

— Eu sabia que deveríamos ter viajado — Oisin suspirou.

No princípio, estava nervoso com o manejo do cordame, mas de repente tudo lhe voltou. Tem doze anos novamente, está com o pai e tio Malachy nas águas de Galway.

Faz a manobra através da baía para o mar aberto, onde pega um vento que os empurra sobre a superfície da água.

— Mais depressa! — Aisling grita, erguendo o rosto para os borrifos do mar.

Ele aperta a vela e, com a velocidade maior, ela ri feito uma criança. Sua alegria contagia Oisin, até estarem ambos rindo, dobrados, com dor nas costelas. Quando recobram o fôlego, ele a abraça por trás, notando como ela sabe manter as pernas separadas para se equilibrar.

— Quando eu velejava com meu pai, via cidades fantasmas, minúsculas e perfeitas, perdidas, mas ainda vivas sob o mar — conta, falando baixinho, com o rosto colado no ouvido dela.

Sente-a sorrir, sente o inflar da bochecha que empurra a sua ligeiramente.

— Elas ainda estão lá? — pergunta.

Aisling confirma com a cabeça e, por alguns momentos, eles olham a superfície da água, azul e insondavelmente profunda ao crepúsculo.

— Obrigado — Oisin murmura, os lábios no pescoço dela, saboreando-a como se Aisling fosse um pequeno pedaço de uma iguaria.

— Por que me agradece? — Ela ri. — Foi você que alugou o barco.

— Por me escolher — ele responde.

Ela se vira nos braços dele, erguendo as sobrancelhas, desconfiada.

Oisin pensa rapidamente que, se ela vivesse, carregaria aquela marca como uma cicatriz: desconfiança inicial sempre que lhe oferecessem amor. Ou, talvez, aprendesse a descartá-la, começando a acreditar instantaneamente e sem dificuldade que é desejada, como está tentando fazer agora.

O porão desse barco é abafado, não com doença e terror, mas com o odor palpável de corpos em êxtase. Mal há espaço para a cama, e eles já estão ambos esfolados pelo teto baixo e paredes próximas. Aisling gosta de sua pequena cabine — um mundo suficientemente grande apenas para ela, Oisin e o prazer que paira entre eles.

Estão escorregadios num oceano de suor. Oisin faz uma pausa, como sempre, para um intervalo que ela aprendeu a apreciar. Seus corpos continuam a pulsar, e eles suspiram, diluindo a paixão com ar — um refreamento que contém a promessa de um recomeço. Mas essa noite Aisling não quer se esticar, respirando, ou beijando longa e continuamente, como pernas relaxando depois de uma corrida.

— Não pare — ela sussurra.

Oisin se enrijece com seu maior temor. Posiciona-se sobre ela, tremendo, os cotovelos apoiados ao lado dos ombros de Aisling, as mãos enterradas em seus cabelos. Ela mexe os quadris, e, por um instante infinito, eles ficam imóveis, a ponta do membro de Oisin, macia, arredondada e quente, como um beijo à entrada de sua alma.

— Não vou largá-lo — ela murmura.

E ele desliza para baixo e para dentro, preenchendo-a. O primeiro espanto de Aisling é a profundidade, então essa posse se torna ao mesmo tempo conhecida e estranha, assim como esse conhecimento de que seu corpo não acaba em suas bordas, de que em algum lugar lá dentro ela sempre abrigou a forma desse homem tristemente belo. Ao se moverem, balançando juntos como um casco de barco ancorado no mar, Aisling imagina que pode sentir não só o sólido calor de Oisin dentro dela, como também a exata sensação de entrar em si mesma, molhada e infinita, vinda de fora.

— Há mais — ele lhe diz mais tarde, o ouvido encostado entre os seios dela para ouvir o pulsar de seu coração, enquanto flutua, descendo do êxtase.

— Mais do que isso? — ela pergunta, erguendo-lhe o rosto.

— Pode-se passar a vida toda aprendendo sobre sexo — ele informa.

Aisling olha para o relógio náutico na parede.

— Não temos tanto tempo. — Sorri, puxando-o, para que ele a preencha de novo. — Mostre-me agora.

— Está com medo? — Oisin pergunta.

Eles ficaram na parte de baixo do barco por um período que lhes pareceu semanas, mas agora estão de volta ao convés, enrolados um no outro e num cobertor, olhando a lua iluminar um caminho que vai do céu à água.

— Não — Aisling responde imediatamente, como se estivesse fazendo e respondendo aquela mesma pergunta a si mesma.

— Você não gostava, antes — Oisin fala. — Lá com os mortos.

Tenta manter um tom casual, mas está prestes a se lançar em ameaças, lamúrias e vergonhosas súplicas.

— Antes, eu estava me escondendo. Agora será diferente.

— Como sabe?

Ela dá de ombros.

— Acho que a morte é como a vida. Você tem escolhas.

— Isso é animador — Oisin resmunga, irônico.

Imagina sua alma espreitando às margens da morte, recusando-se a se juntar aos outros, que o insultam com sua felicidade.

— Você já não é mais assim — Aisling comenta.

E ele a ama por sua certeza: permite-lhe ver-se como outro homem.

— Tudo o que sei com certeza é que Darragh está lá — ela diz, apontando para a membrana prateada de água.

Oisin a aperta com mais força.

— Preciso lhe dizer uma coisa — ele começa.

— Ah, Oisin — ela se queixa, pesarosa.

— Não há nada que eu deseje mais do que você ficar aqui comigo.

Aisling vira o rosto para olhá-lo. Ele passa os dedos por seus cabelos, pensando em como pôde ter se agastado com os fios que se embaraçavam em suas coisas! Ao voltar para casa, vai recolhê-los, enrolá-los no corpo, tecer um casulo e nunca mais sair de lá.

— O que devo fazer agora? — Oisin pergunta.

Pensar em voltar para a vida que tinha antes dela é intolerável. Não pode voltar àquela casa vazia, às ferramentas e aos papéis espalhados, abandonados e inúteis em seu estúdio. Ao silêncio do purgatório.

— Pensei que fosse óbvio, mesmo para você — ela diz, beijando o tremor em seus lábios. — Deve continuar vivendo.

— Ah! — Oisin exclama, mas aquilo sai como um suspiro contemplativo, agradável, e não como o lamento pretendido.

— Há mais alguma coisa que você deseja — Aisling declara. — Algo que eu posso lhe dar.

— Ah, é? — Oisin replica, detestando o tom provocante da voz dela.

— Nieve.

Durante toda a vida de Oisin, seus pesadelos têm sido os mesmos. Como uma chapa de metal, o enredo do sonho foi gravado anos antes, e só as cores mudam. Em todos os sonhos, ele vaga por um labirinto de lugares, chalés irlandeses unidos a casas de pedra da zona sul de Boston, abrindo-se em corredores da escola secundária que levam a pousadas na Europa. Em geral procura por Nieve, tem de avisá-la de que o labirinto está em chamas, ou de que alguém a está perseguindo. Mas todos os que ele encontra — colegas de classe, suas tias, mulheres com quem dormiu, Moira da loja, seu pai — desprezam seus avisos e perguntas, até mesmo seus gritos. Nos pesadelos de Oisin, ninguém lhe dá ouvidos.

Ele sabe que aquilo não é outro sonho por causa do cheiro. Xampu de bebê, pomada para os olhos, o leve perfume de amaciante de roupas que fica nos lençóis. Ele sabe que está em sua própria cama, como quando ele e a irmã partilhavam um quarto, travesseiros arrumados nas pontas dos colchões iguais. Ele está com medo de abrir os olhos, medo de reduzir essa realidade a lembranças. Mas uma mãozinha o toca.

— Você não está dormindo, está? — uma voz pergunta, uma voz que ele achava que ainda lembrava, mas que agora percebe que perdera profundamente dentro de si mesmo há muito tempo.

Oisin abre os olhos, quase esperando sentir a resistência melada que seus cílios tinham na infância.

— Nieve...

Ela está sentada de pernas cruzadas no travesseiro de sua cama, usando o pijama amarelo de tecido leve de verão, estampado com rosas miúdas. Os cabelos, recém-lavados num banho que haviam tomado juntos, está escuro e molhado, exceto pelas pontas douradas e secas ao redor das orelhas. Oisin inspira de novo: seu próprio cheiro de homem desapareceu. Tudo o que ficou é o cheiro exalado por ambos — dois corpos pequenos e limpos. Eles não têm mais do que sete anos de idade.

— Nieve? — ele chama novamente, ansioso, indeciso sobre se deve começar com perguntas ou com explicações.

Ela o pega pela mão e o conduz porta afora.

Deslizam por dúzias de cômodos, passam por fantasmas que acenam ou sorriem. "Oisin", eles cumprimentam, como se não tivessem notado que ele esteve ausente durante décadas. Alguns são grotescos, as formas de suas mortes ainda retidas em suas almas.

— Olhe como você foi corajoso — Nieve sussurra.

E antes que ele proteste, dizendo que nunca foi corajoso, ela o puxa através de outra porta.

A noite está suavemente úmida fora do *pub* de seu pai. Malachy emerge de uma nuvem de fumaça e riso. Ele se dirige para a praia, e Nieve e Oisin o seguem. A mão de Oisin fica pegajosa no aperto dos dedos de sua irmã.

Uma mulher espera por Malachy perto da água. Seu rosto está nas sombras, mas Oisin acha que os cabelos longos e brilhantes são os de Sara. Ela dá um passo à frente, passando os braços pelo pescoço de Malachy. Oisin vê que as mãos dela tremem.

— O que está fazendo? — Malachy pergunta sem se soltar. — Ah, Nieve. Pare.

Oisin olha para a irmã com um sorriso confuso.

Há duas Nieve. O fantasma de sete anos a seu lado, e sua irmã de quinze, linda, louca e determinada, esticando-se toda para cima para tomar a boca de Malachy com um beijo que levou dez anos de preparação.

O tempo se move com velocidade impiedosa. De repente, Sara está lá, na praia, há gritos de duas vozes femininas e súplicas abafadas de Malachy, o som de um tapa, depois vidro se quebrando, e tudo o que Oisin vê é sangue. Sangue em sua mãe e sua irmã, e isso não é o pior. O pior é o sorriso em seus rostos — o da mãe, superior e satisfeito; o de Nieve, cheio de orgulho pela dor que pinga de seu braço. Então, ele ouve a voz de Sara, sóbria e perversa no ar marinho.

— Vai ter de cortar mais fundo — ela diz.

Através disso tudo, enquanto o passado sangra à sua frente, Oisin fica tremendo à beira da água, segurando o rosto de sua irmã encostado ao peito, porque a única coisa que ele compreende é que ela não deve ver aquilo.

Então, eles estão de volta a seu quarto de criança, seguros entre as cobertas limpas.

— Eu devia tê-la impedido — Oisin sussurra.

A frase se repete, depois se distorce em sua mente. Eu podia tê-la impedido?

— Psiu... — ela sibila, aborrecida. — É minha vez de contar uma história. Há um país sob o mar — murmura.

E ele sente aquela sensação na boca do estômago, a expectativa de que serão repreendidos por terem passado da hora de dormir.

— É chamado de *Tír na nÓg*, País dos Jovens, porque idade e morte nunca a encontraram. Só um homem já esteve lá e voltou, Oisin, o corajoso chefe dos Fianna. Quando a princesa Nieve viu Oisin pela primeira vez, apaixonou-se imediatamente. "Venha comigo para a Terra da Eterna Juventude", ela disse. "A terra onde meu pai é rei, onde você nunca envelhecerá ou ficará desanimado, e onde ninguém nunca morre." Oisin, que não era tolo, ajoelhou-se diante dela: "Por que você amaria um homem comum como eu, nunca saberei. É você quem brilha, a mais doce e a mais linda, minha estrela e minha escolhida entre todas as mulheres do mundo". Nieve o avisou de que, seguindo-a, ele devia desistir de seu mundo e de tudo que apreciava nele. Mas Oisin, inconseqüente de amor, montou na garupa do cavalo dela e não olhou para trás durante trezentos anos. Quando, finalmente, sentiu saudade da Irlanda, sua princesa tentou desencorajá-lo. "Não há mais nada lá para você", ela explicou, mas os olhos de Oisin olhavam para além dela. Ele planejou uma visita, e Nieve o aconselhou a não apear do cavalo, pois a vida mortal o apanharia. "Venha comigo", Oisin convidou. Ele já sabia que desceria do cavalo. "Não posso", ela respondeu. Mas era mentira. Ela poderia ter ido com ele, poderia ter entrado no mundo dele, como ele entrara no dela, de modo que eles nunca se separassem. Mas teve medo. Não tinha a bravura de Oisin, nunca precisara de coragem em seu mundo. Oisin montou em seu cavalo, e ela o viu afastar-se, murmurando seu amor para a brisa que acariciaria o pescoço dele pelo resto da viagem. "É você quem brilha", ela soprou. "Você é a minha estrela e aquele a quem amo acima de todos que vivem nesses mundos."

Ao fim de sua história, Nieve boceja, e, como se isso fosse tudo, como se não houvesse uma vida de coisas a explicar, deita a cabeça úmida no travesseiro, estendendo os braços na direção de Oisin, como costumava fazer todas as noites antes de adormecer.

Essa é a história errada, ele quer dizer. Quer gritar até que sua voz a alcance, de maneira que ela possa entender. Não abandonei você. Nunca fui corajoso.

Mas em vez disso, ele olha para as mãos dela, já frouxas no sono, e seus pulsos, pálidos e lisos e expostos, sem sinal ainda do medo que os cortará.

Oisin sente um sono infantil, a pura e merecida exaustão que chega com o fim de um dia cheio, com nada que o desperte até a promessa de uma nova manhã. Deita a cabeça e estende os braços para tocar as mãos de sua irmã, que esperam as suas.

— Sinto sua falta, Ni — ele murmura.

Ou seria "amo você"?

Está cansado demais para ter certeza.

— Eu também, Ossie — ela diz.

E a última coisa que ele pensa antes de adormecer é que a voz de Nieve soa mais velha do que ela jamais chegara a ser.

Enquanto Oisin dorme, a testa relaxada, mas ainda marcada pelos três sulcos de suas vidas, Aisling se enrola no lençol, deixando o cobertor para aquecê-lo. Sobe ao convés sem olhar para trás. Não precisa memorizar-lhe o rosto, pois já o conhece melhor do que o seu próprio.

Darragh está esperando, encostado na amurada, olhando para a irmã com mais orgulho e menos medo do que ela se lembra. Aisling sobe para encará-lo. Eles têm exatamente a mesma idade.

Os dois movimentos, para cima e por cima, não são tão simples e leves quanto Aisling imaginara que seriam. Uma parte dela, a parte que está preocupada com Oisin despertando na escuridão vazia, a deixa desajeitada. A queda é mais fácil, fica graciosa depois que ela desiste da opção de voltar. Seu medo por Oisin flutua para longe com o lençol manchado de amor.

Ele ficará sozinho, mas só até voltar à terra firme.

Epílogo

Os Vivos

Nos guias de viagem do Maine, apertada entre cartas náuticas pontilhadas de pequenas ilhas, Tiranogue é uma excursão recomendada, sobretudo no início do inverno. A ilha é famosa por seus habitantes irlando-americanos com seu sotaque estranho que ainda carrega traços da cadência que chegou nos navios da fome há muito tempo. Mas existe uma tradição em particular, tirada de uma antiga, ainda que só seguida nos últimos cinqüenta anos, pela qual Tiranogue é famosa. A comemoração do Dia de Todas as Almas.

Todos os anos, em 2 de novembro, pouco antes do crepúsculo, os ilhéus se reúnem no cemitério para colocar velas acesas nas lápides dos mortos. Nenhum túmulo é deixado sem lume. Famílias extintas há muito são repartidas entre os vivos. Gabe Molloy, com a ajuda de seus netos, acende três velas numa lápide, gravada com o nome de sua mãe, seu pai e seu padrasto, Oisin MacDara, cujo epitáfio simplesmente diz: *Querido Pai e Guardião.*

Depois os ilhéus ficam de pé, crianças na frente, ao redor da sepultura de Jack Seward, o pescador que perdeu a vida salvando muitas almas de um navio. Um nome foi acrescentado sob o dele, Aisling Quinn, ainda que não haja nenhuma data que defina o tempo de sua vida.

Ali, Gabe conta às crianças a história de como sua ilha foi salva por uma tragédia. Descreve o navio, cheio de jovens famintos, com frio e doentes, que foram lançados a terra por uma tempestade de inverno. Conta sobre uma menina que queria tanto viver que se amarrou à embarcação, e como ela foi salva, apenas para morrer silenciosamente em terra firme.

A história não amedronta essas crianças. Elas a ouviram todos os anos de suas vidas. Já sabem que jovens também podem morrer.

É o restante da lenda que fica como uma semente em suas pequenas mentes. A parte em que a menina volta, tenta viver uma vida inteira em quatro curtas estações do ano, e encontra o amor no lugar estrangeiro onde morreu. Quer acreditem que a história de Gabe Molloy é verdadeira, quer não — os muito jovens acreditam, os mais velhos tentam —, eles sempre saem dali sentindo que a possibilidade ao menos é real. Olham para o crepúsculo, acenando para que novos visitantes se aproximem.

Então, uma criança é escolhida — uma honra que todo jovem ilhéu cobiça — para recitar as palavras gravadas atrás da lápide de Seward:

Os anjos se inclinam
Sobre sua cama branca,
Cansados de cuidar
Das almas dos mortos.

Deus sorri no alto do céu,
Vendo você tão bom.
Os velhos sete planetas
Se alegram com Seu humor.

> *Eu o beijo e o beijo,*
> *Abraçando a mim mesmo.*
> *Ah, como vou sentir saudade*
> *Quando, querido, você crescer.*

Se você for um visitante, levado até lá por um livro de viagem e desgastado pelo que deve ter sido uma vida tão longa, talvez, enquanto assiste a essa apresentação, sinta saudade do lar de sua infância.

Naquele instante incomensurável, em que o dia se transforma em noite, é possível acreditar que tal país existe — *Tír na nÓg*: uma terra criada exclusiva e reverentemente para os jovens.

Nota da Autora

No País dos Jovens é um trabalho de ficção. A ilha de Tiranogue e seus habitantes são frutos de minha imaginação, que, entretanto, foi inspirada em uma história real.

Estima-se que durante a fome irlandesa das batatas, de 1846 a 1851, 1 milhão de pessoas morreram e mais 2 milhões emigraram, a maioria para a América do Norte. Os "navios-esquife" que carregavam esses imigrantes eram superlotados e sem condições sanitárias, e a febre tifóide matou muitos durante e após as viagens. Em 1851, um desses navios encalhou na costa da ilha de Nantucket, e os passageiros foram salvos por baleeiros locais.

Os seguintes livros foram muito úteis em minhas pesquisas sobre a fome e o folclore irlandês:

A Famine Diary, de Gerald Keegan; *The Famine Ships*, de Edward Laxton; *Life Before the Famine*, de Ignatius Murphy; *Patient Endurance: The Great Famine in Connemara*, de Kathleen Villiers Tuthill; *1847 Famine Ship Diary*, de Robert Whyte; *The Celtic Twilight* e *Writings on Irish Folklore, Legend and Myth*, de William Butler Yeats; *Visions and Beliefs in the West of Ireland*, de Lady Gregory; e *The Year in Ireland: Irish Calendar Customs*, de Kevin Danaher.

Envio, para o outro lado do mar, um agradecimento especial a Desmond Kenny, da Kenny's Bookstore, Galway, que me supre com livros irlandeses onde quer que eu esteja no mundo.

Visite o nosso site:
www.editorabestseller.com.br